LES SORTILÈGES
D'AGNÈS D'AYRAC

LES SORTILÈGES D'AGNÈS D'AYRAC

HENRY NOULLET

FERYANE

LIVRES
EN GROS
CARACTÈRES

éditions en gros caractères
vente par correspondance
Si vous avez aimé ce livre,
pour recevoir notre catalogue
sans engagement de votre part,
envoyez-nous vos nom et adresse

FER*y*ANE

B.P. 314 – 78003 Versailles Cedex
Tél. 01 39 55 18 78
feryane@wanadoo.fr

notre site : www.feryane.fr

1

Juin 1940

Le printemps s'achevait, mais, cette nuit de juin, la chaleur avait été aussi étouffante qu'au plein cœur de l'été. En s'agitant dans son mauvais sommeil, Agnès d'Ayrac avait rejeté son drap et se réveilla troussée jusqu'au menton. Elle se leva d'un bond, s'étira en bâillant et, d'un geste machinal, remonta la bretelle de sa courte chemise de nuit qui avait glissé sur son épaule. Mais elle eut beau tirailler sur le tissu froissé de la jupe, elle ne parvint pas à s'en couvrir les genoux.

Devant la glace accrochée au-dessus de la cheminée, judicieusement inclinée pour qu'elle pût s'y mirer tout entière, de ses deux mains, elle fit bouffer la masse de ses cheveux sombres. Ils étaient coupés court, à la « garçonne », bien que ce ne fût plus la mode. Elle estimait en effet, non sans quelque vanité, que ses charmes naturels étaient suffisants et qu'elle n'avait pas besoin d'artifices pour plaire. Elle ne se fardait pas, ne s'imposait aucun régime et ne se livrait à aucun de ces mouvements de gymnastique recommandés aux lectrices des magazines féminins pour conserver la jeunesse de leur corps.

C'était pourtant à la pratique intensive de la danse classique qu'elle devait son élégante silhouette. Cet art dont elle avait pensé faire son métier, elle l'exerçait encore avec frénésie dans les sauteries et les bals de salon.

D'un coup de langue elle humecta ses lèvres desséchées. Elle écarquilla ses grands yeux couleur de châtaigne, mimant la surprise, comme si elle venait de se découvrir un nouveau visage. Son regard expressif et profond pouvait refléter l'étonnement amusé, l'indignation, la tendresse mais aussi l'absence lorsque, assise en tailleur sur sa descente de lit, elle adoptait la pose de la méditation.

Satisfaite de son image, elle alla se pencher au balcon de sa fenêtre restée grande ouverte. Elle ne craignait pas d'y apparaître aussi légèrement vêtue, car son seul vis-à-vis était le parc Monceau où, à moins de grimper aux arbres, il eût été difficile de la surprendre.

Le boulevard de Courcelles, illuminé en enfilade par le soleil doré d'une aurore sans brumes, était désert. Seul le concierge de l'immeuble resté fidèle au poste sortait ses dernières poubelles sans être sûr que le camion des ordures vînt jamais les vider.

De la ville montait une rumeur sourde et continue, troublée parfois par la stridence d'un sifflet de train, le hululement d'une sirène, mais l'écho de cette lugubre symphonie n'était pas celui des batailles. Les armes, en effet, peu à peu se taisaient.

Fifres en tête et bottes claquantes comme pour un défilé, les Allemands avaient bousculé les barrages, passé dans la foulée les ponts que l'on avait négligé de détruire et cavalcadaient vers la mer. Mais tout donnait à penser que, l'ayant atteinte, ils infléchiraient leur déboulé victorieux vers la capitale.

Le *Gross Paris* était l'ultime objet de leur convoitise, une friandise qu'ils gardaient pour la bonne bouche. Aux portes de Paris, il n'était plus personne pour leur interdire de la savourer.

Tout ce qui dans l'armée française pouvait encore se battre était encerclé dans le Nord ou refluait vers les Pyrénées, seul obstacle, semblait-il, contre lequel elle eût pu s'adosser. Pris de la même panique que les provinciaux, les Parisiens grossissaient depuis deux jours la consternante procession des réfugiés.

Derrière ses grilles aux lances dorées, le parc Monceau dormait, mais il était peu probable qu'à l'heure de l'ouverture il retentît ce matin-là de piaillements d'enfants, de coups de sifflet de gardien et de rengaines de limonaire.

Agnès y avait poussé un cerceau, jeté en l'air la bobine d'un diabolo, sauté à la corde, donné du pain aux canards et s'était barbouillée de barbe à papa à califourchon sur un cheval de bois.

Cartable sur le dos, elle avait flâné autour du lac où se reflétaient la fausse colonnade d'un temple antique et un arc de triomphe romain soigneusement ruiné. Elle avait arpenté parfois à cloche-pied les allées jalonnées de sculptures blafardes, et parmi celles-ci le buste de Maupassant sous lequel était alanguie une larmoyante et néanmoins capiteuse créature.

Sur un banc de bois à la peinture squameuse, elle avait donné ses premiers rendez-vous et échangé ses premiers baisers. Mais de ce passé déjà lointain Agnès n'éprouvait guère de nostalgie ; une page était tournée qu'elle ne relirait plus.

Elle s'était jusqu'alors laissée vivre sans souci du lendemain. Quelque enviable qu'eût été son sort, elle s'en voulait de l'avoir accepté passivement et pensait en mériter un autre à la mesure de ses ambitions. Cet exil forcé allait lui donner l'occasion d'entamer une nouvelle vie où tout ne dépendrait que de sa volonté, de son imagination et – mais elle ne se l'avouait pas – de son orgueil.

Ainsi était-ce sans regrets qu'elle abandonnait la maison où elle était née et où elle avait passé plus de vingt ans. Elle oubliait en les niant avec une mauvaise foi obstinée tous les instants de vrai bonheur qu'elle y avait vécus.

L'appartement était vendu depuis un mois. Elle en avait perçu les arrhes, mais son acquéreur, peu pressé de l'occuper, lui en avait laissé la jouissance jusqu'à l'automne. Quant à son contenu, Agnès en gardait l'essentiel pour meubler une vieille demeure en Périgord où elle avait décidé de se réfugier. Mais le moment ne semblait pas des mieux choisis pour effectuer un tel déménagement. Les camions de l'entreprise qui en était chargée avaient été réquisitionnés pour évacuer un ministère – plutôt, d'ailleurs, le mobilier personnel de quelques hauts fonctionnaires que leurs précieuses archives.

Agnès se retourna vers l'intérieur de sa chambre de «jeune fille» encombrée pour l'heure par un tas de bagages hétéroclites : un phonographe, une pile de disques emballés dans un carton à chapeaux, une malle d'osier, des sacs, deux valises ventrues, une caisse de livres, un poste de TSF emmailloté dans un plaid.

Elle hésita un peu avant de mettre dans un gros fourre-tout un ours en peluche borgne et manchot à usage de mascotte. Animiste sans le savoir, elle accordait en effet une âme aux choses.

Pieds nus, elle courut asticoter sa tante, la soupçonnant de s'être rendormie après la sonnerie de son réveil.

Inès d'Ayrac, sœur de Louis, le père d'Agnès, était restée fille et tirait orgueil de sa virginité chenue. Alors qu'on ne lui demandait rien, elle s'était instituée la tutrice de sa nièce à la mort de sa mère. Orpheline depuis quatre ans, Agnès avait passé l'âge d'être la pupille de qui que ce fût.

La vieille demoiselle avait exigé qu'elle l'appelât « ma tante ». Friande d'anecdotes familiales, elle citait les bons mots et les hauts faits sans identifier leurs auteurs, ne fût-ce que par leur prénom, sans même préciser la branche à laquelle ils appartenaient. « Comme disait mon cousin, commençait-elle.

« – Votre cousin qui ? s'agaçait Agnès. Vous en avez cinquante !

– Mais Léon, voyons !

– Vous n'avez qu'à le dire !

– Mon Dieu, que tu es désagréable, ma pauvre petite !

– D'abord, je ne suis ni pauvre ni petite, et puis, cette histoire, vous me l'avez racontée cent fois.

– Alors tu devrais t'en souvenir.

– Voulez-vous que je vous dise, ma tante ? Eh bien, je me fous complètement du cousin Léon !

– Exprime-toi convenablement !

– Je m'exprime comme je veux ! »

Ce genre de conflit opposant la véhémente insubordination de l'une à la dolente autorité de l'autre était en réalité sans conséquences graves sur la qualité de leurs relations. Émancipée depuis longtemps, Agnès était libre de mener son existence à sa guise et de gérer son bien. Sa fortune se limitait à l'acompte versé par l'acquéreur du boulevard de Courcelles et à la terre du Périgord, qui ne coûtait rien et ne rapportait pas plus.

Inès, qui entendait se maintenir dans son rôle de duègne, reprochait à sa nièce une conduite dissolue, mais pour sa tranquillité d'esprit elle se refusait à croire que ses frasques allaient au-delà des marivaudages de salon.

Au reste, les quelques aventures dans lesquelles Agnès s'était jetée avaient été inspirées plus par la curiosité que par l'appétit. Sans lendemain, elles ne lui avaient pas apporté les satisfactions qu'elle en attendait.

La chambre de la bonne tante se trouvait au bout du long couloir sur lequel s'ouvraient d'un côté l'étude d'avocat et la salle d'attente des clients de maître d'Ayrac, un salon et une salle à manger et, de l'autre, une enfilade de chambres closes depuis la disparition de leurs occupants.

Au salon, sur la cheminée de marbre blanc veiné de rouge, la glace d'un trumeau reflétait le dos d'un cartel de Boulle. La sonnerie égrena six heures avec des hoquets et des cliquetis avant-coureurs de l'arrêt du mécanisme. Sans avoir conscience de l'inutilité de son geste, Agnès traversa la pièce pour aller le remonter.

Les bras ballants, hagarde, tante Inès semblait désemparée par l'abondance de ses bagages. Après un choix douloureux parmi les vêtements et les objets qu'elle était obligée d'abandonner, elle ne se résignait pas à les boucler.

Inès était petite et ronde. Sa silhouette affectait la forme d'une poire posée sur son extrémité la plus charnue, mais à sa nièce peu portée à l'indulgence elle rappelait plutôt ce jouet dit « culbuto » qui, lesté par le bas, se redressait dans la position verticale quelle que fût l'inclinaison qu'on lui donnât.

Coiffée d'une brioche hérissée d'épingles à cheveux, elle portait au bout d'un nez évidemment Bourbon, quand elle ne les avait pas perdues, d'épaisses lunettes qu'elle appelait ses « yeux ». À soixante-cinq ans, elle ne souffrait d'aucune autre infirmité. L'extrême lenteur avec laquelle elle faisait toutes choses n'était pas imputable à sa corpulence mais à une naturelle inappétence à l'effort.

– Quoi ! Vous n'êtes pas prête, ma tante !

– Toi non plus, ma fille.

– Je n'ai plus qu'une robe à enfiler.

– Moi, je ne sais pas que mettre.

– Nous ne partons pas pour un mariage. Mettez donc n'importe quoi de léger et de commode, et qu'on s'en aille enfin !

– Ah, ne me brusque pas, protesta Inès d'une voix mourante. J'ai horreur d'être bousculée.

– Et moi d'attendre !

Agnès avisa, en équilibre sur le couvercle bombé d'une malle, une guitare au manche enrubanné d'une faveur écarlate.

– Et c'est quoi, cet instrument ?

– Un souvenir de famille. Elle a appartenu à ma tante.

– Laquelle ?

– Dolorès, parbleu. Elle était la veuve d'un hidalgo. Quel bel homme ! Il aurait pu être grand d'Espagne s'il n'avait pas dérogé en se livrant au négoce des primeurs.

– Ou des cacahouètes à la sortie des arènes de Séville. Vous n'allez pas emporter ça ! Vous n'en avez jamais joué.

– Tu emportes bien ton phonographe et ta TSF.

– Mais moi, au moins, je sais m'en servir !

En revenant chez elle, Agnès s'arrêta encore à la porte de l'étude. C'était la seule pièce de la maison dont elle gardât de bons souvenirs. Elle avait abandonné le pompeux salon à Inès et aux roucoulantes rombières de ses thés-bridges. Fuyant sa chambre, elle trouvait refuge derrière le grand bureau de celui qui avait espéré y faire d'elle son successeur. Souvent depuis sa mort, il y avait cinq ans déjà, à l'abri de la porte capitonnée, elle avait dansé seule, des heures entières, au son de son phono. Occupation qui pour Inès constituait une sorte de violation sacrilège, une injure à la mémoire de son frère trop tôt disparu.

Avant qu'elle n'ait l'âge de l'école, Louis d'Ayrac l'installait en face de lui à une table basse où elle gribouillait sur son papier à en-tête des silhouettes de pantins sans visage, filiformes, aux jambes interminables, bras écartés, mains ouvertes comme pour une offrande ou une soumission.

« Que dessines-tu ? lui demandait son père.

– Moi !

– On ne peut pas dire que tu te flattes. Elle n'est pas bien jolie, ta bonne femme.

– Moi non plus ! »

Mais ce n'était que pour qu'on l'assurât du contraire. Plus tard, à cette même table de poupée sous laquelle elle avait du mal à glisser ses genoux osseux de gamine grandie trop vite, elle tirait la langue sur ses devoirs. Elle apprenait des fables de La Fontaine qu'elle récitait d'un trait à en perdre la respiration, le nez en l'air, le front plissé par l'effort.

« Pourquoi fermes-tu les yeux, Agnès ?

– Je regarde à l'intérieur de ma tête. »

À l'âge du bachot, c'étaient les tragédies classiques dont elle déclamait les tirades. Elle les trouvait grandiloquentes et bavardes. Elle leur préférait les poètes maudits dont les invocations sataniques lui semblaient une exquise provocation.

Reçue à la première partie du bac, elle avait opté pour la philosophie. Son père avait approuvé son choix.

« Plus que des mathématiques et des sciences exactes, on a besoin de la morale et de la logique pour asseoir une plaidoirie.

– Mais qui te dit que je veux devenir avocate ? »

Maître d'Ayrac n'avait jamais conçu pour elle une autre carrière. Malgré sa contrariété, il avait cédé devant la détermination de sa fille et accepté bon gré mal gré qu'elle s'inscrivît à un cours de danse classique.

Et puis, au bout de trois ans, bien qu'elle se montrât douée et promise à un bel avenir dans les spectacles de ballet, Agnès s'était lassée de se livrer à des contorsions chorégraphiques et à des exercices d'assouplissement au son de casserole d'un piano mal accordé.

Sous ses cuisses nues, le cuir du fauteuil lui parut glacé. Elle se leva brusquement pour aller s'asseoir à la petite table face au bureau qu'elle venait de quitter. Elle revit alors son père levant les yeux d'un dossier pour l'observer derrière ses lunettes. Sur son sourire ambigu se lisaient la perplexité, une tendre attention. Leurs regards se croisaient. Il appuyait le sien sur celui d'Agnès qui le soutenait à l'abri de ses longs cils noirs.

« Sorcière, murmurait-il, ma sorcière ! »

Agnès ne détestait pas s'entourer de mystère et se voyait assez bien nantie de pouvoirs magiques, bien qu'elle ne sût pas encore sur qui les exercer.

Soudain, quand, jusque-là, son orgueil l'avait empêchée d'ouvrir son cœur à cet homme à qui elle reprochait de l'avoir trop aimée, elle se rendit compte combien il lui avait manqué et lui manquerait encore dans l'aventure de sa seconde vie.

Elle ferma les contrevents de la fenêtre. Dans la pénombre rayée d'un mince trait de lumière, elle gagna la porte et la tira très doucement derrière elle, comme si elle avait craint de réveiller un fantôme.

Pressée, Agnès empoigna au hasard deux sacs et dévala les deux étages jusqu'à la loge du concierge pour l'aviser que les bagages étaient prêts et que le moment était venu de les descendre. Ce n'était pas une surprise pour Gaston Ferrant. Il avait reçu la veille un acompte sur le prix de cette prestation.

D'un coup d'œil averti, il fit l'inventaire de tout ce qu'il allait avoir à déplacer.

– Une chambre dans l'autre, estima-t-il, il faudra faire deux voyages, et même que dans l'auto tout ne rentrera pas. Les deux grosses malles, je ne sais pas si je pourrai les monter tout seul sur le toit de la voiture.

– Je vous aiderai, monsieur Ferrant.

– Avec vos petits bras de rien !

Certes, ils ne pouvaient se comparer avec les biceps qu'exhibait le concierge sous le retroussis des manches de sa chemise, mais Agnès était plus solide que son apparente fragilité ne le laissait croire. Ils traînèrent les malles jusqu'au vieil ascenseur grillagé comme une cage à poules. Les ayant hissées sur la galerie de la Renault, Gaston Ferrant les recouvrit d'une bâche qu'il encorda solidement.

– Faut espérer que ça passera sous les ponts, plaisanta-t-il.

Ils entassèrent le reste des bagages sur la banquette libre en prenant un soin particulier de la fragile guitare et du poste de TSF. Pour clore l'opération, le concierge ficela une bicyclette sur le coffre de la voiture.

– Et voilà le travail ! s'exclama-t-il en se frottant les mains. Et la vieille dame, vous n'allez pas me la laisser en prime, non ?

– Mais non, monsieur Ferrant, on l'emporte.

La vieille dame trônait au salon, assise sur la pointe des fesses dans une bergère. Elle serrait dans son giron un sac de curé à soufflet où elle avait mis ses vrais bijoux et toute une quincaillerie de châtelaines, sautoirs et gourmettes en toc.

Dans la rue, Gaston tint la portière ouverte à la passagère tout en tendant une main creusée en forme de sébile pour recevoir le solde de son dû. Un pied sur le marchepied, Agnès leva les yeux vers la façade de l'immeuble auquel les volets fermés donnaient une mine renfrognée. Les atlantes, cariatides et autres mascarons avaient un air maussade et réprobateur.

– Cette maison nous fout dehors, constata Agnès. Filons !

Elle grimpa à sa place et tira énergiquement sur le démarreur.

2

Le moteur se fit un peu prier avant de tourner franchement. La Renault que maître d'Ayrac avait acquise d'occasion était déjà d'un modèle ancien. Haute sur roues, peinte en noir, elle avait les lignes anguleuses d'un fourgon mortuaire, mais son confort intérieur démentait ses funèbres apparences. Les banquettes capitonnées, rembourrées de crin, étaient recouvertes d'un épais tissu bleu, agrémentées par des têtières de dentelle. Des pique-fleurs de cristal taillé étaient fixés aux montants des portières, ainsi que des sangles de cuir en guise d'appuie-bras.

Entretenue avec le plus grand soin, elle était en parfait état et offrait pour son âge d'honorables performances. En revanche, elle était spécialement gourmande en carburant. Ainsi, le garagiste prévoyant à qui Agnès l'avait confiée dans la perspective d'un long voyage avait rempli le coffre d'une dizaine de bidons de cinq litres. Avec le plein du réservoir, elle avait une autonomie suffisante pour parcourir sans s'arrêter à une pompe le trajet de Paris au cœur du Périgord.

La Porte d'Orléans était un entonnoir où convergeaient des centaines de véhicules, et leur écoulement se faisait goutte à goutte, avec une lenteur désespérante. Agnès, qui, dès le départ, n'était pas de l'humeur la plus aimable, fulminait. Elle avait ouvert sa vitre et proférait à l'adresse de ses compagnons de route des exhortations véhémentes que le vacarme ambiant empêchait d'entendre. Mais on pouvait en deviner les termes aux bouches tordues d'imprécations et aux regards meurtriers des protagonistes de ces joutes oratoires.

— Tu n'as pas besoin de crier comme une poissonnière, s'égosilla Inès.

— Si nous continuons à cette allure, nous ne serons pas à Castelnaud avant quinze jours.

— Et dans quinze jours, la guerre sera finie, et nous n'aurons plus qu'à rebrousser chemin.

— Sûrement pas ! Remue-toi un peu, limace, hurla Agnès à une camionnette de livraison.

— À qui parles-tu donc ?

– Pas à vous, ma tante. Encore que... Si vous n'aviez pas traînassé ce matin, nous aurions déjà traversé la Loire.

– Je me demande si je n'ai pas envie de m'arrêter, dit Inès assez mal à propos.

– Vous n'aviez qu'à prendre vos précautions avant !

– C'est le thé. Et je commence à avoir faim.

– Vous avez bien un paquet de gâteaux secs dans votre sac ?

– Sans rien à boire, je vais m'étouffer.

– Buvez votre sang, ma tante, comme Beaumanoir[1].

– Décidément, gémit tante Inès, tu es sans pitié pour les vieillards.

Ce n'était pas tout à fait vrai. Agnès éprouvait à l'égard de la vieille demoiselle une réelle affection et s'attendrissait même de son incurable naïveté. Mais elle avait résolu de n'en rien montrer et l'avait cantonnée dans le rôle de souffre-douleur. La victime de cette apparente cruauté jouait le jeu avec des mines extasiées de vierge martyre.

Agnès n'essaya pas de la détromper et se contenta de hausser les épaules.

– Alors, on se balade, on flâne ? glapit-elle à l'adresse d'une Chenar et Walker hors d'âge.

1. Allusion au combat des « Trente ».

Le long de la nationale, aussi loin que l'on pût voir, les blés mûrissants moutonnaient sous un ciel parcouru lentement par des petits nuages de beau temps ronds comme des bouffées de pipe. Dans ce désert de paille que faisaient à peine frissonner les risées d'une brise brûlante, des fermes surgissaient, oasis de verdure avare que la vie semblait avoir abandonnées.

Sourde aux ronflements du moteur, Inès somnolait la bouche ouverte, la tête dodelinante renversée sur le dossier de la banquette. Agnès s'était résignée assez vite à suivre à son allure de procession la colonne d'où il lui était d'ailleurs impossible de s'échapper. Ne sachant où porter son regard dans un paysage aussi morne, elle avait les yeux fixés sur l'arrière de la voiture qui la précédait. Pour chasser l'ennui qui l'envahissait comme une torpeur, elle essaya pour se distraire de revivre en pensée les événements marquants de ses dernières années.

La disparition brutale de son père, enlevé à la cinquantaine par une crise cardiaque, lui avait certes causé un profond chagrin, mais elle s'étonnait encore qu'il eût été aussi bref. Passé le temps du deuil qu'exigeaient les bons usages, elle avait jugé que le moment était venu des découvertes amoureuses.

Des avions trapus et pattus au museau de squale déchirèrent tout d'un coup le ciel tranquille avec des ululements de sirène. Comme pour ajouter à la panique que leur seule apparition avait provoquée, ils lâchèrent quelques rafales de mitrailleuse. Mais ce court orage de grêle ne dura que le temps de leur passage.

Les réfugiés affolés couraient dans tous les sens, courbés en deux, les mains sur les oreilles, à la recherche de l'abri qui ne leur était plus nécessaire. Les deux demoiselles d'Ayrac l'avaient trouvé dans un fossé heureusement à sec.

– J'ai laissé mes bijoux dans l'auto, s'angoissa Inès.

– Les gens ont autre chose à faire que de piquer dans les sacs à main, la rassura sa nièce. Et profitez donc de cet arrêt pour faire ce dont vous aviez tant envie tout à l'heure.

– En public, jamais !

Agnès ouvrit alors les deux portières du côté droit de la voiture pour en faire comme une cabine d'essayage sans rideau.

– Allez, pissez donc, ma tante !

– Il y a d'autres mots pour ça.

– Ils sont pires.

Agnès défit deux boutons de sa robe et s'accroupit sans plus de manières. Inès, tout en jetant autour d'elle des regards inquiets, suivit son exemple avec d'autant plus de soulagement que la peur avait eu sur elle un effet diurétique.

Le convoi repartit hors quelques épaves dont les radiateurs ou les pneus avaient été crevés par les balles. Les blessés, une demi-douzaine, avaient été transportés dans une ferme désertée où des secouristes d'occasion les enveloppaient luxueusement dans la lingerie brodée de trousseaux de mariage abandonnés.

Passé la Loire, la colonne venant de Paris se trouva plus ralentie encore par un flot tumultueux de tout ce qui pouvait rouler : chars à foin débordant de matelas, d'ustensiles, de cages à poules, carrioles paysannes, voitures à bras de maraîcher, et même brouettes. Des hommes à pied trimballaient de minables valises d'émigrant. Des femmes poussaient des landaus auxquels s'accrochaient de tout jeunes enfants braillant de fatigue et de faim. Ils trottinaient tant bien que mal, chargés de trésors dérisoires, et tiraient par des ficelles des jouets de bois articulés.

Parfois le cortège devait se ranger sur le côté de la route pour se laisser déborder par des camions militaires qui montaient vers le nord, sans que l'on sût si l'on s'y battait encore. D'autres, tout aussi pressés, descendaient vers le sud dans un but aussi imprécis. Tout ce qui restait de l'armée française tournoyait dans un mouvement brownien comme des fourmis dans leur nid dérangé.

Après Olivet, la colonne s'éclaircit un peu, mais son allure ne fut pas accélérée pour autant. Comme il était près de midi, Inès partagea avec sa nièce son paquet de petits-beurre. Agnès versa dans le gobelet d'une bouteille thermos un fond de café froid. Inès le but goulûment avec un puéril bruit de glotte, soupira d'aise et se rendormit incontinent.

Le panorama de la Sologne était plus verdoyant que celui de la Beauce, mais dans sa platitude il était tout aussi monotone. La route ne comportait aucune des difficultés qui eussent nécessité l'attention soutenue des conducteurs. Agnès eut sommeil à son tour et fut obligée de se pincer pour s'empêcher de tomber le nez sur son volant.

Le souvenir de ses premiers ébats, aussi peu exaltants qu'ils eussent été, l'avait tenue éveillée. Le procédé avait été efficace. Agnès essaya de feuilleter les images qu'elle avait conservées d'autres aventures. Elles n'avaient été que de brèves passades dont aucune ne méritait vraiment d'être retenue.

Et puis, alors qu'elle commençait à prendre son parti de se passer d'homme, Patrick, sans fracas et sans hâte, était entré dans sa vie.

Patrick McDowell, écossais, catholique, était un lointain descendant de ces patriotes qui, pour échapper aux persécutions cromwelliennes, avaient choisi de s'exiler de leur Calédonie pour servir sous les étendards fleurdelisés des armées du roi de France Louis XIV.

Patrick, lieutenant de réserve, devait à sa connaissance du français son affectation dans le groupe de liaison franco-britannique. Dans les salons parisiens où l'on se piquait d'anglophilie, il était devenu la coqueluche des jeunes filles. Il n'était pourtant pas ce que l'on appelle un joli garçon.

Sous une brosse drue de cheveux roux, il montrait des traits anguleux, des yeux verts rieurs, un sourire ironique, une mâchoire forte. Son menton était fendu d'une fossette. Il avait de grandes oreilles décollées qu'il prétendait indispensables pour empêcher son béret, pourtant à peine plus gros qu'une pastille, de lui tomber sur le nez.

Il avait été séduit par le chic de cette grande fille au regard sauvage, à la démarche décidée, et qui semblait ne pouvoir se déplacer qu'en dansant.

« Je vous apprendrais bien la gigue, lui avait-il proposé, si elle n'était pas chez nous une danse de matelot.

– Montrez-la-moi ! »

Patrick était revenu au milieu du salon et, les mains aux hanches, il avait exécuté sur place une série de pas compliqués et rapides scandés sans musique par le claquement de ses semelles sur le parquet.

Ils s'étaient revus souvent, mais Agnès s'était gardée de se jeter à sa tête, et Patrick ne s'était pas départi d'une correction proche de la froideur. Ce fut pourtant lui qui, de guerre lasse, sans qu'elle l'y eût encouragé, prit l'initiative de l'emmener chez lui.

Assis sagement à côté d'elle, un instant, il joua comme distraitement à faire tourner autour d'un doigt une petite chevalière au blason presque effacé, le seul bijou qu'elle portât. Puis, du bout de l'index, il caressa sa joue et pressa ses lèvres comme pour les fermer à une éventuelle protestation. Mais Agnès ne protesta pas lorsqu'il picora de baisers les coins de ses yeux. Il l'embrassa enfin.

Il l'entraîna dans sa chambre. Passive, se retenant de frémir, elle se laissa dévêtir. Ce qu'il fit adroitement, sans fébrilité, sans cesser de plonger son regard dans le sien.

« Que j'ai donc aimé vous aimer, Agnès, lui confia-t-il plus tard.

– M'aimerez-vous encore mieux, Patrick ?

– Longtemps, si Dieu veut. »

Le lendemain, le lieutenant McDowell, rappelé à Londres, avait dû quitter Paris.

Dans sa fuite vers le sud, le flot des réfugiés abandonna un peu de sa substance dans les tristes villes carrefours de Vierzon, Issoudun, Châteauroux. À Argenton-sur-Creuse, les demoiselles d'Ayrac se mirent en quête d'un gîte pour la nuit. Les hôtels affichaient complet et aucun ne se laissa apitoyer par l'aspect misérable des deux voyageuses, froissées comme des bouchons de papier journal, poisseuses de sueur, grises de poussière.

Dans un village un peu à l'écart de la grand-route de Limoges, au vu de leurs cossus sacs de voyage, un hôtelier plus intéressé que réellement compatissant leur proposa deux lits-cages au fond d'un corridor sinistre. Confort inespéré, dans des cabinets à la turque, un robinet laissait couler un filet d'eau rouillée. Désespérée, Inès s'effondra sur un lit, en larmes. Émue par tant de détresse, Agnès se reprocha alors sa dureté. Elle s'assit près de sa tante et, tendrement, passa un bras autour de son épaule secouée de sanglots et la serra contre elle.

– D'abord, nous allons faire toilette, tante chérie, et puis nous irons dîner.

– Il n'y a pas de porte aux cabinets, hoqueta Inès.

– Je me mettrai devant.

– Et pas de serviettes.

Le patron de l'hôtel consentit à leur fournir deux « nids-d'abeilles » cartonneuses et grandes comme des mouchoirs.

Inès, que ses ablutions de chat avaient un peu revigorée, se montra réticente à paraître dans le restaurant sans avoir changé de robe.

– Dans un bistrot, on ne s'habille pas pour dîner, ma tante.

Inès descendit donc comme elle était. La salle du café retentissait du cliquetis des couverts, du fracas de vaisselle malmenée et d'un hourvari de voix rocailleuses. Elle sentait la vinasse, le graillon et la pipe froide. Inès renifla avec une mine dégoûtée.

On leur servit une soupe épaisse au lard et aux fèves sèches et une omelette aux pommes de terre. Inès, à qui rien ne coupait l'appétit, n'en fit qu'une bouchée.

– Dommage que ce vin soit une piquette, ronchonna-t-elle.

– Une piquette ! Vous venez d'en siffler une carafe à vous toute seule !

Le lendemain, avant de reprendre la route,

Agnès transvasa les bidons du coffre dans le réservoir de l'auto, moins trois que l'hôtelier réclama pour prix de la nuitée et d'un petit déjeuner résolument campagnard, à base de tartines de gros pain et de charcutaille.

« Le café n'est pas meilleur que leur vin », avait remarqué Inès en lichant quand même le sucre fondu resté au fond de son bol.

Elle se tint silencieuse jusqu'à Limoges.

– C'est ici que mon cousin a terminé la dernière guerre, déclara-t-elle fièrement.

– Précisez, glapit Agnès pour se faire entendre.

– Mais Arsène Désomière, le général !

– Il n'y a pas de quoi en tirer gloire !

– Il aurait pu être un héros.

C'était admettre qu'il ne l'avait pas été.

À Châlus, la vieille demoiselle qui se piquait d'histoire médiévale rappela, quitte à rabâcher, la triste fin de Richard Cœur de Lion dans le donjon phallique de son dernier refuge.

– Pas de Périgord sans châteaux, ajouta-t-elle bien que l'on n'y fût pas encore.

– Ni sans ruines, grommela Agnès.

– J'aime les ruines, répondit sa tante, rêveuse. C'est si romantique !

Elle ne se doutait pas qu'en fait de ruines, à Beaurepaire, elle allait être gâtée.

3

Après Périgueux, la route départementale sinueuse et mouvementée offrait à chacun de ses détours un paysage nouveau. Au creux des vallons où les prés frais coupés étaient boutonnés de meules, des ruisseaux sourdaient de fontaines à demi taries que signalaient des boqueteaux de saules et de trembles. Au-delà, sur des pentes douces, les champs étalaient leur damier de couleurs, les blés qui doraient, les orges au teint de cuivre, les seigles aux pailles souples que faisait encore onduler en vagues vertes la caresse d'un souffle de vent. Les rangs peignés des vignes montaient à l'assaut de coteaux cailouteux coiffés en brosse courte et drue par des taillis de chênes.

Des chemins de terre ouverts entre deux piliers de pierre ou de gros arbres jumeaux menaient à des fermes basses allongées sous leurs toits de tuiles pareils à des couveuses rousses assoupies sur leurs œufs.

Surgissaient parfois sur des éperons de rocaille une tour démantelée, un pan de muraille percée de croisées à meneaux béantes sur l'immensité vide du ciel.

Tante Inès était tout à fait réveillée depuis qu'elle avait pénétré dans le territoire de ses souvenirs. Elle s'extasiait et beuglait les noms de ces ruines épiques comme les chefs de gare ceux de leur station.

– Quand j'étais jeune fille, ce pays était encore « habité ».

– Où voyez-vous qu'il est désert ?

– Je veux dire habité par des gens de notre monde. Tout l'été, pendant les vacances, nous courions d'un château à l'autre.

– Pour faire quoi ?

– Goûter. Et les confitures des autres nous paraissaient toujours meilleures que les nôtres.

– Plutôt poisseuses, vos mondanités, se moqua Agnès.

Inès se rembrunit et resta boudeuse jusqu'au village de Cadouin. Agnès s'arrêta pour abreuver un radiateur assoiffé.

La voiture entamait la traversée de la Béssède, lorsqu'un homme surgit des fourrés. Campé au milieu de la route, le bras levé, de la paume de la main il fit signe au conducteur de stopper.

– Merde, s'écria Agnès en s'arc-boutant sur le frein. Il est marteau, ce type !

– Un brigand, bredouilla Inès en serrant son sac à bijoux sur sa vaste poitrine. Ne lui réponds pas, Agnès, et donne-lui quelque chose !

L'individu ne portait pas les guenilles traditionnelles des bandits de grand chemin. Coiffé d'un feutre pisseux aux larges bords gondolés, il était cocassement attifé d'une chemise blanche sans col assez propre, d'un frac à queue de morue d'un noir verdâtre et d'un pantalon rayé. Chaussé d'espadrilles, il portait une petite valise de carton ligotée par un compliqué réseau de courroies.

– Vous sortez d'un mariage ? plaisanta Agnès d'une voix un peu tremblante quand même.

– Non, de prison !

– C'est bien ce que je pensais, souffla Inès. Un repris de justice ! Roule, Agnès !

– Je ne vais pas l'aplatir sur la route. Sortez-vous de là, monsieur...

– Enrique Mola, répondit-il d'une voix sonore en ôtant son chapeau.

Le *señor* Mola, dans son incroyable costume, ne manquait pas d'allure. Il était grand, très maigre. Ses yeux noirs aux lueurs inquiétantes dévoraient son visage osseux. Une barbe de plusieurs jours bleuissait son menton en galoche dont la pointe tendait à rejoindre celle de son nez.

— Un Espagnol, chuchota Inès, de « l'armée en déroute ». Filons, te dis-je, Agnès !

Mais au lieu de repartir, Agnès coupa le contact.

— Qu'est-ce que vous voulez ? lui demanda-t-elle.

— *Un sitio en el coche.*

— Parlez donc français !

— *Bueno.* Une place dans la voiture.

— Elle est pleine à craquer. Vous voyez bien ?

— En vous serrant un peu...

— Pas question, protesta faiblement Inès.

Agnès jaillit de la Renault pour débarrasser son coffre des bidons vides qui atterrirent dans le fossé dans un joyeux tintamarre de ferraille. Sous le regard intéressé de l'Espagnol, elle les remplaça par une partie des bagages, libérant ainsi un bout de banquette.

— Ça ne vous briserait pas le dos de m'aider à rattacher mon vélo ! Il faudrait peut-être que je vous tienne la portière, Mola. Et d'abord, où allez-vous ?

— Où vous allez !

Il s'inséra non sans peine dans l'étroit espace que lui avait ménagé Agnès. Ne sachant qu'en faire, il s'assit sur son chapeau. Puis, pendant que la conductrice reprenait sa place au volant, il attrapa la guitare de la tante Dolorès, pinça les cordes et entreprit de l'accorder.

– Vous en jouez ? demanda Agnès en se tordant le cou vers lui.

– Sinon, je ne serais pas espagnol, *señorita*.

Il était près de six heures lorsque l'équipage des demoiselles d'Ayrac s'engagea sous une des deux portes fortifiées de Castelnaud. Elles n'y étaient pas les premières arrivées. La grand-place des Cornières était encombrée par des véhicules de réfugiés comme par les forains un jour de grande foire. Agnès trouva à se garer dans la rue principale qui du nord au sud traversait la ville.

– C'est ici que vous descendez, ordonna-t-elle à son passager.

– Non !

– Comment, non ? s'indigna Agnès éberluée par son infernal toupet. Je suppose que vous ne tenez pas à ce que j'aille chercher les gendarmes ?

– Je me fous de la *guardia civil !*

À l'évidence, Enrique Mola n'avait aucune intention de se lever du siège où il semblait s'être incrusté.

40

– Au moins, soyez utile à quelque chose, lui dit Agnès. Gardez la voiture si vous ne voulez pas en descendre.

Il répondit par un clin d'œil et un geste apaisant de la main. Les deux femmes revinrent vers la place où la plupart des commerces de Castelnaud avaient leurs étals. Inès traînait toujours son sac de quincaille et ne consentit à se charger que d'un paquet de nouilles et d'une douzaine d'œufs dans une poche de papier sans anses. Agnès prit le pain, de la salade, divers légumes pour la soupe, du café en grains, du beurre, de l'huile, du vinaigre et d'autres comestibles qu'elle fourra dans un cabas de toile cirée et un panier d'osier noir à couvercle acquis aux Docks de Gascogne, où elle avait fait l'essentiel de ses courses.

Au bureau de tabac-journaux-bazar, elle prit *La Petite Gironde* du jour, une grosse boîte d'allumettes de ménage, des cigarettes blondes dans un élégant étui de carton bleu et un paquet de tabac gris.

– Tu ne vas pas te mettre à fumer la pipe ? s'inquiéta Inès, l'œil rond.

– Je me le demande ! George Sand fumait bien le cigare.

– George Sand est loin d'avoir mené une vie exemplaire.

Au café-restaurant-hôtel de la Poste, la

terrasse grouillait de monde. Elles durent attendre en piétinant pour trouver enfin une table libre. Éreintées, muettes de fatigue, à demi mortes de soif, elles s'affalèrent sur des chaises de fer qui leur parurent plus moelleuses que les bergères du boulevard de Courcelles. Léon Delpit, le patron, vint lui-même servir aux dames leur limonade.

– Alors, vous êtes revenue au pays, mademoiselle d'Ayrac, dit-il à Inès.

– Vous me connaissez ? s'étonna-t-elle, flattée.

– Petit, j'allais pêcher les écrevisses chez vous, dans le Boudouyssou. Vous étiez jeune fille alors, comme elle, ajouta-t-il en désignant Agnès d'un coup de menton.

– Elle est la fille de mon frère Louis.

– J'ai bien connu votre pauvre papa, s'apitoya Léon. Vous venez en vacances ?

Il s'éloigna, appelé par d'autres clients. Aux regards furtifs qu'ils portaient sur elles, les dames d'Ayrac comprirent qu'elles faisaient l'objet de la conversation. Au signal d'Agnès, Léon Delpit revint à leur table présenter son addition.

– Ajoutez-y deux canettes de bière.

Il les apporta toutes embuées de fraîcheur.

– Si c'est pour consommer tout de suite, je vous les décapsule ?

– Non, c'est pour emporter à la maison.

– Beaurepaire, vous allez le trouver changé s'il y a longtemps que vous n'y êtes pas venues.

– Comment le savez-vous ?

– J'y suis passé en allant aux girolles.

Eh bien, tu n'y passeras plus, mon bonhomme, se dit Agnès avec son sourire le plus engageant.

Le *señor* Enrique Mola, rencogné dans le fond de l'auto, suçotait une pipe vide avec un air absent.

– Merci, lui dit Agnès en lui ouvrant la portière. Vous allez nous quitter maintenant.

– Non !

– Vous ne vous rendez pas compte, insista pompeusement Inès, que votre compagnie est indésirable ?

– Non !

– Je vous préviens que l'accès de notre maison vous sera interdit. Vous coucherez dehors !

– *Igual !* Je m'en fous *completamente.*

Cela dit, il empoigna de nouveau la guitare et plaqua quelques accords pour faire savoir qu'il resterait sourd à toute autre injonction.

En réalité, l'achat du tabac à pipe et des bouteilles de bière montrait assez bien qu'Agnès s'était déjà faite à l'idée de garder l'Espagnol à Beaurepaire, où la présence d'un homme pouvait s'avérer utile.

– Lâchez-moi cet instrument, Mola. On ne s'entend plus ici. J'espère que vous vous souvenez de la route, ma tante.

– J'irais les yeux fermés.

– Vous avez assez dormi comme ça !

– À la sortie de la ville, au bas de la côte, tu prends la grand-route à droite et tu suis la rivière. L'entrée de la propriété est signalée par deux colonnes de pierre.

– Sans grilles autour, bien sûr ?

– Sans rien.

– Je me demande à quoi servent ces bornes si on peut passer à côté.

– Ne critique pas tout, ma petite fille, bêla Inès. Rien ne trouve grâce à tes yeux.

– Et vous trouvez tout épatant du moment que c'est dans votre cher Périgord.

Mais après ce qu'elle venait d'en voir, Agnès était tout à fait disposée à l'adopter comme le sien.

À la belle saison, le Boudouyssou n'était qu'un filet d'eau gazouilleur, mais, gonflé par les pluies d'automne, il actionnait des moulins saisonniers et, par de sages débordements, il irriguait les prés qui le bordaient. Toute l'année, il entretenait assez d'humidité sur ses berges pour permettre à un rideau de

44

peupliers de parapher de leurs plumes fré-
missantes la page nue des ciels d'été.

– C'est là ! s'écria Inès.

Agnès négocia brutalement le virage avant
de s'engager sur un chemin cahoteux longé de
sapinettes. Il conduisait à un petit pont en dos
d'âne qui n'était pas sans rappeler la toile de
Jouy tapissant sa chambre parisienne. Le cas-
sis abordé trop vite souleva la vieille dame de
la banquette sur laquelle elle retomba avec un
bruit de soufflet. Derrière, le *señor* Mola
bougonna une malédiction probablement or-
durière, heureusement incompréhensible.

Un raidillon ombragé par les futaies d'une
garenne aboutissait à un terre-plein édifié
grâce aux déblais arrachés au coteau pour
établir devant la maison une surface à peu
près horizontale. Cette terrasse était close au
sud par une balustrade et bordée sur ses
flancs par une haie de lauriers et de fusains.
Elle était envahie par des herbes folles d'où
émergeaient çà et là des touffes de marguerites sauvages.

Beaurepaire était ce que l'on appelait dans
le Sud-Ouest une « chartreuse », bien que sa
vocation n'eût jamais été d'abriter une communauté religieuse. Un corps de bâtiment
sans étage sous des combles éclairés par des
chiens-assis aux pignons sculptés d'une

coquille était flanqué de deux ailes symétriques aux toits aigus de tuiles plates.

De loin, les harmonieuses proportions de la demeure pouvaient faire illusion, mais en s'en approchant, force était de constater qu'elle était proche de la ruine. De ses hauts contrevents de bois plein, plusieurs ne tenaient plus que par un gond et menaçaient de se décrocher à la première bourrasque. Le crépi de la façade s'était décollé par plaques entières et leurs débris jonchaient le caniveau à l'aplomb des chéneaux, mêlés à des tessons de tuile.

Sous le soleil encore implacable, dans le silence qu'après l'arrêt du moteur rien ne troublait plus que des bombinements d'insectes, il se dégageait du lieu une impression de solitude hargneuse et maléfique, comme si la maison voulait se venger d'avoir été si longtemps négligée.

– Le boulevard de Courcelles nous a chassées, murmura Agnès ; Beaurepaire nous fait la gueule.

Inès, accablée par ce déprimant tableau, restait bouche bée, les bras ballants, jetant autour d'elle des regards perdus comme si elle cherchait un siège sur lequel s'effondrer.

– Je ne pensais pas, dit-elle d'une petite voix couverte, que tout serait délabré à ce point. Hier encore, nous jouions au croquet sur cette pelouse ; des chiens gambadaient dans nos jambes, et les poules du fermier venaient picorer les miettes de nos tartines. Des fenêtres entrouvertes du salon nous parvenaient les rires des grands, des bribes de romances, des arpèges de piano.

– C'était il y a cent ans !

– Et si nous rentrions, Agnès ?

– Trop tard ! L'appartement ne nous appartient plus. Les Allemands sont à Paris. Nous n'avons pas d'autre choix que de rester ici. Je vais la réveiller, moi, cette maison.

Mais devant l'immensité de la tâche, Agnès n'était plus si sûre de son courage. Derrière la lourde porte cloutée, rébarbative malgré les moulures de ses rinceaux, elle se demanda si ce qu'elle allait découvrir à l'intérieur ne serait pas pire que ce qu'elle avait sous les yeux. Devant le désarroi de la vieille dame, elle se refusait à montrer le moindre signe de découragement. Au contraire, il lui venait au cœur des élans de tendresse. Aussi bien, elle l'eût bercée comme pour la consoler d'un gros chagrin d'enfant. Mais le moment n'était pas aux attendrissements.

– Allez, secouez-vous ! Le passé est mort ; demain reste à nous, Inès !

– Tu m'appelles par mon prénom maintenant ? fit-elle mine de protester.

Mais elle était plutôt contente d'être traitée aussi familièrement par une jeune femme de plus de quarante ans sa cadette.

– Je ne me souviens plus où on cachait la clef, se reprit Inès pour changer de sujet.

– Eh bien, cherchez-la pendant que je fais le tour du propriétaire.

En vérité, Agnès éprouvait quelque appréhension à se lancer toute seule dans l'exploration d'un territoire qu'elle imaginait semé d'embûches et de rencontres désagréables.

La belle intrépidité dont elle avait fait preuve devant les dangers pourtant réels du voyage mollissait pour affronter l'inconnu.

Le *señor* Mola, faisant preuve d'une surprenante bonne volonté, achevait de décharger les bagages alors qu'on ne lui avait rien demandé.

– Accompagnez-moi, Mola, l'invita-t-elle comme à une promenade.

L'Espagnol, posément, sortit du coffre la dernière valise, la déposa dans l'herbe et se redressa avec un air offensé.

– Appelez-moi Enrique ! Mola, c'est le nom d'un *cabrón*[1] de général de Franco. Et je ne dis rien de sa putain de mère !

1. La pire des injures, en espagnol.

Ainsi, pour que nul n'en ignore, venait-il d'affirmer hautement ses opinions politiques.

Ils entreprirent la visite par l'ouest, dans le sens des aiguilles d'une montre, respectant sans le savoir un antique principe de géomancie chinoise. Un chemin défoncé par des ornières et des empreintes de sabots les mena à une mare aux eaux noircies par l'ombre épaisse d'une saulaie et crevées de bulles suspectes.

— C'est peut-être un cadavre, suggéra Enrique avec une lueur gourmande dans le regard.

— N'avançons pas, s'exclama Agnès prête à faire demi-tour.

Mais les flops d'une demi-douzaine de grenouilles démentirent cette sinistre hypothèse. Tout près, à leur droite, s'élevaient les bâtiments de ce qui avait été une métairie. Elle paraissait avoir été mieux entretenue que la maison des maîtres. À la couleur des tuiles, on voyait que plusieurs avaient été remplacées sur le toit. Les treilles au-dessus des portails de l'étable et de la grange étaient bleuies de sulfate. Sous un hangar, bien au sec, un pailler entamé datant des dernières moissons était soigneusement paré.

La face nord du manoir percée par de chiches lucarnes avait l'aspect aimable d'une muraille de prison. Au-delà montait en pente douce une grande friche barrée au sommet du coteau par la ligne sombre d'un bois de chênes.

À l'est s'élevait un groupe de petites constructions hétéroclites et mal bâties de silex et de mortier pauvre.

– C'est le bordel, maugréa Enrique.

Agnès, saisie par un regain d'optimisme, vit au contraire ce hameau peuplé de poules généreusement pondeuses, de lapins forcément reproducteurs et d'un cochon (au moins) qui, faute de mieux, s'engraisserait de l'air du temps.

Inès les attendait avec en main une clef de geôle grosse comme une masse d'armes.

– Je n'ai pas assez de force pour la tourner.

– Donnez-la-moi.

Enrique la lui arracha et l'enfourna dans l'entrée de la serrure. Sous une légère poussée, la porte s'ouvrit avec un grincement lugubre.

– Où l'on voit, fit remarquer Agnès l'air de rien, que ça sert quand même, un homme dans une maison.

– Le loup dans la bergerie, grommela Inès.

Précédées par l'Espagnol, elles entrèrent dans un vestibule pavé de cailloutis. Sous le haut plafond, les voix avaient des sonorités d'église.

– À droite, c'était le salon, clama Inès sur le ton solennel d'un guide touristique.

– Il n'y a pas de raison pour qu'il ne le soit plus.

Bravement, Agnès affronta l'obscurité pour aller ouvrir la fenêtre. Elle eut quelque peine à faire pivoter l'espagnolette des contrevents.

– Attention, cria Inès.

Comme il était à craindre, l'un d'eux que rien ne retenait plus se décrocha et, avec un fracas retentissant, s'aplatit sur les gravats du caniveau.

La pièce que la lumière du jour dévoila à ses visiteurs était meublée de fauteuils et de banquettes à dossier, dits os-de-mouton, de massives commodes tombeaux et d'une armoire périgourdine à pointes de diamant dans le même esprit Louis XIV austère et majestueux, comme une tragédie classique en vers. Le sol était revêtu de carreaux de terre cuite disjoints et nappés d'une mince couche de poussière collée par l'humidité. Aux murs, des peintures charbonneuses représentaient des scènes bibliques. Sur la cheminée de pierre, une pendule de bronze était flanquée de candélabres garnis de bougies dégoulinantes de cire figée.

Il flottait dans ce décor emphatique une odeur de moisi, de cendres mouillées, de fleurs pourries, bien qu'il n'y eût pas de vase où elles eussent pu avoir été oubliées. Tous les bibelots avaient d'ailleurs disparu.

Anéantie, Inès s'écroula mollement dans un fauteuil.

— Je prendrais bien une tasse de thé, gémit-elle d'une voix mourante en s'éventant avec son mouchoir.

— Tout à l'heure, s'il nous reste des tasses.

Une porte à double battant donnait dans une pièce presque aussi vaste que le salon.

— La chambre de tes grands-parents d'Ayrac, Agnès, chuchota la vieille fille.

— Vous pouvez parler plus fort. Vous ne risquez guère de les réveiller.

Hors le mobilier, de la même époque que celui du salon, l'on y voyait un lit à baldaquin d'où pendaient des courtines d'une raide étoffe brochée. Devant la fenêtre, il y avait une table derrière laquelle on pouvait imaginer un gentilhomme emperruqué, le cou engoncé dans une fraise de dentelle à la Médicis, grattant à la plume d'oie ses comptes de fermage.

Derrière un paravent de chinoiseries se cachaient des commodités, une cathèdre gothique au siège percé coiffé d'une tape de bois découpée en forme de sellette.

— Ça sent encore le vieux pipi, renifla Agnès. Ça sent le vieux, quoi !

– Il fallait bien que les choses se fassent, ma petite fille.

– On pouvait les faire ailleurs, non ?

– Au fond du vestibule, si tu veux le savoir, un endroit paisible avec une jolie vue sur le haut du coteau. Je m'y suis souvent livrée à d'agréables rêveries.

À droite du vestibule, on entrait dans la salle à manger. Les crédences étaient vides de vaisselle, et sur les murs se voyaient les traces livides des plats d'étain et de faïence qui les avaient ornés.

– J'y ai vu donner des soupers de vingt-quatre couverts, dit fièrement Inès.

– En l'absence de personnel de service, nous prendrons nos repas à la cuisine, décréta Agnès.

La cuisine était la seule pièce du rez-de-chaussée où il restait quelques traces de vie. La cheminée où pendaient des crémaillères était équipée de landiers, de divers trépieds et d'un tournebroche actionné par un mécanisme à contrepoids. Elle voisinait avec une classique cuisinière de tôle noire et de laiton. Tous les ustensiles de cuivre, qui, d'ailleurs, ne servaient plus depuis longtemps, avaient, bien sûr, été volés. Dans de profonds placards, d'autres instruments plus modernes étaient empilés en désordre ainsi qu'une vaisselle grossière d'assez peu de valeur pour ne pas avoir été emportée.

Devant la fenêtre, à côté d'un évier creusé dans une seule dalle de calcaire, une pompe à bras tirait l'eau d'un puits foré dans le sous-sol de la maison.

– Heureusement que j'ai pensé à prendre l'argenterie, dit Inès. Je n'ai jamais pu me servir de couverts en fer.

De la cuisine, on pénétrait par une porte basse sous la chambre du pavillon dans une souillarde et un office séparés par une cloison de brique d'un réduit obscur, domaine réservé du personnel. Dans un coin de cette pièce, un escalier raide donnait accès à l'étage.

– Un repaire de chauves-souris. Montez devant, Enrique, et ouvrez la fenêtre !

Les meubles de cette chambre étaient de style Louis-Philippe, sans charme mais cossus. Dans une armoire à glace qu'ouvrit Agnès, il y avait des piles de draps jaunis aux plis et des courtepointes piquées, sérieusement entamées par les mites. Un crucifix d'ivoire et d'ébène au dos duquel était fichée une branche de buis desséché dominait le chevet d'un lit bateau.

Une cuvette et un broc de faïence ébréchés étaient posés sur le marbre fendu d'une table de toilette.

Le rez-de-chaussée de l'aile opposée avait servi d'atelier. Il était encombré d'un établi de menuisier, d'outils, de matériaux de construction, de sièges cassés, de pots de peinture et de tonneaux de chaux. Enrique détailla ce bric-à-brac avec un vif intérêt.

Pour atteindre l'étage, il fallait emprunter un escalier extérieur abrité des intempéries par un auvent, qui procurait à l'occupant de la chambre l'avantage de l'indépendance à défaut de celui de la commodité.

– Vous monterez mes bagages ici, Enrique, décida Agnès.

– Je dormirai au-dessus de la cuisine, alors ?

– Pour cette nuit. Parce que, demain...

– Non !

Revenu sur la terrasse, l'Espagnol grimpa dans l'auto avec la louable intention de la garer sous le hangar de la ferme. Le moteur, vigoureusement sollicité, refusa tout service. Enrique descendit soulever le capot avec la mine de qui connaît son affaire. Il débrancha le tuyau d'arrivée d'essence au carburateur, souffla dedans et actionna la pompe à la main sans plus de succès.

– Plus de *gasolina*, conclut-il.

– Alors ?

– On verra demain !

– Vous devrez repartir à pied !

– Non, s'obstina l'Espagnol.

– Quoi, non ?

– Parce que je reste !

Agnès ne répondit pas, au fond, c'était la décision qu'elle attendait. Mais elle ne voulait pas que son silence pût être interprété comme une invitation. Elle haussa les épaules et alla s'accouder à la balustrade de la terrasse. Elle surplombait le vallon du Boudouyssou, si bien que l'on pouvait voir au-dessus de l'écran des peupliers se dérouler le moutonnement des bois jusqu'au fond de l'horizon. L'on eût pu croire que ce paysage était désert si des fumées éparses n'avaient permis de déceler des présences humaines.

Promenant son regard autour d'elle, Agnès eut son attention attirée, à quelques centaines de mètres, au couchant, un peu en contrebas de Beaurepaire, par un pan de toit de tuiles émergeant à peine des cimes des taillis. Aucun signe de vie ne permettait de penser que la maison qu'il coiffait était habitée. Elle se persuada pourtant que, pour être nichée dans une telle solitude, cette demeure devait abriter un mystère, sans raison, sinon qu'elle désirait que cela fût.

4

Le soir venait. Tout le monde avait faim. Malgré son épuisement, tante Inès voulut bien se charger de faire le souper à condition que « quelqu'un » lui allumât les feux. Quoiqu'elle n'eût désigné personne, le *señor* Mola se sentit visé. Sans un mot, il s'en fut à l'atelier où le combustible était en abondance.

Inès avait assumé boulevard de Courcelles le rôle qu'elle se proposait de tenir à Beaurepaire. Il y avait à cela plusieurs raisons. Elle était gourmande et jalouse de ses recettes. Les tâches de la cuisine n'exigeaient pas de longs déplacements et la plupart, telles que l'épluchage des légumes et la surveillance de la cuisson, pouvaient être effectuées assise. Frileuse, enfin, elle pressentait que, l'hiver venu, le seul endroit vivable de la maison serait le coin de la cheminée.

Au moment de mettre le couvert se posa un délicat problème de protocole. Pouvait-on inviter un domestique à la table des maîtres ?

– Vous n'allez pas envoyer Enrique laper sa soupe dehors, Inès. Il fut un temps où, dans les châteaux, on gardait la place du pauvre de passage.

– Tu as lu ça dans les romans, ma petite fille.

– Et de même celle de certains vieux serviteurs considérés comme des membres de la famille.

– Il fallait qu'ils aient été d'un dévouement sans faille et d'une conduite irréprochable.

Après une discussion vive quoique chuchotée, Agnès obtint gain de cause sous réserve qu'Enrique fût relégué tout au bout de la table. Il s'y tint d'ailleurs fort convenablement, sans ces accrocs aux usages qui sont, disait Inès, le propre des gens du commun.

Agnès, que des questions démangeaient, rompit le silence.

– Et vous venez d'où en Espagne, Enrique ?

– Du Sud.

– Qu'y faisiez-vous ?

– La *guerrrrra !*

Tous ces R roulaient dans le fond de sa gorge comme les échos de furieuses batailles, grondements du canon, rugissements des assauts, râles des mourants.

– La guerre contre qui ? s'enquit naïvement Inès.

– Contre ces *hijos de puta de monarquistas* ! *¡ Los de Franco !*

– Vous ne seriez pas un peu communiste, alors ?

– *¡ Sí !*

– Ce n'est pas une situation, intervint Agnès.

– Non. Je suis aussi ingénieur agronome.

– Ça tombe bien, Enrique. Vous allez avoir du travail !

Mais ingénieur ne voulait pas dire homme de main. On pouvait être spécialiste des cultures méditerranéennes ou tropicales sans savoir manier une faux ou une bêche à dents.

Le *señor* Mola referma son couteau, une sorte d'eustache de voyou, se déplia comme un mètre et se dirigea d'un pas nonchalant vers l'escalier de la chambre qu'il s'était attribuée d'office à l'étage de l'aile orientale. Avant de s'engouffrer sous la porte basse où il risquait de se fracasser le crâne, il courba la tête vers les deux dames comme pour un salut déférent.

– Demain, c'est dimanche. La messe est à quelle heure ?

Sa question laissa Inès abasourdie. Cet individu, qui avait violé des tombes de religieuses et, comble de l'horreur, peut-être ce qu'il y avait dedans, pendu des prêtres, fusillé des sacristains, volé les vases sacrés et s'était livré à toutes sortes de profanations, prétendait se rendre à l'office ! C'était d'une hypocrisie sans nom !

— Je me demande ce que vous allez y faire, monsieur Mola, s'indigna Inès. Mettre le feu à l'église ?

— Je suis un anarchiste chrétien, *señorita* d'Ayrac.

— Ne vous fichez pas du monde, Enrique, dit Agnès en se retenant de rire.

Avec le sentiment d'avoir rivé son clou à une émanation du diable, la vieille demoiselle se retira dignement dans la chambre du rez-de-chaussée en brandissant une lampe pigeon, comme Aladin la sienne dans l'antre au trésor.

— Allumez donc l'électricité, Inès !

— Depuis le temps qu'elle n'a pas été payée, « ils » ont dû la couper.

— Il y a bien un compteur quelque part ?

Le panneau de commande était dans le vestibule à côté de la porte d'entrée. Agnès tripota la manette du disjoncteur. Sous un abat-jour de porcelaine blanche, une ampoule projeta sur le sol un rond de lumière jaunâtre.

– Que me chantiez-vous, Inès ? Ça marche, vous voyez bien !

Avant de monter chez elle, Agnès s'attarda sur la terrasse. Au sud, le ciel était obscurci par un nuage de suie. Au loin, le tonnerre grondait et l'horizon était nimbé d'éclairs comme d'un halo bleuté. Un frisson délicieux lui caressa l'échine jusqu'au bas de son dos. Devant ce somptueux chambardement, elle eut un instant la certitude que, par sa seule volonté assortie des incantations appropriées, elle était capable de le déclencher.

L'orage peu à peu s'apaisa sans avoir éclaté sur Beaurepaire. Accoudée à sa fenêtre grande ouverte, Agnès écouta le chant de la nuit. Les grenouilles coassaient dans la mare proche ; à ses pieds, des grillons cachés dans l'herbe stridulaient ; un oiseau nocturne chuintait dans un grenier de la ferme ; des chiens aboyaient à la lune réapparue. Elle se coucha sans allumer sa lampe. Au-dessus de son lit, dans les combles, les lames du plancher que la chaleur avait fait jouer grinçaient comme sous les pas feutrés d'une âme en peine.

– Un fantôme, se dit-elle. Ce serait épatant si ça pouvait être vrai.

Là encore, elle tenta de se persuader qu'elle avait le pouvoir de donner une consistance à un ectoplasme. Le sommeil la fuyait. Elle se prit à penser à Patrick. Elle n'en avait reçu aucune nouvelle et n'espérait pas en avoir jamais, mais le souvenir qu'elle gardait des instants de bonheur qu'il lui avait donnés réveillait au creux secret de son corps des désirs qu'elle se refusait à satisfaire par des artifices indignes de son âge.

Agnès trouva le *señor* Mola à la cuisine en train de faire chauffer l'eau du café. Il était vêtu plus coquettement que la veille. Sur une chemise à plastron au col fermé par un cordonnet de soie noire, il portait déboutonné un gilet sans manches de velours cramoisi râpé. Son pantalon rayé – il semblait n'avoir que celui-là – tirebouchonnait sur de longues chaussures pointues comme des solerets d'armure. Il salua la jeune fille d'une brève inclinaison du chef.

– Vous vous êtes fait beau, Enrique, remarqua-t-elle.

– Pour faire visite à Dieu.

– Cela n'a pas dû vous arriver souvent !

Enrique ne pouvait nier que sa fréquentation des édifices du culte n'avait été qu'occasionnelle. Il grimaça un sourire.

– Je vous ai sorti « la vélo », mademoiselle. J'irai à pied avec la tante.

Une tartine à la main, Agnès alla réveiller cette dernière. Inès se répandit en gémissements.

– Mais, bonté divine, tu ne pourras donc jamais me laisser dormir tranquille. Rien ne presse. La grand-messe était à onze heures, de mon temps.

– Telle que vous êtes au saut du lit, avec des rouleaux plein la tête, il vous faudra bien une heure avant d'être coiffée et, au train où vous marchez, une de plus pour être à Castelnaud. Allez ! On se grouille un peu, Inès !

– On ne me parle pas comme ça !

– Il convient de vous hâter, si vous préférez.

Agnès se laissa distancer par le curieux couple que constituaient ce maigre don Quichotte et ce rondelet Sancho. Inès était boudinée dans une robe entravée, chapeautée de sa capeline de Grand Prix d'Amérique, chaussée d'escarpins à talons tout à fait inadaptés à une marche dans des sentiers de traverse. Elle les avait empruntés souvent et prit donc les devants à l'allure de procession qui lui était habituelle. Le *señor* Mola, bien qu'il s'impatientât de piétiner sur ses traces, eut la courtoisie de ne pas la dépasser.

Arrivée à Castelnaud bien avant eux, Agnès les attendait devant l'église où le troisième et dernier coup de cloche venait de sonner.

La vaste nef était pleine grâce au renfort des réfugiés.

– Nous avions notre banc dans la chapelle de saint Roch, marmonna Inès. Il est occupé.

– Nous aurions dû retenir nos places, répondit Agnès.

La grand-messe ne différait guère de celle de l'aube, sinon qu'elle durait plus longtemps, que les enfants de chœur étaient plus nombreux, le sermon de l'abbé Vallade, curé de la paroisse, plus étoffé, et la quête plus généreuse.

Les dames d'Ayrac fouillèrent dans leur sac à la recherche de monnaie.

– Prêtez-moi deux francs, souffla Enrique à l'oreille d'Agnès.

– C'est beaucoup, non ?

– En Espagne, je donnais un douro.

– Ah bon.

Avec un air de grand seigneur, le *señor* Mola échappa à la honte de n'avoir à offrir qu'un bouton de culotte en jetant sa pièce dans l'aumônière.

L'abbé Léon Vallade n'avait pas besoin de se hisser sur la marche de son autel pour dominer le troupeau de ses fidèles. Il avait l'embonpoint prospère, une voix puissamment timbrée, l'œil perspicace frisé souvent d'une indulgence amusée. Quoi qu'on lui confessât, il en avait entendu d'autres. Exorciste diocésain, il n'avait jamais eu affaire au diable et ne croyait pas ceux ou celles qui prétendaient l'avoir vu.

Débarrassé de sa chasuble, en surplis, il sortit pour saluer ses ouailles rassemblées devant son église pour les palabres de pas de porte. À son chapeau, il repéra dans la foule une personne de qualité.

– Heureux, mademoiselle d'Ayrac, de vous revoir parmi nous.

Inès esquissa une révérence comme elle l'eût fait devant l'évêque de Périgueux.

– La fille de mon frère Louis, dit-elle en présentant sa nièce qu'elle tirait par le poignet.

Au lieu de baisser modestement les yeux, Agnès darda sur le prêtre un regard où dansait la flamme d'une insolente impiété.

Une âme à sauver, se dit l'abbé. Mais ça m'étonnerait qu'elle crie au secours.

– Et notre « factotum », intervint la jeune fille.

En dévisageant ce nouveau paroissien dont la largesse lui avait paru suspecte, Léon Vallade se demanda – c'était d'ailleurs son rôle – par quel sortilège il avait pu gagner en moins de vingt-quatre heures la confiance de la vieille brebis et de sa jeune agnelle.

Agnès répartit les courses, laissant à sa tante la mission de prendre des gâteaux chez le boulanger.

– Commandez le pain, une tourte de dix livres, et prenez des cache-museaux. Ils nous feront plus de profit que des tartelettes aux fraises.

Le cache-museau, spécialité de Simon Burlat, était une sorte de chou à la crème gros comme un képi de facteur, de consistance caoutchouteuse. Son créateur était un petit homme malingre au teint blême, comme en permanence grimé par sa propre farine.

– Ne me réglez pas le pain, mademoiselle. Je vous le déposerai mardi dans la boîte en bas de votre chemin. Je vous le marque et vous me réglerez à la fin du mois.

Inès fut bien soulagée de ne pas avoir à transporter sous son bras une miche de cinq kilos du diamètre d'un pneu de camion. Sur-le-champ, elle s'adjugea un cache-museau à titre d'avance sur le dessert.

Agnès poussa sa bicyclette dans les mains du *señor* Mola et l'entraîna aux Docks de Gascogne. Elle y passa commande d'épicerie, qu'Albert Contal, le gérant de la succursale, promit de livrer à la prochaine tournée de sa camionnette-magasin.

Albert Contal déployait dans sa boutique une activité de ruche. D'une main, il notait les articles vendus dans un calepin à souche, de l'autre il pesait la marchandise, de la troisième... En effet, Albert Contal, à l'instar du dieu Brahma, semblait avoir au moins quatre bras.

Enrique disparut dans la partie bazar de l'établissement. Il en revint avec un petit fagot de pinceaux et de brosses.

– Pour peindre la cuisine, expliqua-t-il.

– Et tous ces clous ? Vous avez l'intention de monter une quincaillerie ?

– Ce qui doit être fait le sera.

– Vous ne prétendez pas mettre toute cette ferraille dans les sacoches de mon vélo ? Nous reviendrons demain la prendre avec la voiture.

Agnès se souvint alors qu'il ne restait plus une goutte d'essence dans le réservoir de la Renault. Elle obtint du seul pompiste de Castelnaud qu'il lui cédât deux bidons de cinq litres qu'Enrique ficela sur le porte-bagages de la bicyclette.

Il n'y avait plus qu'à passer chez le boucher. Amédée Tranchet, seul depuis la fugue de sa femme avec son commis, ne livrait plus à domicile et confiait les commandes de ses clients à la camionnette des Docks. Il avait eu sous la main, lors du drame, les armes d'une sanglante vengeance, mais il avait stoïquement accepté son infortune. Parfois, il évoquait le souvenir de l'infidèle et il lui arrivait de verser quelques larmes, comme les veaux qu'il avait pour métier de sacrifier.

Le *señor* Mola dut pousser le vélo à travers bois sur le mauvais sentier du retour. Après son en-cas de cache-museau, Inès se sentait l'estomac chargé et ahanait pour suivre la cadence pourtant modérée de ses compagnons.

À Beaurepaire, tandis qu'Agnès rangeait les victuailles, Inès se laissa tomber sur une des chauffeuses de la cuisine, le souffle court, l'œil vitreux, proche de la syncope.

– Je prendrais bien une larme de porto, maintenant, soupira-t-elle.

– Porto, s'insurgea Enrique, *cosa de estos coños de Portugueses*. Mieux serait *una copita de* Tío Pepe[1] bien frais.

– On n'a pas ça en magasin, dit Agnès, mais de fait, je boirais bien, moi aussi, quelque chose de sec et de frais.

Après le déjeuner, son café siroté, Inès prétendit avoir droit à un peu de repos et se retira dans ses appartements. Le *señor* Mola entreprit de rassembler les meubles au milieu de la cuisine. Puis il fut chercher à l'atelier une échelle double et un demi-tonnelet de chaux qu'il étendit avec un adéquat pourcentage d'eau.

---

1. Marque célèbre de xérès très sec.

– En Espagne, affirma-t-il, tout ce qui n'est pas noir ou rouge est blanc !

Il touilla son mélange et s'attela à sa tâche en entonnant une lugubre mélopée d'inspiration nettement mozarabe.

Agnès le laissa à son chantier pour se réfugier au salon. Elle y avisa une petite bibliothèque vitrée que les malfaiteurs en général peu portés aux lectures édifiantes avaient négligé d'ouvrir. Parmi les ouvrages pieux, reliés, d'apparence sévère, elle dénicha un livre broché et dépenaillé qui avait été souvent feuilleté. Son titre eût convenu à un recueil de contes pour enfants. *Le Petit Albert ou la Sorcellerie pour tous* n'avait rien des écrits d'Albert le Grand, son illustre homonyme. Ce théologien médiéval, disciple de saint Thomas d'Aquin, avait pourtant taquiné l'hérésie et, par là, frôlé le bûcher.

Agnès se jeta avec délices dans la lecture de ces recettes pour jeteurs de sort, enchanteurs et concocteurs de philtres susceptibles de provoquer aussi bien la peste des poules que la coqueluche des nourrissons.

Le soir venait lorsqu'elle revint à la cuisine où le *señor* Mola, après avoir tout remis en ordre, fumait dans un brûle-gueule de merisier à demi calciné le puant tabac qu'elle lui avait offert.

– Demain, je peindrai le salon, annonça-t-il.

– En blanc ?

– Bien sûr, nous n'avons que cette couleur.

Quoiqu'elle n'en bût pas, Agnès fit du thé parce que c'était l'heure. Elle en porta une tasse à sa tante qui s'émerveilla d'une attention aussi rare.

– Que c'est gentil, ma petite fille, de penser à ta vieille tante.

– Je pense à vous plus souvent que vous ne le croyez.

Agnès n'avait pas bonne conscience de l'avoir rudoyée depuis le départ de Paris. Mue par un de ces subits élans de tendresse, assortis de brûlants remords, elle déposa sur le front d'Inès un poutou paysan.

– Vous avez bien dormi ? s'enquit-elle avec une sollicitude un peu forcée.

– Bah, j'ai fermé les yeux quelques minutes. Et toi, qu'as-tu fait cet après-midi ?

– J'ai lu un amusant manuel de magie noire.

– De magie noire ? Je me demande qui a pu introduire ces horreurs dans la maison.

– À propos, j'ai cru entendre des bruits de pas dans mon grenier la nuit dernière. « Le fantôme de Beaurepaire » ! Rigolo, non ?

– Un fantôme ? Je ne vois guère que mon grand-oncle.

– Mais lequel, enfin ?

– Séran. Séran d'Ayrac. Il a mené une existence scandaleuse. Mécréant jusqu'au seuil de la tombe, il a refusé les secours de la religion.

– Ce ne serait pas une raison pour revenir empoisonner la vie des honnêtes gens.

– Et en parlant de mécréant, où est donc passé ton Espagnol ?

– Il a fini de repeindre la cuisine. Je dois dire qu'il n'a pas perdu de temps.

– Tu lui donneras la pièce.

– Une avance sur son salaire, alors.

– Mais de quoi me parles-tu ? Tu ne vas pas embaucher au mois une canaille capable de nous égorger pendant notre sommeil pour le seul plaisir de voir couler du sang bleu.

– Demain, s'obstina Agnès, nous irons à Castelnaud lui acheter des vêtements de travail convenables.

– Au train où tu jettes l'argent par les fenêtres, tu n'auras vite plus un sou.

– Je vais recevoir ceux de l'appartement de Paris.

– Le ciel t'entende !

– C'est vous qu'il écoutera. Priez-le donc, ma tante !

Le *señor* Mola monta chez lui troquer son gilet maculé de taches de chaux contre son invraisemblable habit de pingouin. Pour se rassurer, Inès se dit qu'un homme qui s'habillait pour souper, fût-ce d'un déguisement de carnaval, ne pouvait pas être un assassin de femmes seules. Quand elle s'assit à table pour peler les légumes de la soupe, Enrique lui poussa sa chaise sous le derrière.

Ou il est un véritable homme du monde dévoyé, pensa-t-elle encore, ou il est un mystificateur.

Elle opta pour la première hypothèse, jugée la plus satisfaisante.

Agnès fourgonna dans le foyer de la cuisinière où elle espérait raviver quelques braises.

– Zut ! Il est éteint, râla-t-elle.

– *Bueno*, je vais « fender » un peu les bûches, proposa le *señor* Mola.

– Vous ne pouvez pas dire qu'Enrique n'est pas complaisant, Inès.

Il n'était pas sorti depuis cinq minutes lorsque le heurtoir de la porte du vestibule claqua sur son butoir.

– Toi qui es debout, Agnès, va donc ouvrir !

L'inconnu qui se dressait devant elle était ce que l'on appelle un bel homme. Vêtu d'un ensemble de coutil bleu strictement boutonné sous le menton et chaussé de galoches de caoutchouc, il était coiffé d'un galure de paille au bord relevé sur la nuque, comme dans les illustrations des livres d'histoire le *chapel* du Gentil Duc de Bourgogne. Il avait un regard placide mais non sans malice et, sous un nez gascon, une moustache en brosse poivre et sel qui lui cachait tout le haut de la bouche.

Il tenait dans son poing, par le cou, un poulet plumé, et dans son autre main un grand panier de bois rempli de légumes disposés pour faire un nid à une douzaine d'œufs et un lit à un bocal de prunes à l'eau-de-vie.

– Je viens voir mademoiselle d'Ayrac, dit-il avec une voix de plein air.

– C'est moi !

– Non, c'est l'autre.

– Je suis sa nièce.

– Moi, c'est Amédée Bourniquel, votre voisin.

– Médée ! cria Inès depuis la cuisine. Entre, mon petit !

« Petit » était une façon de parler, eu égard aux imposantes dimensions de Médée Bourniquel. Inès le tutoyait quasiment depuis sa venue au monde, il y avait cinquante ans. Elle en avait quinze alors. Ils n'avaient jamais, comme l'on dit, « gardé » ensemble. Il était impensable que cette marque de familiarité eût pu être réciproque.

Fils unique d'un ancien fermier des d'Ayrac, il avait acheté à crédit une partie de leurs terres, les meilleures au demeurant. Les revenus du reste, qu'il exploitait à moitié, étaient engloutis dans les impôts que Louis lui avait demandé de régler en son nom. Il restait cependant quelques redevances en nature accumulées depuis les trois ans que les anciens maîtres ne venaient plus en Périgord.

Inès, qui se piquait de parler le patois avec ses « gens », se lança dans une improvisation volubile et confuse à laquelle Amédée Bourniquel ne parut rien comprendre.

– *Sito té...* et pose tout ça sur la table, acheva-t-elle en français. Merci, Médée !

– Ne me remerciez pas, demoiselle : je vous le dois.

– Non pas. C'est à présent à cette petite, là.

Bourniquel se tourna vers Agnès et souleva son chapeau de deux centimètres au-dessus de son crâne.

– *E pla poulit, la drôle*[1].

– Qu'est-ce qu'il baragouine ? demanda Agnès.

– Qu'il ne te trouve pas mal du tout.

Il sortit de sa poche un carnet noir couvert de moleskine, fermé par un élastique, lécha

1. « Elle est bien jolie, la petite. »

son index et feuilleta la moitié des pages avant de tomber sur celle de ses comptes.

– 1937. Trois poulets ou poules venues, un couple de canards mulards...

– Vivants, fit préciser Agnès.

Médée la dévisagea avec sévérité, comme si elle venait de proférer une incongruité.

– ...une barrique de vin...

– Il ne vaut rien, dit Inès, mais va donc !

– ...trois quintaux de blé, un de maïs, deux de truffes.

– Des truffes, s'exclama Agnès, mais elles valent une fortune à Paris !

– Les truffes, chez nous, c'est les pommes de terre.

Impavide, il poursuivit son énumération.

– Un demi-cochon.

– Mort, je suppose, ironisa Agnès pour faire l'intéressante.

– 1938, 1939, même chose, dit Amédée en faisant claquer l'élastique de son calepin : on est honnête ou on ne l'est pas.

Tout ce pain, ces omelettes, ces confits, cette charcuterie en puissance étaient une manne providentielle, un peu comme ces caisses pleines d'outils que découvrent les Robinsons, échouées sur la grève de leur île déserte à la suite d'un naufrage miraculeux.

Il y avait un moment qu'Inès lorgnait le

bocal de prunes. À bout de résistance, elle en pinça une entre le pouce et l'index et la goba, les yeux allumés de gourmandise.

Le *señor* Mola entra sur ces entrefaites, les bras chargés de bûchettes.

– *¿Quién es este tipo?* demanda-t-il en désignant Médée d'un coup de menton.

– Notre voisin.

– Et lui? dit Médée.

– Notre intendant, rectifia Agnès pour ménager une susceptibilité qu'elle subodorait pointilleuse. Il est espagnol.

– Je vois bien qu'il n'est pas un Zoulou, demoiselle. *« Espagnol, bentré mol[1] »*, dit Médée d'un ton méprisant.

Les regards acérés qu'échangèrent les deux hommes laissaient présager des relations tendues.

– Vous seriez gentil, Enrique, dit Agnès avec un sourire enjôleur, d'aller vider les bidons d'essence dans la voiture.

Ce prétexte écartait momentanément les protagonistes de ce qui pouvait devenir un conflit sanglant. Le *señor* Mola s'éloigna en grommelant les terribles injures dont sa langue paraissait être inépuisable.

– Et que comptez-vous faire, mademoiselle

1. « Espagnol, ventre mou. »

Agnès, à présent que vous ne pouvez plus revenir à Paris ?

– Retour à la terre, monsieur Bourniquel.

– Je ne veux pas vous décourager, mais le métier de paysan ne s'apprend pas dans les livres.

– Je vais commencer par vendre l'auto contre un cheval.

– Si l'auto est celle que j'ai vue dehors, vous n'en tirerez pas le prix de la carriole.

– Je vais élever un troupeau de chèvres.

– Des « crabes », pourquoi pas ? Elles vous mangeront les ronces. Anna la sorcière vous en vendrait bien quelques-unes.

– Pourquoi la « sorcière » ?

– Elle « remet le feu[1] », on dit. Bon, ça n'est pas tout ça, je ne m'ennuie pas en votre compagnie, mais je vais rentrer mes bêtes. Et té, si vous voulez du lait, vous n'aurez qu'à venir le prendre après la traite du matin.

– De bonne heure ? s'inquiéta Inès.

– Au jour, parbleu.

– Alors tu iras, Agnès.

Agnès raccompagna Amédée sur la terrasse et lui montra, au milieu des bois, le pan de tuiles couleur d'incendie.

– C'est Castelmerle. Il n'y avait pas assez

1. Guérit les brûlures.

de terres pour en vivre. Son propriétaire, un certain Auberoche Julien, les a vendues pour s'acheter une plantation de je ne sais quoi aux colonies. Il n'a gardé que les bâtiments, enfin, ce qu'il en reste. Dans le pays, on l'appelle le « Chinois », mais on ne l'a jamais vu avec des yeux tirés sur le côté et un chapeau pointu. Il y a dix ans qu'il n'est pas revenu. Peut-être bien qu'il a attrapé les fièvres et qu'il est mort là-bas.

Une nébulosité diaphane s'effilochait lentement aux arêtes du toit tarabiscoté de la maison abandonnée du Chinois.

– Regardez, Médée, dit Agnès tout excitée en agrippant le bras de son voisin. On dirait de la fumée.

– Tout ce que je vois, moi, c'est de la brume, et si je ne veux pas que ma vigne rouille, il faudra que je la sulfate, demain.

5

Tous les après-midi, à la même heure, depuis le premier orage de la mousson, un ciel de fin du monde se déversait en cataractes comme d'une gigantesque pomme de douche. Le soleil revenu, sous les hévéas, une épaisse brume montait du sol gorgé d'eau, et les pistes qui quadrillaient la plantation se nappaient d'une pellicule de boue rouge glissante comme du verglas.

D'un pas précautionneux de patineur débutant, crotté jusqu'aux yeux, trempé comme une serpillière, Julien Auberoche, directeur et propriétaire de la Société des caoutchoucs d'Ampuk, rentrait chez lui.

L'usine qu'il traversa tenait de la laiterie et de la papeterie artisanale. Sous des hangars couverts de tôle ondulée séchaient, sur des claies, les feuilles de latex coagulé. Un gros moteur haletant actionnait une batterie de calandres à déchiqueter. La nuit venue, une heure durant, il fournissait par l'intermédiaire d'une dynamo une lumière parcimonieuse et vacillante à la villa de Tuan[1] Auberoche.

Dans le village malais, sur le seuil de leurs maisons de bambou et de palmes, des femmes s'interpellaient aigrement tandis que leurs marmots, les fesses à l'air, patouillaient joyeusement avec autant de chiots. Au passage du Français, les chiens adultes s'égosillèrent en aboiements sauvages dans le seul but, semblait-il, d'ajouter au vacarme des hommes. Personne ne se souciait de les faire taire, puisque aussi bien ils n'appartenaient à personne. Les Malais, musulmans, toléraient leur existence dans la perspective de pouvoir les refiler à leurs voisins tonkinois. Ces derniers étaient, en effet, aussi friands de leur chair ligneuse et dure que de celle de leurs petits cochons noirs. Au reste, nourris des mêmes détritus, ils avaient à peu près le même goût.

De la route coloniale, on montait à la demeure de Julien Auberoche par un chemin empierré de latérite, sinueux bien que l'altitude du monticule n'excédât pas une dizaine

1. « Seigneur » en malais.

de mètres. D'un gazon de chiendent soigneusement tondu par le jardinier Kim émergeaient des massifs de cannas, des bouquets de bananiers et de papayers avec, çà et là, des manguiers solitaires et majestueux.

La maison qu'avait voulue Julien était de style cambodgien, toute de bois hors sa toiture. Elle était juchée sur des piliers à hauteur d'homme afin de ne pas entraver la circulation aveugle des génies de la nuit qui, comme chacun le sait au Cambodge, ne se déplacent qu'en ligne droite. Une galerie courait tout autour de l'étage. Là, dans le courant d'air, le maître faisait suspendre le hamac de sa sieste et déployer la chaise longue de ses méditations.

Julien grimpa lentement en s'aidant de la rampe un large escalier aux marches douces pour aboutir à une sorte de salon. Celui-ci s'ouvrait d'un côté sur une chambre et de l'autre sur un bureau. Cette pièce à tout faire était meublée de fauteuils et de canapés en rotin garnis de coussins avachis recouverts de percale imprimée de fleurs écarlates. Cette couleur ne jurait pas avec le rouge de la terre qui, avec le temps, avait tout incrusté de ses poussières.

Sur une table basse et un long bahut de teck cérusé étaient posées quelques coupes d'argent et des statuettes de bronze verdâtre, copies réduites de sculptures angkoriennes. Aux murs étaient accrochées des peintures enroulables et du style Fou Kien où l'on voyait au pied de falaises vertigineuses, hérissées d'arbres aux troncs torturés, un pêcheur et son cormoran, un couple de canards ou un paysan en train de repiquer du riz.

Le mobilier de la chambre n'avait rien de remarquable hors le lit, un large bat-flanc aux pattes griffues surmonté d'un baldaquin d'où pendait l'indispensable moustiquaire. Au chevet, sur un coffre de santal, un plateau de laque présentait tout l'attirail du fumeur, la pipe en terre du Sichuan, la lampe de verre, les aiguilles et la petite boîte de métal doré dans laquelle était vendu l'opium de la Régie.

Côté cour, dans une sorte d'échauguette, un réservoir qu'était censé tenir plein Sao San, le boy cambodgien, alimentait la douche. Les eaux savonneuses s'évacuaient à travers les lattes du parquet dans un *souy*, collecteur dont on préférait ignorer l'aboutissement.

Dans le bureau, une grande table était encombrée de paperasses, d'un volumineux téléphone plus décoratif qu'utile et d'un gros chandelier de pagode de style hollandais. Sur la cloison, face à la table, était pendu l'agrandissement photographique d'une de ces maisons de campagne que dans le Sud-Ouest on qualifie de « maître » parce qu'elles ont deux fenêtres à l'étage et, au-dessus de la porte, l'arc en plein cintre d'un linteau.

Sitôt chez lui, Julien Auberoche se dépouilla de ses loques et, en deux enjambées, se jeta sous la douche. Il eut beau se suspendre à la poignée comme à celle d'une sonnette sourde, pas une goutte ne tomba de la pomme. Sans prendre soin de se ceindre au moins les reins d'une serviette, il s'avança dans la galerie.

Accroupis dans la courette des communs, Sotchéa, sa *prapon*[1], Mah Len, une de ses copines de tontine, et l'infâme Sao San tapaient le carton chinois et discutaient le dernier coup sur le ton véhément de l'altercation.

– Vos gueules ! cria Julien.

Ils levèrent le nez avec un air faussement effarouché, comme s'ils avaient redouté l'explosion d'une terrible colère. Mais, depuis longtemps, le maître ne se fâchait plus. Sotchéa était même venue à considérer cette sérénité comme un signe de sénilité.

– Sao San, « la douche », c'est moi qui vais la remplir, peut-être ?

1. Femme, compagne.

Le Cambodgien sauta sur ses pieds et se précipita sur les seaux et la corde qui servait à les hisser à l'étage.

– Pas bien à poil devant tout le monde, *Ou Lien*, fit remarquer Sotchéa, la mine offusquée.

– Et alors, tu as l'habitude, non ?

– Mah Len, elle pas connaître.

– Elle ne fait pas bonne sœur chez les bonzes, que je sache !

Cette évocation de la plantureuse et rigolarde Mah Len, tondue comme un caillou, se déplaçant à croupetons une balayette de palme à la main dans la cour de la pagode, les fit s'esclaffer bruyamment.

À soixante-cinq ans passés, Julien Auberoche était encore robuste quoique apparussent sur son torse et son ventre surtout ces flaccidités de la peau et des muscles, stigmates de l'inexorable vieillissement. De taille moyenne, il était plus grand que la plupart de ses ouvriers, et sa prestance ne comptait pas pour peu de chose dans l'exercice de son autorité.

Ses cheveux se clairsemaient, mais il lui en restait encore assez pour pouvoir en faire une brosse présentable. Sous des sourcils broussailleux, il avait le regard gris et lointain du marin qu'il avait longtemps été, habitué à scruter l'horizon. Ses lèvres marquées aux commissures par des rides profondes découvraient dans le sourire des dents saines quoique jaunies par le tabac. Sans être proéminente, sa mâchoire était énergique et forte, peut-être d'avoir trop serré un tuyau de pipe.

Au début de son séjour en Extrême-Orient, il avait porté la barbe, croyant comme les missionnaires que cet attribut rarement fourni sur les mentons asiatiques le faisait ressembler à un sage taoïste. Mais à présent, il se laissait chaque matin barbouiller au blaireau par Sao San et raser au coupe-chou pliant sans jamais avoir subi la moindre estafilade. Sao San tirait une grande fierté de cette intimité bavarde qui finit toujours par s'établir entre un coiffeur et son client.

Il colportait les nouvelles du jour, dont les sources, qu'il prétendait sûres, restaient mystérieuses. En effet, bouddhiste à peu près convaincu, il ne se hasardait pas souvent au village malais où les musulmans constituaient une communauté hermétique et sourcilleuse.

Ses relations n'étaient pas plus confiantes avec les Annamites de l'usine, taciturnes et hautains, mais bricoleurs géniaux dans tout ce qui touchait de près ou de loin à la mécanique.

Rafraîchi, Julien noua autour de sa taille un sampot soigneusement repassé. Il bourra sa pipe de tabac Bastos passablement moisi et sortit côté jardin sur la galerie.

Sous le soleil déclinant, les rizières où l'ombre étique des *thnots*[1] s'étirait sans mesure étaient moirées de reflets mordorés. Des buffles gris, croûteux de leur dernier bain de boue, déambulaient, la tête lourde, sous la houlette de bambins à peine plus gros que l'oiseau pique-bœuf perché sur leur croupe. Une théorie de bonzes drapés de safran défilait sur une diguette vers Wat Ampuk, leur pagode, dont on apercevait le toit cornu au-dessus des arbres de son jardin.

Julien Auberoche, que ce paisible paysage avait envoûté longtemps, ne le voyait plus qu'à travers une brume irréelle née de son imagination. Il s'était habitué peu à peu à sa monotone platitude, où la vie semblait se dérouler au ralenti au rythme immuable de ses deux saisons. Les nuits égales aux jours se succédaient à la même heure sans crépuscule ni aurore, tombant comme un capuchon sur la face de la terre et se levant sur elle d'un seul coup, comme un rideau.

Ce soir-là, pourtant semblable aux autres, sans que Julien sût pourquoi – un pressentiment peut-être –, apparut dans sa méditation,

1. Palmiers à sucre.

86

surimposée à l'image floue de la campagne cambodgienne, celle de son Périgord telle qu'il la contemplait depuis le seuil de Castelmerle, sa maison. Au-delà d'un pré pentu où paissaient des vaches blondes, les bois déferlaient en vagues sombres jusqu'au fond d'un vallon bruissant de frissonnants peupliers et du murmure d'un ruisseau.

Julien n'était pas retourné à Castelmerle depuis son dernier congé en métropole, cinq ans auparavant, peut-être dix. Il ne savait pas ce qu'il en était advenu après un si long abandon. Accoté à la balustrade de la galerie, les yeux perdus sur un spectacle trop familier, il ressentit une impérieuse nécessité de renouer avec un passé déjà lointain alors qu'il voyait se dessiner les limites de son avenir.

Julien Auberoche était né à la fin d'un siècle où avaient alterné guerres et révolutions, mais ces soubresauts, ces bouleversements, ces catastrophes n'avaient pas affecté sa douillette province. Fils unique, tard venu, il avait coulé une enfance paisible entre Camille, son père, et sa mère Victoria, assez vieux tous les deux pour passer pour ses grands-parents. Ils appartenaient à l'espèce hybride des paysans aisés et des petits bourgeois restés attachés à leur terroir.

Castelmerle était un peu plus qu'une ferme, un peu moins qu'une gentilhommière, mais les terres étaient trop exiguës pour nourrir décemment une famille, fût-elle réduite à trois. Afin de mettre du foin dans ses sabots, Camille Auberoche avait monté une entreprise de dépiquage mécanique en achetant à crédit une batteuse, sa locomobile et deux paires de bœufs garonnais pour remorquer les lourdes machines sur les chemins souvent malaisés des fermes du canton où l'on avait relégué les fléaux au rang des camelotes de brocante.

Bon élève à l'école communale de Castelnaud, quoique porté à la rêverie, le jeune Julien avait obtenu sans forcer le certificat d'études de récente création[1]. Nanti de ce diplôme, il pouvait espérer embrasser une carrière de fonctionnaire ou d'employé dans les chemins de fer. Camille l'avait entendu autrement. Devenu une sorte d'industriel, il avait envisagé d'étendre son affaire au négoce de ces ingénieuses et rutilantes mécaniques destinées à remplacer avantageusement les faux et les faucilles. Julien s'était initié à l'agriculture en exploitant Castelmerle, tout en assistant son père dans ses campagnes de

1. 1882.

battage sans s'y intéresser vraiment. Son goût de l'aventure et des voyages entretenu par des lectures spécialement orientées ne pouvait se satisfaire d'activités sédentaires.

« Mais, *diou biban,* que veux-tu faire, Julien ?

– Autre chose. Partir !

– Tu n'es pas bien à Castelmerle ?

– Il n'y en a pas assez grand pour deux.

– La petite Estissac en a pour beaucoup plus. Ne me dis pas qu'elle ne te plaît pas. Marie-la ! »

Sabine d'Estissac avait dix-sept ans, Julien deux de plus. Elle était jolie, blonde, douce, un peu sotte. Ils se connaissaient depuis l'âge du maillot et ne s'étaient amusés ensemble qu'à des jeux d'enfants. Un soir de battage à Beaurepaire justement, ils s'étaient fait un nid dans la paille fraîche. Julien avait hasardé des caresses qu'elle ne lui avait pas rendues, mais qu'elle avait acceptées sans pousser des cris de vierge effarouchée... ce qu'elle était.

Durant l'été, ils s'étaient revus souvent, la nuit, au bord du Boudouyssou d'où l'on apercevait les lumières d'un petit château où Sabine passait ses vacances. Julien n'avait pas eu besoin de trop insister pour cueillir la fleur qu'elle lui offrait. Ils avaient fait l'amour, pas trop bien parce que, pour l'un comme pour l'autre, c'était la première fois. Ils ne s'étaient pas découragés et s'en étaient finalement bien trouvés.

« Et si on se mariait, Sabine ?

– Je suis trop jeune.

– Nous aurons une dispense.

– Mes parents ne voudront pas.

– Demande-le-leur ! »

Sabine avait demandé et s'était entendu vertement répondre que c'était un mariage de la carpe et du lapin et qu'il était hors de question qu'elle épousât un garçon non seulement sans nom, mais sans biens. Sabine avait pleuré beaucoup, séché ses larmes et s'était laissé persuader que d'une mésalliance ne pouvait résulter qu'un désastre conjugal.

Julien avait été affecté par son infortune et plus encore blessé dans son amour-propre. Pour se consoler, il avait fini par se convaincre qu'il n'était pas fait pour le mariage.

À Bordeaux, sur sa bonne mine et la présentation de son précieux diplôme, le capitaine d'un vapeur en partance pour les mers australes l'avait engagé comme pilotin sous condition qu'il acquittât le prix de son apprentissage du métier d'officier au commerce. Julien y avait englouti le viatique que, bon gré mal gré, son père lui avait avancé.

Deux ans plus tard, matelot breveté « 1er Brin », il avait pu, grâce à son salaire, rembourser sa dette. Sa force physique, son expérience en matière de navigation difficile et son autorité naturelle l'avaient porté aux responsabilités de bosco[1]. Cette promotion dans la hiérarchie du gaillard d'arrière lui avait valu de jouir d'une chambre personnelle et d'être admis au carré.

Il avait bourlingué de port en port en Malaisie, dans le golfe du Siam, l'archipel de la Sonde et jusqu'à Haiphong au Tonkin. Les cargos vétustes et poussifs à bord desquels il avait embarqué étaient affrétés par des armateurs peu scrupuleux sur le choix de leur cargaison et la composition de leur équipage – Malais, Chinois, Philippins. Au contact quotidien de ces vagabonds des mers, il avait appris les rudiments de langues assez riches en invectives pour être compris et se faire obéir.

Sans avoir pu se présenter aux épreuves d'officier au long cours, il s'était vu attribuer les fonctions de second lieutenant. Après dix ans de cabotage, il n'avait pas besoin de sortir d'une école d'hydrographie pour mener un navire dans les dédales

1. Maître d'équipage.

d'îlots, de hauts-fonds, de mauvais cailloux dont il connaissait tous les pièges et, à l'occasion, les refuges.

Nourri, logé, rétribué chichement mais jouissant du droit légal de pacotille, il s'était constitué un petit magot de piastres et de barres d'argent. De l'uniforme de son grade, il ne portait que la casquette molle, au bandeau sans galons mais brodé d'une ancre de marine. Il ne dépensait qu'aux escales, souvent des estacades de bois à l'extrémité d'une unique rue de baraques de bambou et de palmes. Il descendait dans des hôtels branlants infestés de moustiques et de blattes où il trouvait sinon le confort, du moins le réconfort, dans la compagnie rémunérée de dames attachées à l'établissement.

Il était revenu en Périgord pour de rares congés. Il s'en lassait vite et les écourtait, prétextant que l'attendaient à Marseille, Bordeaux ou Nantes des embarquements mirifiques et urgents.

C'est à Singapour qu'il avait appris, dans un journal anglais, l'entrée de la France dans le conflit. Il s'était présenté à son consulat avec le sincère désir d'accomplir son devoir de citoyen. Il en avait été dissuadé.

« *Primo*, lui avait objecté un aimable fonctionnaire, votre transport vers la métropole va nous coûter fort cher. *Secundo*, quand vous y arriverez, la guerre sera peut-être finie. *Tertio*, dans le cas contraire, en tant que marin, vous serez affecté à l'escorte des convois de l'Atlantique, de la mer du Nord et de la Baltique où vous vous les gèlerez avec, en plus, le risque d'être torpillé par un sous-marin boche. Croyez-moi ! Vous serez aussi bien un artisan de notre victoire en collectant les matières premières indispensables à nos industries de guerre. Tenez, le caoutchouc par exemple. »

Ce fut en découvrant sur les quais des montagnes de balles de latex que l'idée avait germé dans le cerveau de Julien d'adopter un jour le chapeau de planteur.

Insensible aux arguments de son compatriote, il s'était embarqué dans la périlleuse aventure de la guerre sur mer. Il l'avait faite de bout en bout à bord de divers rafiots armés en escorteurs. Coulé trois fois, il avait été sauvé de la noyade par une de ces poignes que la Providence tend parfois aux marins qui méritent son estime.

Trop âgé pour envisager une carrière dans la marine nationale, il avait été démobilisé avec le grade d'enseigne de vaisseau de première classe. De retour en Périgord, il avait trouvé sa maison vide. Ses parents, vieillards fragiles, avaient été emportés tous les deux à quelques jours d'intervalle par la grippe espagnole. Rien ne le retenait plus à Castelmerle. Il avait vendu les terres, mais, peut-être par fidélité au pays qui l'avait vu naître et par respect pour ceux qui y avaient vécu leurs dernières heures, il avait gardé la maison, à tout hasard, et quelques hectares autour pour se ménager de l'espace.

Il avait récupéré les piastres et les barres d'argent qu'il avait laissées avec quelques livres dans le fond d'une vieille cantine, et il était reparti pour l'Indochine, pour Saigon cette fois, où il n'avait encore jamais posé son sac de marin. À un Chinois de Cho Lon, il avait acheté quelques hectares de terre rouge au Cambodge, propres à l'hévéaculture.

Celle-ci n'avait rien à voir avec celle qu'il avait pratiquée à Castelmerle, mais, rouge, rousse ou crayeuse, légère, d'argile ou truffée de pierrailles, la terre est la terre et ne ment pas à ceux qui lui accordent un peu d'amour.

La plantation d'Ampuk avait prospéré et s'était étendue. Sans être devenu un magnat de la gomme, son directeur, qui n'avait guère de besoins, jouissait d'une tranquille aisance.

Au village malais, un gong suppléant à l'appel du muezzin invitait les croyants à la prière du soir. Pas plus que de muezzin il n'y avait d'ailleurs de minaret.

La mosquée, c'était la *sala* municipale ouverte à tous les courants d'air, où un coran imprimé en arabe était posé sur un lutrin. L'imam, dans le civil si l'on peut dire, était aussi caporal d'une équipe de saigneurs[1]. Ignorant la langue du Prophète, il faisait mine de la déchiffrer et psalmodiait des sourates qu'il avait apprises par cœur.

De la pagode, animé d'une pieuse émulation, le prieur du monastère, avec un gong semblable, appelait ses bonzes à la récitation des versets de son livre.

Julien tapa sa pipe sur la rambarde de la galerie et rentra dans sa chambre. Sur le lit, Sao San avait étalé ses vêtements du soir, un pantalon de toile, une chemise à poches et épaulettes de coupe militaire. Ainsi vêtu, il descendit à la boyerie où Sotchéa, accroupie, tambouillait sur le charbon de bois d'un fourneau de terre cuite une soupe aux herbes et au *prah hoc*[2].

– Qu'est-ce qu'on bouffe, ce soir ? s'informa monsieur le directeur.

– Même chose hier.

Le menu, en effet, ne variait guère d'un jour à l'autre. En matière de cuisine, Sotchéa

1. Spécialistes de la saignée de l'hévéa.
2. Fromage de poisson particulièrement puant.

n'avait pas d'imagination, et Julien se contentait de l'ordinaire cambodgien. Il ne faisait d'écarts à ce régime que lorsqu'il allait à Kompong Cham livrer ses balles de caoutchouc. Il déjeunait alors dans une gargote chinoise où le patron servait de la cuisine française sous forme de steaks de buffle et de frites de patates douces.

– Pas cuit encore, précisa la Cambodgienne. Content boire *patit¹* ?

– Tout à l'heure. Je vais faire un tour à la pagode.

– Toujours la pagode ! Content faire bonze, hein, *Ou Lien* ?

– Pourquoi pas ?

– Et moi, c'est faire boyesse curé alors ?

Depuis sa première communion, Julien Auberoche n'avait guère hanté les édifices du culte. Il n'apparaissait à la *sala* qu'à l'occasion des manifestations laïques et, une fois par mois, pour la paye de ses ouvriers. En revanche, il se rendait souvent à la pagode pour bavarder avec son vieil ami, Ponh Sari, le prieur du monastère. Ancien sous-officier dans les tirailleurs cambodgiens, il parlait le français avec assez de finesse pour pouvoir philosopher dans sa langue avec son visiteur.

1. Pastis.

Julien, devenu agnostique, avait été séduit par le bouddhisme dans sa forme la plus dépouillée et la plus authentique. Ses recettes de bonheur dans leur simplicité, leur bon sens, leur douceur et leur tolérance étaient plus accessibles aux simples que les subtilités des religions d'un Dieu unique ou du foisonnant panthéon de l'hindouisme.

Julien aurait bien fait de temps en temps une petite retraite à Wat Ampuk s'il avait eu un assistant capable de surveiller la saignée des arbres et le fumage des feuilles de latex.

Comme toutes les pagodes rurales du Cambodge, Wat Ampuk était bâtie au milieu d'une enceinte ombragée de grands arbres et fleurie d'hibiscus, de cannas. Les cellules des moines entouraient un étang, le Beng, en partie couvert de lotus aux feuilles flottantes assez larges pour accueillir un meeting de grenouilles. Les bonzes s'y livraient à de pudiques ablutions et les bonzillons y barbottaient nus comme les vers palmistes qu'il leur arrivait parfois de croquer tout crus.

Comme la *sala*-mosquée, l'édifice béait à tous les vents. Son toit reposait sur de vulgaires piliers de béton, mais ses arêtiers étaient couverts de tuiles vernissées et leurs retroussis cornus figuraient des gueules de dragon.

Au fond du temple, contre le seul de ses côtés

qui fût muré, un grand bouddha de plâtre doré était assis dans la posture de la méditation. Des mains pieuses déposaient devant lui des fleurs dans des vases de cuivre et des lumignons de terre cuite, mais de la part des bonzes, il ne faisait l'objet d'aucune vénération. Simple image de la sagesse et de la compassion, cette statue grossière et sans valeur ne servait que de support à leurs pensées.

Julien trouva son vieil ami assis les jambes croisées sous l'auvent de sa cahute.

– *Sok so baï, Tuan* Auberoche[1] ? s'exclama le moine.

– *Ban haï, arkoun, Louk song Ponh Sari*[2].

Ils rirent tous les deux de leur plaisanterie. Pourtant, la nouvelle que donna le Cambodgien n'avait pas de quoi réjouir quiconque en Indochine française.

– La guerre est finie dans votre pays, Julien. Dans le nôtre, elle commence. Les *Ipouns*[3] sont entrés de force au Tonkin, il y a une semaine[4].

– Comment le savez-vous ?

– Le téléphone bambou, bien sûr !

1. « Comment allez-vous, seigneur Auberoche ? »
2. « Ça va, merci, votre sainteté Ponh Sari. »
3. Les Japonais.
4. Le 22 septembre 1940.

6

À Castelnaud, au rayon confection pour hommes du Chic de Bordeaux, Agnès habilla l'Espagnol de pied en cap, essentiellement de deux ensembles de coutil bleu de la même coupe avantageuse et confortable, qui semblait être en Périgord l'uniforme des paysans.

– Mais ils sont pareils tous les deux, objecta Enrique.

– Et alors ? Un pour tous les jours, l'autre pour le dimanche !

Pour compléter la garde-robe, Agnès prit aussi trois chemises de coton pelucheuses et un chandail assez vilain tricoté de motifs géométriques du genre jacquard.

Respectueuse de sa pudeur, elle le laissa choisir ses caleçons.

– Et les chaussettes ?

– Non, vous les porterez avec leurs trous

jusqu'à ce que ma tante vous en ait fait des neuves. Elle adore ça. Dans les sabots, vous mettrez du foin comme tout le monde. Et puis, s'agaça Agnès, vous ne prétendez pas quand même être nippé comme un prince ?

C'était pourtant de cela que le *señor* Mola avait l'air, même affublé de sa requimpette de bedeau.

Aux Docks de Gascogne, Agnès prit pour Inès une bouteille de porto.

– *Esta porquería*, ronchonna Enrique.

– Et pour vous, je prends du pastis.

– Je préfère le *chinchón*[1].

– Vous n'êtes content de rien, Enrique !

– C'est pour dire !

Ils remplirent le coffre et l'arrière de la Renault de tout un fourbi de pièces de ferronnerie, de sacs de plâtre, de tonnelets de chaux et de pots de peinture, blanche pour les huisseries extérieures et rouge basque pour les autres.

– *Tomaré con mucho gusto un trajito de algo fresco*, suggéra Enrique.

– Quoi ?

– Quelque chose de frais, abrégea-t-il.

– Et soiffard, en plus !

Mais Agnès aussi avait soif. Ils allèrent

1. Anisette distillée dans ce village près de Madrid.

s'asseoir à la terrasse du café de la Poste. L'apparition d'un couple aussi hétéroclite ne manqua pas de surprendre. Les habitués de Léon Delpit avaient déjà aperçu une fois la jeune d'Ayrac en compagnie de sa tante. Qu'elle s'affichât sans vergogne avec un étranger d'aspect aussi peu recommandable tenait sinon du scandale, du moins de la provocation.

– Eh bé, remarqua un quidam, elle n'a pas froid aux yeux, la petite.

– Ni ailleurs, probable, ajouta un autre.

Lorsqu'ils reprirent la route de Beaurepaire, la voiture, tant elle était chargée, semblait se traîner sur son derrière comme, pour se gratter, les chiens quand ils ont des vers.

L'après-midi, Agnès décida d'aller à La Borie, chez les Bourniquel, chercher la basse-cour promise et de quoi la nourrir.

– Nous y serons pour le thé, se promit Inès. Je viens avec vous.

– Les Bourniquel ne font pas quatre heures avec une tasse et le petit doigt en l'air. Non, Inès. Les mondanités de bon voisinage, ce sera pour une autre fois.

La Borie était proche de Beaurepaire par le chemin de traverse, mais exigeait pour y parvenir en auto un long détour. Malgré les indications données de mauvaise grâce par sa tante, Agnès se perdit trois fois, et ce ne fut qu'à l'heure de la collation qu'ils firent leur entrée dans la cour de la ferme. Médée Bourniquel et Mélia, sa femme, finissaient de décharger dans le grenier de la grange leur dernière charretée de foin. Médée descendit précipitamment son échelle.

– Té, brama-t-il, elle tourne encore, votre carriole, demoiselle !

– Évidemment, quand on y met de l'essence, répondit Agnès pincée.

Mélia était restée perchée sur la plate-forme de la charrette d'où elle n'osait sauter.

– Prends-moi, Médée, cria-t-elle en se jetant dans ses bras.

Il l'attrapa au vol et la déposa à terre comme il l'eût fait, pour le faire rire, à un marmot de cinq ans. Madame Bourniquel était, en effet, une petite chose menue tout en nerfs mais parfaitement capable de maîtriser un veau de cent cinquante kilos et de remuer une barrique pleine.

– On vient pour la volaille, annonça Agnès.

– Vous seriez arrivés plus tôt qu'il m'aurait aidé, votre Espagnol, répondit Médée sur un ton venimeux.

– Vous n'aviez qu'à nous attendre.

– Bon, trois ans de volailles, si je sais compter, ça va vous faire neuf poules et six canards. Si vous nous aviez prévenus, Mélia vous les aurait préparés.

– Nous les prendrons comme ça.

– Titi, titi, titi, appela Mélia en jetant une poignée de grains dans le poulailler.

Les stupides bestioles se ruèrent dans un hourvari de battements d'ailes et de gloussements courroucés. Mélia parut se livrer à une féroce bataille avant de jeter dehors les volatiles prévus.

– C'est rien que des leghorns, affirma-t-elle, des pondeuses extra.

Elle en coinça une sous son bras et lui fourra son index dans le derrière.

– Et té, affirma-t-elle, même qu'elle a l'œuf, celle-là. Vous pouvez vérifier, mademoiselle.

– Euh... non, madame Bourniquel, je vous fais confiance.

Les poules et les canards liés par les pattes occupèrent tout l'arrière de la Renault.

– Les grains, je vous les porterai demain d'un coup de charrette, proposa Médée et, puisqu'elle est vide, on va la charger tout de suite.

Le *señor* Mola, l'air maussade, suivit le maître des lieux dans son grenier, au-dessus de la salle. Il saisit un sac d'un quintal par les oreilles et se le hissa sans aide sur le dos.

– Maigre comme un *rastel*[1], il est costaud quand même, le bougre, admira Médée.

– Plus on est gros, moins on est vaillant, grommela Enrique.

Les pommes de terre étaient encore en terre et le vin n'était encore qu'un espoir.

– On attendra, consentit Agnès. Et le cochon ? s'enquit-elle, insatiable.

– Les cochons, en parlant par respect, on ne les tue qu'au froid, répondit Médée.

On s'attabla pour le quatre-heures. En goûtant la piquette de La Borie, le *señor* Mola fit une grimace dégoûtée et, ostensiblement, il se versa dans le gosier, à la régalade, un demi-cruchon d'eau fraîche. Après quoi, il rota avec distinction et promena sur l'assistance un regard satisfait.

– Ce type-là ne peut pas être complètement mauvais, en inféra Médée.

Alors qu'Agnès se levait de table, Bourniquel la retint en posant sa grosse patte sur son poignet.

– Bientôt, il n'y aura plus d'essence pour faire tourner les moteurs. Ils marcheront au bois dans les gazogènes, comme on dit.

– Oui, et alors ?

– Du bois, j'en ai à revendre, et vous, vous

1. Râteau de bois.

aurez sur les bras une mécanique morte. Moi, je lui mettrai l'usine à gaz dans le coffre. Té, je vous l'échange contre le cheval et ma carriole.

– Ça se discute, dit Agnès en se rasseyant.

L'offre était tentante. Agnès se voyait déjà, amazone sylvestre, galopant cheveux au vent à travers ses taillis ou menant à grandes guides un élégant cabriolet dans les rues de Castelnaud.

Le lendemain, Médée Bourniquel arriva à Beaurepaire en convoi, le cheval et la voiture attachés derrière la charrette. Il en repartit en remorquant la Renault à sec d'essence au volant de laquelle avait pris place l'Espagnol.

– Je me demande, remarqua Inès en les regardant s'éloigner, si tu ne t'es pas fait rouler, ma petite fille.

Le *señor* Mola, Sévillan de vieille souche, assura que la conduite des attelages de feria n'avait aucun secret pour lui. Agnès lui confia volontiers les rênes de Pompon. Le cheval, qui n'était plus en âge de faire des croupades et des exercices de manège, se montra d'ailleurs d'une désarmante docilité.

Loin de provoquer dans la ville la sensation que sa nouvelle propriétaire espérait, il fut, le premier dimanche de son apparition avec les demoiselles d'Ayrac, l'objet des quolibets les plus injurieux, notamment de la part des piliers du café de la Poste. Il y avait là Philibert Courcol dit Fifi, le chef cantonnier, Fredo Bourdel, le secrétaire de mairie, Aristide Lauraguais, instituteur en retraite, et Jeannot Clémentin, correspondant local de *La République du Périgord* et rédacteur d'une chronique hebdomadaire, concurrent férocement laïque de *L'Écho du clocher* rédigé et imprimé par l'abbé Vallade, curé de la paroisse.

Tous s'érigeaient en vertueux défenseurs de la morale républicaine. Ils voyaient dans le retour d'aristocrates dans le pays un danger pour la démocratie tout en dissimulant le trouble sentiment que leur inspirait la plus jeune des deux d'Ayrac. Les femmes du village ne s'y trompaient pas et n'attendaient qu'une occasion pour jeter la belle Agnès au bas de son piédestal et la rouler dans la boue de leurs calomnies. L'objet de leur jalousie ne faisait rien pour la provoquer, mais son allure de fière cavale, son sourire ambigu et ses regards de princesse lointaine suffisaient à donner aux dames de Castelnaud des bouffées de chaleur vengeresses.

— On ne m'enlèvera pas de l'idée, affirma Clémentin, que cet Espagnol est un traître à la cause du peuple.

— Je me demande, renchérit Fredo Bourdel,

comment elles ont fait pour lui faire retourner sa veste.

— Elles l'ont fourré dans leur lit, parbleu, expliqua Courcol.

À Beaurepaire, le temps qu'il ne passait pas à cajoler Pompon, Enrique le consacrait à la peinture. Il y prenait un vif plaisir et, tout en maniant ses pinceaux, il chantonnait ses nasillardes mélopées.

— *No nien, no nien, no nien*, répétait-il interminablement.

— Mais enfin, que dit-il ? s'étonna Inès.

— Tra la la, en espagnol, lui répondit Agnès.

Dès potron-minet, elle filait à La Borie où Médée, qui trayait sa brette, lui offrait dans une petite casserole un en-cas de lait bourru tiède et sucré. Elle pansait sa basse-cour, levait les œufs pondus de la nuit. Elle ravaudait, cirait, frottait et, pour se délasser, mettait un disque sur son phonographe et dansait avec son balai dans les bras des fox-trot endiablés.

Quand elle ne transpirait pas devant ses feux, Inès, espoutie dans un fauteuil, se remémorait le joli temps où, à Beaurepaire, couraient partout des servantes affairées.

Sans avoir retrouvé ses splendeurs d'antan, la vieille maison était devenue tout à fait habitable. Il y régnait une atmosphère aimable, mais que des ombres parfois attristaient. Agnès était bien obligée de constater à l'épaisseur de son portefeuille que ses ressources s'épuisaient. Rien ne permettait d'espérer qu'elles puissent être un jour renouvelées.

Une lettre de son notaire parisien apporta des raisons à cette inquiétude. Datée de plusieurs mois, il était miraculeux qu'elle eût atteint sa destinataire, mais le miracle s'arrêtait là. Le notaire, chargé de liquider la vente du boulevard de Courcelles, lui apprit en effet que son acheteur ne s'était pas manifesté et que, de toute façon, la circulation de l'argent était interrompue entre la zone libre et la zone occupée.

– Nous sommes ruinées, pleurnicha Inès. Il ne me reste plus qu'à mettre mes bijoux au clou.

– Il n'y a pas de mont-de-piété à Castelnaud, ma pauvre tante.

Bien que le moral d'Agnès fût aussi quelque peu ébranlé, elle se montra résolue dans ce face-à-face avec l'adversité.

– Il me reste de quoi acheter des chèvres, assura-t-elle. Je les garderai. Nous élèverons les cabris et vous ferez des fromages que j'irai vendre sans tickets au marché du jeudi, à Castelnaud.

– Tu nous joues « Perrette et son pot au lait », ma petite fille.

Le *señor* Mola fut informé sans ménagement que son salaire ne pourrait lui être versé jusqu'à nouvel ordre.

– Ça m'est égal, dit-il en haussant les épaules. J'irai peindre les maisons des autres.

– Et vous trouverez bien le temps de nous cultiver les légumes de la soupe.

– Peuh, la *verdura* ?

– On ne se nourrit pas de salades et de fanes de radis, objecta Inès.

– La *verdura*, *doña*[1] Inès, en Espagne, c'est tous les légumes.

Comme un malheur ne vient jamais seul, le maréchal des logis-chef Favard, chef de la brigade de gendarmerie de Castelnaud, accompagné d'un acolyte, se présenta un beau matin à Beaurepaire ; Agnès l'accueillit avec les égards dus aux représentants de la loi. Enrique s'éclipsa discrètement.

– Nous avons le regret de vous faire savoir que la situation de monsieur Mola Enrique, de nationalité espagnole, que vous employez comme journalier, est illégale. Il n'a pas le

1. *Doña*, mieux que *señorita*, peut s'employer pour une vieille fille.

109

statut de travailleur libre. Je vais être obligé de le raccompagner au camp de Mauzac d'où il semble bien s'être évadé.

— Mais, bonté divine, s'exclama Inès, monsieur Mola n'est pas un malfaiteur. Bien qu'étranger, il est poli, honnête et travailleur.

— Je ne vous le fais pas dire, ma tante, marmonna Agnès.

— La loi est la loi, mademoiselle d'Ayrac.

— Elle n'est pas si dure que vous ne trouviez un moyen de l'adoucir un peu, minauda Agnès avec un sourire à faire fondre toutes les brigades du département.

— Sans doute, réfléchit le chef Favard subitement attendri. Vous pouvez demander à l'administration du camp une autorisation d'embauche. Nous avons les formulaires pour ça. En attendant une réponse de Mauzac, je prends sur moi d'autoriser le sieur Mola à résider chez vous à condition qu'il ne sorte pas des limites du canton.

Enrique comparut. Il avait trop goûté à la liberté pour objecter quoi que ce fût à cette obligation.

À la gendarmerie de Castelnaud, Agnès remplit et signa tous les formulaires qu'on voulut. La direction du camp de Mauzac, trop heureuse d'avoir un interné de moins à nourrir à ne rien faire, expédia par retour du courrier le contrat demandé. Il spécifiait que l'impétrant, outre le toit et la table, percevrait un salaire. Sa modicité parut tenir de l'aumône.

L'automne étant venu, Médée livra à Beaurepaire le restant de ses redevances, hors le demi-cochon en cours d'engraissement. Avec l'araire qu'il attela à la même paire de vaches qui avaient tiré sa charrette, il retourna en un rien de temps la surface du futur potager. Son emplacement avait été choisi en vue de futurs arrosages à proximité de la mare aux canards.

En attendant que ce jardin produise ses fruits, les habitants de Beaurepaire étaient assurés de ne pas mourir de faim. Le pain était échangé contre le blé en grains chez le boulanger Burlat. Les femmes n'en buvant pas, la barrique de vin suffirait à la consommation de l'Espagnol. Les poules abattaient leur demi-douzaine d'œufs par jour. Le lait – il en fallait quand même un nuage pour le thé d'Inès – coulait quotidiennement des pis de la brette Bourniquel. Pour la viande et l'épicerie délivrées contre les tickets de rationnement, Agnès se vit obligée de signer des ardoises chez le boucher Tranchet et aux Docks de Gascogne.

– J'attends une importante rentrée d'argent, affirma-t-elle à Albert Contal, le gérant de l'établissement.

111

– Vous comprendrez bien, mademoiselle d'Ayrac, que si vous ne me payez pas comptant, je ne pourrai vous donner les timbres-primes.

À Tranchet, elle promit l'exclusivité de son élevage de futurs chevreaux, dont l'abattage était toléré, et la vente libre.

Ce fut ainsi que les Castelnaudais apprirent que pour ne pas être réduites à la mendicité, les demoiselles d'Ayrac allaient se livrer à l'élevage des caprins. Il s'en fit des gorges chaudes.

– Ça vous regarde de tout son haut, affirma madame Courcol, et ça n'a plus un sou pour se mettre quelque chose sur le derrière.

– Et té, répondit son mari, la jeune, ça ne devrait pas la déranger.

– Même en hiver, s'esclaffa le journaleux, déjà que ses petites jupes, elle n'a pas pleuré pour les avoir.

Ces ragots ne parvinrent pas aux oreilles des demoiselles. Elles avaient sur l'heure d'autres soucis que de défendre leur réputation.

« Ils » se trouvaient ! Agnès l'apprit de Mélia Bourniquel en allant chercher son lait. La grande table de la salle était couverte de la cueillette de l'aube.

– J'en viens et j'y retourne, annonça Mélia.

Je les porterai ce soir au petit marché des champignons.

Comme toutes ses semblables, elle gagnait son argent de poche en vendant en leur saison les châtaignes, les boutarels[1] et les noix.

– Dans vos bois, votre pauvre papa savait bien les coins. Votre tante doit s'en souvenir.

– Et ces coins, vous les connaissez aussi, je suppose, dit Agnès en montrant la table.

– À présent que vous êtes là, je n'irai pas les prendre sous votre nez.

– En êtes-vous bien sûre, madame Bourniquel ?

Agnès se pressa de transmettre la nouvelle à sa bonne tante. Laquelle, saisie d'une sorte d'excitation juvénile, sauta sur une canne et empoigna un panier à prunes.

– On y va !

– Mais vous ne saurez plus distinguer les bons des mauvais !

– Que si ! Les bons, il n'y en a que deux espèces : les bolets tête-de-nègre, qui sont noirs...

– Je l'aurais parié.

– ...et les girolles, qui sont jaunes. On ne peut pas se tromper.

– Nous autres, en Espagne, prétendit

---

1. Les champignons en général, les cèpes en particulier.

Enrique, on ne mange que les révollions[1]. Grillés, ils ont le goût de viande de mouton. *¡Vamos !*

Ils rapportèrent leurs pleins paniers et en laissèrent muchés en tas sous l'herbe épaisse des sous-bois où ils iraient les chercher plus tard. Inès exultait.

– En omelette pour tout de suite. Au souper, je vous les ferai à la bordelaise.

– La recette, s'il vous plaît !

– On hache menu les pieds avec de l'ail, du persil et du pain dur émietté, avec un rien de graisse d'oie dans la poêle.

– Jamais nous ne mangerons tout ça. J'irai cet après-midi les vendre à Castelnaud avec la carriole.

– Une d'Ayrac ? Faire la marchande des quatre-saisons ? Décidément je boirai le calice jusqu'à la lie. Au moins, ajouta Inès, mets les plus frais dessus. Tout le monde le fait.

Mais le subterfuge ne trompa personne. Les clients passèrent devant l'étalage comme s'ils ne le voyaient pas. Avec une rage silencieuse, Agnès renversa ses cageots de cèpes et en piétina le contenu sur les dalles de pierre de la halle.

1. Lactaires délicieux.

– Alors ? demanda Inès.

Agnès ne répondit pas. Suffoquée par les hoquets, elle fila dans sa chambre et, sur son lit, la tête enfouie dans son oreiller, elle fondit en larmes, ce qui ne lui était pas arrivé depuis longtemps. Des mois durant, elle avait dissimulé ses inquiétudes et ses doutes derrière une agressive et cynique désinvolture, et, tout d'un coup, ce paravent s'effondrait. Poussée par son goût de l'absolu, elle avait cru pouvoir vaincre tous les obstacles, et voilà qu'une misérable histoire de champignons invendus ébranlait l'édifice qu'envers et contre tout elle s'acharnait à construire.

Elle revint à la cuisine où Inès faisait rissoler les cèpes. Elle avait les yeux rougis, et sa voix était encombrée d'un reste de sanglots. Le *señor* Mola comprit alors que l'expédition à Castelnaud s'était soldée par un échec. Il n'était ni dans son rôle ni dans son pouvoir de consoler la jeune fille par des mots qu'au reste elle n'eût pas compris.

Le soir, après les cèpes à la bordelaise qu'Agnès goûta du bout des lèvres, le *señor* Mola, pour rompre les chiens, proposa de faire un peu de musique. Agnès alla chercher dans sa chambre la guitare de la tante Dolorès. Enrique, dans la posture classique du musicien de flamenco, debout, un pied sur le

115

barreau d'une chaise, son chapeau sur la tête, accorda l'instrument et pinça quelques accords. Satisfait de leur sonorité, il entama d'une voix éraillée mais juste une *copla* d'une tristesse à tirer les larmes de l'auditoire le plus endurci. Le choix de cet intermède avait peut-être pour objectif de sécher celles qu'Agnès n'avait pas encore versées. L'histoire était celle d'un torero gitan abandonné par une créature de peu, rouleuse de cigares, pour un agent des douanes et qui, de désespoir, se jetait sur les cornes d'un taureau de la corrida du jour à cinq heures de l'après-midi.

Les dames d'Ayrac n'en saisirent pas un mot, mais devinèrent aux accents déchirants de la mélopée qu'il s'agissait d'un drame peut-être vécu. Elles jugèrent peu convenable d'applaudir.

– Merci Enrique, dit Agnès avec un pauvre sourire.

– Je vous apprendrai le flamenco, *señorita* Agnès, lui proposa-t-il.

Agnès acquiesça en se disant qu'après la gigue de Patrick ce serait une danse de plus à son répertoire.

Elle ne se doutait pas que ses ébats chorégraphiques seraient la source de nouveaux ennuis.

7

La période des champignons avait à peine pris fin que s'ouvrit celle des chèvres. Malgré quelques oscillations de son moral, la nécessité se faisant pressante, Agnès n'avait pas renoncé à son projet de fromage. En outre, c'était un chapitre sur lequel le *señor* Mola affirmait sa compétence.

– Parce que, bien entendu, vous entendez quelque chose aux produits de laiterie, ironisa Inès agacée par son infernale suffisance.

– Les ingénieurs agronomes espagnols sont les meilleurs du monde et dans toutes les spécialités.

– Quelle était donc la vôtre ?

– Les oranges. J'ai même inventé un procédé de triage des fruits par leur poids spécifique.

– Rien à voir avec la confection des

chabichous. À Beaurepaire, il fut un temps où l'on faisait des crottins par centaines.

Enrique ne vit dans le double sens de ce mot aucun motif à sourire. Il prit au contraire son air le plus compassé, obligé d'admettre qu'en matière de fromagerie artisanale il ne connaissait rien.

Mélia Bourniquel, consultée, avoua qu'elle n'avait aucune lumière sur ce sujet. Elle en profita pour se plaindre des misérables rations de gruyère râpé moisi et de cantal desséché allouées aux seuls détenteurs de tickets. Elle accepta néanmoins d'accompagner Agnès chez Anna comme intermédiaire et traductrice éventuelle.

– Elle ne veut parler que le patois, mais elle sait bien compter ses sous en français et même raconter ses histoires de « malin esprit ».

Anna Bourgine habitait une maison isolée au bout d'un chemin sans ombre, bordé d'ajoncs géants et d'épines noires. Ses murs décrépis, son toit de lauzes la faisaient se confondre avec la pierraille du coteau au flanc duquel elle s'accrochait. Il fallait avoir le nez dessus pour s'apercevoir de son existence. Elle était flanquée d'une bergerie délabrée d'où provenait un tintement de chaîne. La porte était entrouverte. Agnès, toujours curieuse, y passa la tête. Dans l'obscurité, elle ne vit de l'occupant des lieux que ses yeux fous, brillants comme des escarboucles. Elle opéra une prudente retraite.

– Il y a une drôle de bête là-dedans, madame Bourniquel.

– C'est le bouc. Il met la pagaille quand on le sort avec les biques. On le dit « Satan ».

– Satan, répéta Agnès avec un délicieux coulis d'air froid dans le dos.

– Tous les boucs s'appellent comme ça. C'est vrai, tout noirs, avec leurs cornes torses et le feu de l'enfer dans le regard, ils semblent bien être le diable.

– Vous l'avez vu, le diable ?

– Moi ? Que non pas ! Anna, elle, dit que si. Mélia tendit l'oreille.

– Elles sont dans les friches de Martou Ducasse, sur ce plateau.

– Loin ?

– Pas tant que ça.

Elle décrocha une trompe de cuivre cabossée accrochée au chambranle de la porte et souffla à s'en faire sauter le haut du crâne.

Un carillon de sonnailles et les aigres piaillements de la chevrière indiquèrent que l'appel avait été entendu. Un troupeau d'une trentaine de chèvres et d'une dizaine de cabris adolescents apparut au détour de la draille damée par d'innombrables piétinements.

Anna, loin derrière, galopait en brandissant un bâton. Les biques se bousculèrent à la porte de l'étable dans un concert de plaintives protestations. La dernière ne put esquiver un coup de canne qui rendit sur son échine un bruit cartonneux. Tout essoufflée de sa poursuite, Anna se tourna vers ses visiteuses.

– Tu m'amènes quelqu'un pour la consultation, Mélia ?

Une robe-tablier de tobralco pendouillait autour de ses maigres mollets. Elle portait par-dessus un caraco informe aux manches effrangées et, sur la tête, un béret graisseux pincé sur le devant en forme de visière. Il semblait qu'à force de vivre avec ses bêtes elle s'en fût modelé la longue et osseuse figure. Pour accroître cette ressemblance, il lui était poussé sous le menton, sur une grosse verrue, une barbichette de crins noirs. Elle avait le regard charbonneux, des lèvres minces et serrées mieux faites pour le ricanement que pour le franc sourire. Mais elle accentuait l'ingratitude de ses traits, pensant qu'il y allait de sa réputation de sorcière de s'en fabriquer l'image conventionnelle.

En réalité, ses relations avec l'au-delà se bornaient à l'usage d'interjections vaguement blasphématoires et ses connaissances des sciences occultes se basaient sur un répertoire de contes de bonne femme pour faire peur aux enfants et aux jeunes filles trop pressées de jeter leur bonnet par-dessus les moulins.

L'unique pièce où Anna introduisit ses hôtes était meublée d'un lit défait à demi couvert d'une couette rouge, d'une table bancale calée sur le sol inégal de terre battue par des tessons de tuile, de chaises estropiées et d'un bahut sans âge ni style tenu fermé par des taquets de bois. Contre les murs, des étagères débordaient d'un capharnaüm de récipients de toutes formes et contenances et de bocaux de verre dans lesquels on eût pu s'attendre à voir macérer des serpents, crapauds, bestioles répugnantes et racines de mandragore, bases ordinaires des philtres magiques.

Dans la cheminée où rougeoyaient des braises était pendue à la crémaillère une toupine de fonte. Il ne s'en échappait pas les émanations sulfureuses de quelque décoction infernale, mais une honnête odeur de soupe aux choux.

Hissées aux poutres du plafond par un ingénieux système de cordes et de poulies, des claies à prunes servaient d'égouttoirs à fromage.

Agnès vit là poindre la menace d'une sévère concurrence.

– Et vous les vendez, bien sûr, au marché de Castelnaud, avança-t-elle comme si la chose allait de soi.

– Que non ! Les Castelnaudais ont trop peur que je les empoisonne. Alors, c'est un de Villefranche qui vient me les chercher pour les revendre à la ville. Il me prend aussi les « crabitous », parce que les femelles, je me les garde.

– Justement, cette demoiselle – elle est de Beaurepaire – vous en achèterait bien une.

– Pour jouer à la bergère ? Elle en aura vite assez de lui courir après.

Anna ne tenait pas tellement à ce que cet argument fût retenu. Une bête de moins dans son troupeau ne se verrait pas et l'argent était trop rare pour qu'elle laissât échapper cette occasion d'en gagner.

– Et vous m'en donneriez combien l'une ?

Mélia entraîna la chevrière dehors, laissant Agnès à ses réflexions. Elles entamèrent en patois un conciliabule animé.

Agnès était un peu déçue. Elle s'était fait une autre idée de l'officine d'une sorcière, la confondant avec un laboratoire d'alchimiste encombré d'athanors, de cornues, de distillateurs à serpentin et autres instruments destinés à fabriquer à partir d'un bout de tuyau de plomb un lingot d'or à dix-huit carats au moins. En tous les cas, elle n'avait senti nulle part rôder des âmes perdues vindicatives, ni respiré les miasmes méphitiques qu'exhalent par tous leurs orifices les démons contrariés.

L'affaire fut conclue au mieux. Sur la somme qu'Agnès comptait lui consacrer, il en restait quand même un peu.

— C'est la meilleure qui s'en va, affirma Anna. Vous l'amènerez à Satan quand elle sera en chaleur.

— Et je m'en apercevrai comment ?

— Quand elle montera sur les autres et que les autres ne voudront pas se laisser faire.

Mélia aida Agnès à mener sa chèvre à Beaurepaire, où l'ingénieux *señor* Mola avait bricolé un enclos garanti immangeable, sachant la propension de cet animal à mâchouiller n'importe quoi.

Comme elle s'y attendait, Agnès passa la matinée du lendemain à poursuivre plutôt qu'à conduire sa bique. Elle semblait ne pouvoir paître que dans les endroits les plus inaccessibles de la propriété, et toujours dans la direction opposée à celle où l'on voulait la mener.

L'après-midi, elle fut admise sur la terrasse où, depuis l'été, l'herbe avait repoussé. De la fenêtre de la cuisine où elle passait le plus clair de son temps, Inès pouvait la surveiller tout en restant assise. La cuisinière et la cheminée étaient allumées. Il régnait dans la pièce une agréable chaleur. Inès ferma les yeux un instant, et la chaussette qu'elle était en train de tricoter lui tomba des mains. Elle se prit à rêver du temps où les jeunes filles les mieux nées, vêtues de robes à panier, armées de houlettes enrubannées, gardaient des brebis proprettes et dociles en compagnie d'élégants gentilshommes virtuoses du pipeau. Elle fut arrachée à sa torpeur par les véhémentes exclamations de sa nièce.

– Ma chèvre a filé ! Décidément, on ne peut rien vous confier, ma tante !

– Je me suis à peine assoupie.

– Il y a une heure que vous dormez !

– Je suis si lasse, ma petite fille.

– De ne rien faire !

– Oh !

– Enrique, elle a fichu le camp, la garce !

– Elle a dû retourner chez la *bruja*[1].

Le *señor* Mola abandonna dans l'atelier une bicyclette qu'il était en train de repeindre. Ce fut sur le chemin de la masure d'Anna qu'ils virent surgir la fugitive poursuivie par les vociférations d'Emma Ducasse, sa plus proche voisine.

1. Sorcière.

124

– Vous me les payerez, beugla-t-elle.

– Je ne vous dois rien, madame Ducasse.

– Et ça !

Emma Ducasse extirpa de la poche marsupiale de son tablier une poignée de chiffons déchiquetés où l'on pouvait reconnaître les restes de sous-vêtements féminins de grande taille.

– Votre bique m'a bouffé les culottes et même les élastiques, s'indigna leur propriétaire.

Le *señor* Mola, qui ne riait jamais, fit entendre une sorte de gloussement étranglé. Agnès montra moins de retenue en manifestant tous les signes d'une intense jubilation.

– Hi, hi, hi ! Je vous les remplacerai, vos dessous, madame Ducasse, et par des bien plus jolis que ceux-là.

Agnès pensa aussitôt à la garde-robe intime de sa tante, dont les généreuses mensurations devaient à peu près correspondre à celles d'Emma Ducasse.

Il était tard. C'était l'heure de la traite. Enrique empoigna la chèvre par les cornes, exploit que peu de toreros pouvaient se vanter d'avoir réussi avec un *novillo* réputé de caractère facile. Des tétines grosses comme des capuchons de compte-gouttes, Agnès ne parvint à tirer que la valeur d'un verre à moutarde.

– Elle se retient exprès pour m'embêter, la saleté !

– Laissez-la-moi, s'énerva le *señor* Mola. Je sais faire, moi !

– Évidemment, vous autres, Espagnols, vous savez tout !

Avec ses doigts de guitariste, il réussit là où Agnès avait échoué et remplit un petit seau à confiture. C'était peu pour garnir un étalage de fromages, mais assez pour en fabriquer un spécimen. Inès prit l'affaire en main. Dans un louable souci d'économie, elle le servit au souper assaisonné d'ail et de fines herbes.

– J'ai peine à le dire, avoua Agnès, mais c'est infect !

– Pas terrible, en effet, opina poliment le *señor* Mola. En Espagne...

Après quelques jours d'épuisantes divagations dans les friches de Beaurepaire et, par erreur, dans celles des voisins, Agnès parvint à la conclusion que le bénéfice tiré de son élevage ne vaudrait jamais la peine qu'elle se donnait. Elle décida donc de rendre sa chèvre à Anna, quitte à la lui rétrocéder à un prix inférieur à celui qu'elle l'avait achetée.

Par la même occasion, elle irait dédommager Emma Ducasse de la perte subie dans sa garde-robe intime.

– Inès, déclara-t-elle avec fermeté, j'ai besoin de deux de vos culottes.

– Mais elles ne t'iront pas !

– Non, mais elles devraient aller à Emma Ducasse.

– Je n'ai aucune raison de faire cadeau d'une coûteuse lingerie à quelqu'un à qui je ne dois rien et qui n'est même pas nécessiteux.

– Vous en avez emporté une pleine valise. Je ne vois pas l'utilité d'en faire un stock. Et si vous venez à en manquer, vous n'aurez qu'à porter des robes longues !

Agnès lui expliqua le pourquoi de son étrange requête. Inès dut accepter le sacrifice de ses précieux dessous.

Au tintement des clarines, Agnès trouva sans peine Anna et son troupeau.

– Vous n'en avez pas assez grand chez vous pour venir garder chez les autres, l'interpella la chevrière.

– Justement, je viens vous demander de reprendre votre bique, Anna.

– Je vous avais bien dit que vous en seriez vite fatiguée, mademoiselle.

– Et vous aviez raison, admit celle-ci le regard humblement baissé sur la pointe de ses sabots.

Comme il était prévu, Anna voulut bien racheter sa bête aux deux tiers de son prix de vente. Trop contente de s'en être débarrassée, Agnès ne discuta pas. Soulagée, elle grimpa d'un pas aérien à Sivade, la ferme de Ducasse.

Emma déballa les culottes jamais portées, dans leurs plis, dans une boîte de La Samaritaine. Elle les plaqua contre elle sur le haut de ses cuisses.

– Elles me seront trop grandes, rechigna-t-elle.

– Vous n'avez quand même pas la taille fillette, madame Ducasse. Et je vous fais remarquer qu'elles sont d'une qualité d'avant-guerre, en nansouk et pas en toile à sac comme il s'en trouve avec tickets de textile aux Dames de France de Périgueux.

L'hiver s'était bien installé lorsque les Bourniquel mirent à mort leur premier cochon de la saison. Les demoiselles d'Ayrac, leurs plus proches voisines, furent selon l'usage invitées à la « fricassée[1] », ainsi que leur Espagnol malgré les tenaces préjugés que Médée nourrissait à son égard.

La bête, saignée à l'aurore, vidée de sa tripaille, rose et rasée comme le crâne d'un capucin, fut suspendue par les pieds de derrière au barreau d'une échelle de grange.

1. Abats.

128

Avec une dextérité chirurgicale, Médée fendit en deux la carcasse à petits coups de tranchoir.

– Il n'y a que la queue qui ne se partage pas, déclara-t-il, mais on peut toujours la tirer au sort.

Agnès se récria généreusement. Inès prétendit que cet appendice constituait un fond de soupe très estimé et rappela qu'à Beaurepaire...

– Nous autres, Espagnols, l'interrompit Enrique, nous préférons le *cochonillo* de lait rôti avec les haricots blancs gros comme des rognons d'agneau. À Ségovie[1]...

– C'est manger le blé en herbe, dit Inès.

– Si tout est mieux en Espagne qu'ici, vous n'avez qu'à y retourner, émit vertement Médée.

– C'est bien vrai, ça ! approuva Mélia.

Ce n'était pas vraiment l'arrogant chauvinisme d'Enrique qui exaspérait Amédée Bourniquel, mais une sorte de jalousie dont lui-même n'analysait pas clairement les causes. Lié depuis sa prime jeunesse avec la famille d'Ayrac, il considérait comme un devoir de protéger leurs représentantes. Il avait un faible pour Agnès qu'il jugeait, à

---

1. Il existe encore à Ségovie, au pied du célèbre aqueduc, un restaurant de cette spécialité.

129

tort, plus vulnérable que sa tante. Elle était donc l'objet d'une particulière vigilance. Sans plus de raisons, il soupçonnait l'Espagnol de courtiser la vieille demoiselle pour obtenir les faveurs de la jeune et, par là, mettre la main sur son bien.

Inès se gava de grasses fricassées. Le *señor* Mola, à qui l'humeur de son hôte n'avait pas coupé l'appétit, leur fit honneur. Agnès s'en lécha les doigts bien que ce geste appartînt au vulgaire.

Alors que Mola chargeait la moitié du cochon débité dans la carriole de Pompon, Médée retint Agnès.

– Vous avez rendu sa crabe à la sorcière. Je n'ai pas de conseil à vous donner (c'était pourtant ce qu'il s'arrogeait le droit de faire), mais vous devriez vous acheter une brette. Vous n'auriez plus besoin de venir chercher votre lait à La Borie. Notez que ce n'est pas pour vous plaindre, mais ça vous évitera les déplacements. Elle vous donnera assez de lait pour faire du beurre et même un veau. Elle n'ira pas bouffer la lessive des gens (Médée était donc au courant du dernier méfait de la chèvre). La vache est un animal paisible et affectueux et pas plus sot qu'un autre, le cheval, par exemple. Il y a sous le hangar de la métairie assez de paille pour la litière et assez de foin dans le grenier. Je vous porterai un tombereau de betteraves. Elles vous sucreront le lait. Enfin, un peu.

Médée accompagna donc Agnès à la grande foire de décembre à Castelnaud. Son choix se porta sur une sorte de hollandaise bicolore, pas trop efflanquée. Agnès le laissa discuter le prix.

– Et té, voyez, mademoiselle, affirma le maquignon, celle-là a le bout de la queue tout jaune sous le poil, elle vous fera de la crème à revendre.

– Ne nous prends pas pour des couillons, s'il te plaît, lui dit Médée. Cette vache, c'est comme si tu me la vendais à moi. Et ça n'est pas demain la veille que je me ferai estamper par un marchand de carnes.

Devant la croupe de sa brette enchaînée à sa crèche, Agnès resta perplexe.

– Vous saurez comment faire le beurre, Enrique ?

– Évidemment !

Il passa son après-midi à bricoler une baratte actionnée par un ingénieux système de renvoi d'angle avec le pédalier de la bicyclette d'Agnès. Le résultat, bien que transpirant un peu le petit-lait, se révéla comestible. Et Noël vint.

À la messe de minuit, le *señor* Mola parvint à subtiliser devant la crèche une poignée de morceaux de bougie en cas de coupure de courant, dont Beaurepaire était menacé. De même puisa-t-il dans un tronc laissé ouvert de quoi donner quelque chose à la quête. Les demoiselles d'Ayrac chantèrent avec entrain *Les Anges dans nos campagnes*, *Il est né le divin enfant*, l'*Adeste fideles* et autres célèbres tubes de Noël.

Grâce au demi-cochon entamé pour la circonstance, Inès composa un réveillon acceptable de boudin et de bouillon gras au vermicelle. Les ingrédients d'un gâteau ne manquaient pas, hors le sucre prélevé sur la ration de chacun. Les cadeaux furent modestes. Enrique eut une paire de chaussettes et deux paquets de gris, Inès une grosse plaque de chocolat du marché noir. Pour Agnès, le *señor* Mola avait amoureusement repeint le vélo de laque verte et de filets dorés. C'était là un travail dont il espérait faire une industrie lucrative avec la complicité non encore acquise du marchand de cycles de Castelnaud.

Mais le présent le plus précieux, le plus inattendu, fut, aux environs du jour de l'an 1941, l'avis d'un virement au Crédit de Gascogne. Il était assorti d'un message du notaire d'Agnès lui apprenant que l'appartement du boulevard de Courcelles était enfin vendu, au prix le plus bas, il est vrai. Il restait quand même de quoi percevoir, après placement, un revenu mensuel maigrelet, mais assuré.

Agnès courut à Castelnaud éponger ses dettes chez le boucher et aux Docks. Albert Contal en fut si heureusement surpris qu'il lui fit don d'une bouteille de vrai champagne de derrière les fagots. Elle fut bue le soir même ; dans l'euphorie générale, Enrique rappela à Agnès sa promesse de lui donner une leçon de flamenco.

Le dos à la cheminée flambante, Inès s'assit non sans quelque raideur pour surveiller d'un œil noir de duègne les évolutions de sa nièce.

– Vous « palmoterez », *doña* Inès, lui dit le guitariste.

– Mais que dites-vous ?

– Claquez vos mains, pendant que vous, *señorita* Agnès, vous « zapaterez ».

– ... ?

– Taper du talon et de la semelle.

– Les claquettes ! Je ne connais que ça !

Dans ses cours de danse, Agnès s'était montrée en effet une brillante émule de Fred Astaire et de Ginger Rogers.

Pour se mettre en voix, Enrique chantonna quelques *No nien, no nien* préliminaires à son récitatif. La *copla* qu'il entama sur un rythme de séguedille était plus allègre que celle du malheureux torero encorné par désespoir.

Comme si elle n'avait fait que cela toute sa vie, Agnès multiplia avec grâce les mouvements traditionnels : arrondis des bras au-dessus de la tête, provocantes caresses simulées sur les hanches, coups de rein pour faire voltiger des falbalas imaginaires. Le numéro se termina sur un vibrant point d'orgue. Agnès resta figée sur place comme la statue de sel de la Bible.

– *Estupendo*, apprécia le maître. La prochaine fois, je vous apprendrai le fandango avec robe et castagnettes. Et si *doña* Inès veut bien, vous danserez à deux la *sevillana*.

– Oh, vous croyez vraiment, minauda Inès, à mon âge...

– *Si, si*. En Espagne, on dit que quand les mères dansent, les filles en profitent pour sortir prendre l'air.

Les habitants de Beaurepaire vivaient assez bien, loin des agitations de la ville où ils ne se montraient guère que le dimanche. La pieuse Inès n'eût pas manqué la messe pour un empire. Agnès s'y montrait beaucoup moins assidue, et son impiété laissait penser aux dévotes castelnaudaises qu'elle était la conséquence de sa dissipation.

Les journées d'Agnès étaient pleinement occupées. Le matin, après avoir trait la vache, elle pansait sa basse-cour. Les joyeux poussins jaunes étaient devenus d'affreux poulets au cou pelé. Une forte escadre de canetons croisait dans la mare. Des lapins pensifs et silencieux mâchonnaient interminablement leurs brassées d'herbe ramassées la veille.

Pendant qu'elle menait paître la brette, le *señor* Mola retapait sa litière comme il le faisait tous les jours de son lit. L'après-midi était consacré aux tâches ménagères. Agnès les exécutait sans enthousiasme. En revanche, elle se montrait plus minutieuse dans les travaux de jardinage. Elle arrachait les mauvaises herbes avec ostentation comme pour reprocher à Enrique son peu de souci pour la propreté de ses plates-bandes.

Tout cela lui laissait peu de temps pour rêver. Pourtant, la nuit, souvent, il lui venait des fringales d'amour, dans son cœur et dans sa chair aussi, mais sa main qui parcourait son corps n'avait pas la fiévreuse douceur de celle de Patrick. Elle ressentait alors, avec cette grande envie de tendresse, le poids de sa solitude.

À la veillée, le trio s'installait autour de la TSF et n'avait pas besoin de mettre une sourdine pour écouter la radio de Londres où allait leur sympathie.

Pour arrondir son salaire de misère,

Enrique se vouait à l'œuvre des bicyclettes abandonnées. Il récupérait les épaves chez Silvère Malet, Cycles, Vente et réparations. Appliquant le procédé du cannibalisme, il faisait de trois vélos un seul. La peinture et les décalcomanies décoratives donnaient à celui-ci l'aspect du neuf.

Entre ses plantations, ses soins à Pompon et à la hollandaise, il s'occupait efficacement mais avec un zèle modéré. Héritier des langueurs andalouses, il sacrifiait régulièrement au rite de la sieste.

Agnès et lui se donnaient de mutuelles leçons de langue. La première se montrait une élève appliquée ; le second s'entêtait dans ses hispagnolades. Quand il se trouvait seul avec la jeune femme, sans qu'elle parût s'en rendre compte, il la couvait des yeux. Un observateur attentif eût pu surprendre dans le gouffre sombre de son regard les fugaces éclairs d'une passion contrariée.

Hors le facteur porteur quotidien du journal, il ne passait personne de la ville à Beaurepaire. En revanche, Médée Bourniquel venait souvent, et Mélia aussi, pour bavarder avec Inès et siroter du café d'orge en écossant ce qui devait l'être.

Inès vieillissait. Elle avait perdu de son embonpoint et à sa nièce qui s'en inquiétait il semblait, quand elle se montrait dolente, que sa lassitude n'était plus feinte.

Un soir d'été, Agnès, infatigable lorsqu'il était question de danser, suggéra à Enrique de lui donner une nouvelle leçon de flamenco. Elle lui aurait demandé de lui décrocher la lune qu'il y eût grimpé. Elle revint donc de sa chambre vêtue d'une longue robe à volants du genre poupée de foire qu'elle avait confectionnée en secret avec des étoffes anciennes trouvées dans une malle de son grenier. Le corsage largement échancré découvrait ses épaules et paraissait n'être retenu sur sa poitrine que par les rondeurs de ses seins. Elle était perchée sur des escarpins à hauts talons qu'elle n'avait pas eu l'occasion de mettre depuis le départ du boulevard de Courcelles.

– *Estupendo*, répéta le *señor* Mola.

Agnès ne s'était jamais sentie aussi belle, aussi ardente, et, jusqu'à minuit, les taconeos des fandangos crépitèrent sur les carreaux de la cuisine.

Or, cette nuit-là, sans que rien n'eût révélé sa présence, quelqu'un qui n'était pas invité avait assisté au spectacle.

8

1941

La nuit était claire. Il ne s'en fallait que d'une lame de faucille pour que la lune fût à son plein. Les sous-bois de Beaurepaire n'étaient donc pas assez obscurs pour qu'Augustin Joubert risquât de s'y perdre. Il connaissait bien le raccourci qu'il avait emprunté cent fois à la saison des champignons. Mais ce n'était pas leur quête qui lui avait fait prendre le chemin de la demeure des d'Ayrac. Depuis le début des grandes vacances, il était souvent venu rôder autour de la maison, attiré par ses lumières comme une éphémère par la flamme d'une lampe à pétrole. S'approchant assez près d'une fenêtre illuminée, il espérait pouvoir surprendre dans sa vie intime celle qui était devenue l'objet de sa première passion. Jusqu'alors, il n'avait fait qu'entrapercevoir Agnès d'Ayrac, fière et provocante, arpentant de son grand pas dansant les rues de Castelnaud. Il avait bien tenté de capter son regard, mais il lui avait semblé qu'à ses yeux pailletés d'étoiles il était invisible ou, à tout le moins, transparent. Bref, il souffrait du complexe du vermisseau, et l'astre dont il était devenu amoureux appartenait à une galaxie inaccessible.

Augustin Joubert n'avait rien pour susciter de foudroyantes passions. Aucun trait ne le distinguait du commun des mortels de son âge. Il correspondait assez bien au signalement d'une carte d'identité rédigée par un fonctionnaire sans imagination : nez moyen, bouche moyenne, visage ovale, yeux marron, taille : un mètre soixante-dix, signes particuliers : néant. Sa lèvre supérieure était ombrée d'un duvet follet, promesse d'une moustache américaine. De même, pour se donner une ressemblance avec Cary Grant ou Clark Gable, il se coiffait d'un casque de cheveux calamistrés à la gomina.

Il avait dix-sept ans. Il venait d'être reçu avec mention passable aux épreuves de la première partie de son baccalauréat. Ses parents, catholiques fervents et rigoureux, l'avaient confié depuis la communale aux jésuites de Sarlat. Fins connaisseurs de l'âme humaine et de ses faiblesses, les bons pères l'avaient élevé dans la crainte de Dieu. Mais leurs mises en garde contre les ruses du Malin n'avaient pas empêché Augustin de succomber à quelques-unes, sans réelle conséquence sur sa santé quoi que ses maîtres eussent prétendu.

Augustin se hâtait, craignant qu'à une heure aussi incongrue il ne trouvât sa porte verrouillée et ainsi, après avoir réveillé son père, d'être obligé de lui avouer les raisons de son escapade nocturne. Ses craintes se trouvèrent malheureusement fondées. Monsieur Joubert surgit sur son seuil, vêtu d'une longue chemise de nuit blanche, sévère image de l'ange exterminateur.

– D'où viens-tu, misérable ? Ta mère et moi nous faisions un sang d'encre.

– Euh... même avec ma fenêtre ouverte, j'étouffais dans ma chambre. Alors je suis sorti prendre l'air.

– Et tu t'es perdu dans les bois ?

– Euh... un peu.

– Lesquels ?

– Ceux de Beaurepaire, je crois.

– Beaurepaire ! Tiens donc ! Ne me dis pas qu'il y fait plus frais qu'ailleurs !

Monsieur Joubert, à qui la charité chrétienne interdisait de prêter l'oreille à la calomnie, se dit pourtant qu'il n'y avait pas de fumée sans feu et si ce qui se disait des dames d'Ayrac était vrai, la fumée pouvait se révéler toxique.

Augustin était partagé entre la fierté de détenir un secret et le désir de faire l'intéressant. Il opta pour la deuxième attitude. Il décrivit alors non sans complaisance l'étrange spectacle auquel il avait assisté, tout à fait « par hasard », affirma-t-il (et ce fut là son seul mensonge), en passant devant les fenêtres de Beaurepaire.

– L'Espagnol jouait de la guitare et chantait un truc arabe. La vieille demoiselle tapait dans ses mains et la jeune dansait en claquant ses talons.

– Elle était habillée décemment, j'espère, s'inquiéta madame Joubert.

– Une robe de bohémienne avec des étages jusqu'aux pieds.

Madame Joubert ne pouvait s'ôter de l'esprit que les romanichels, outre qu'ils étaient des voleurs de poules, étaient à l'occasion des ravisseurs d'enfants. Elle frémit à l'idée que son fils aurait pu être enlevé pour servir d'esclave à des sauvages sans foi ni loi. Il était pourtant peu vraisemblable qu'Augustin, qui pesait quand même près de soixante-dix kilos, se fût laissé jeter, ligoté comme un saucisson, dans le fond d'une roulotte sans se défendre.

– Et cette fille montait ses jambes jusqu'au menton, je suppose, dit monsieur Joubert vaguement émoustillé.

– Oh non, répondit Augustin en rougissant jusqu'à la pointe des oreilles, aux genoux seulement. On en voit plus au cinéma.

– Le cinéma est une chose, le « musicole » en est une autre. Ne t'avise plus d'aller tourner autour de ces saltimbanques !

Augustin n'en rêva pas moins qu'il arrachait Agnès d'Ayrac aux griffes du démon et qu'éperdue de reconnaissance elle se blottissait dans ses bras. Mais, animé par le noble exemple des héros de romans de chevalerie, il refusait de profiter de son abandon.

Augustin s'en voulut d'avoir été trop bavard. Sa sainte mère n'avait pas les mêmes raisons de se montrer discrète. Le bruit dont elle cacha les sources se répandit bientôt que les habitants de Beaurepaire se livraient à des bacchanales effrénées. Cette rumeur réveilla les ragots mis en sommeil depuis Noël.

– Bacchanales ? dit Fifi Courcol en haussant un sourcil interrogatif.

– Elles font la java, si tu préfères, affirma Fredo Bourdel.

– Et la vieille n'est pas la dernière à lever la jambe, précisa Jeannot Clémentin.

– À son âge, il faut avoir l'âme chevillée au corps, quand même.

Le *señor* Mola avait noué avec son confrère Cycles-vente-réparations des relations commerciales et cependant cordiales. Un dimanche d'août, il se rendit chez Silvère Malet pour marchander quelques pièces de rebut aux fins d'habiller un vélo dont il ne restait que le squelette. Comme tout un chacun à Castelnaud, Silvère était au courant du rôle essentiel joué par l'Espagnol dans les amusements des demoiselles d'Ayrac.

– Paraît qu'on ne s'embête pas à Beaurepaire ?

– On n'en a guère le temps.

– Vous le prenez la nuit, on dit.

Le visage naturellement basané d'Enrique prit une teinte grisâtre. Il laissa tomber la roue dont il testait le roulement pour s'emparer d'un plateau de pédalier et de sa manivelle. Il s'avança, menaçant, vers le mécanicien.

– Que voulez-vous dire ?

– Rien, rien, répondit Silvère en se réfugiant prudemment derrière son établi.

– C'est déjà trop ! Vous pouvez dire à *todos estos coños* de votre putain de *pueblo* que *el primero* qui parle mal des *señoritas*, je *l'aplasto como una mierda* !

Cycles-vente-réparations, redoutant les représailles, se garda bien de répéter à ses compatriotes la menace proférée par l'Espagnol.

Pour ne pas jeter le trouble dans l'âme innocente des demoiselles, et surtout d'Agnès, plus sensible qu'elle ne le paraissait au qu'en-dira-t-on des Castelnaudais, il ne se fit pas l'écho de leurs médisances. Il était cependant décidé à en découvrir les origines. Un inconnu avait espionné la dernière leçon de flamenco. Le *señor* Mola ne doutait pas qu'enthousiasmé par la qualité et la nouveauté du spectacle il n'allait pas manquer d'y revenir et, ainsi, de se fourrer dans le traquenard qui lui serait tendu.

Plusieurs nuits consécutives, tandis que les femmes s'étaient retirées chez elles, Enrique attendit dans la cuisine illuminée où, en guise d'appeau, il faisait crépiter la guitare et psalmodiait ses *No nien* de sa voix la plus sépulcrale. Le dernier accord plaqué, il se ruait dehors et effectuait à toute vitesse une ronde autour de la maison.

Sa patience fut récompensée. Il surprit l'intrus en train de lorgner l'intérieur de la pièce à travers l'interstice des volets qu'à dessein il avait laissé entrebâillés. Il le saisit par les oreilles et le souleva presque du sol comme il eût fait d'un lapin pour l'extraire de sa gibecière.

– Ouille, ouille, ouille, gémit le gamin.

Enrique le laissa retomber sur ses talons sans le lâcher pour autant.

– Qui es-tu ? lui demanda-t-il en le secouant rudement.

– Augustin Joubert. Mon père est le notaire de Castelnaud.

– Et alors ? Il serait le pape... ce serait pareil ! Qu'est-ce que tu fous ici ?

– J'écoute la musique.

L'Espagnol lui lâcha les oreilles pour lui pincer le nez.

– Tu mens !

– Je venais voir danser la fille, nasilla Augustin.

– Pourquoi ?

– Parce qu'elle est belle, tiens !

Cet hommage rendu à la plastique de sa ballerine rasséréna quelque peu le maître de ballet.

– Tu n'as rien à foutre ici, petit crétin. Que je t'y reprenne et je te les coupe – en admettant que tu en aies dans le pantalon.

Mais Augustin était déterminé à revoir Agnès quoi qu'il pût en coûter à sa virilité.

Aux premiers froids, la brette dont le

ventre avait pris des proportions inquiétantes présenta les symptômes d'une imminente mise bas. Le mufle au sol, elle piétinait sa litière, fouaillait de la queue et beuglait sourdement avec la discrétion qu'ont les bêtes pour faire comprendre aux humains leur angoisse et leur douleur.

– Pas possible, elle est malade, s'émut Agnès.

Consultés, le *señor* Mola et tante Inès émirent d'une seule voix l'avis que la brette était tout bonnement en train de vêler. Agnès ne fut pas rassurée pour autant.

– Et vous savez quoi faire, Enrique ?

– Vous qui savez tout, ajouta Inès.

Enrique, de sa vie, n'avait jamais aidé un œuf à éclore. Il se récusa.

– Je ne suis pas vétérinaire, moi !

– Alors allez chercher monsieur Bourniquel !

Médée, on l'a vu, avait une solide expérience en matière de chirurgie porcine. Dans le pays, on s'accordait à lui reconnaître aussi des talents de sage-vache dans les cas difficiles. Malgré sa répugnance à demander quelque service que ce fût à son voisin, Enrique courut à La Borie. Lorsque les deux hommes arrivèrent à Beaurepaire, la poche des eaux était crevée et les pieds du veau sortaient déjà. Médée les lia par la corde qu'il avait autour du cou comme un stéthoscope.

– Tirez, dit-il à l'Espagnol. Fort !

– Mais il va tomber, s'indigna Agnès.

– Vous occupez pas, demoiselle. Tirez donc, l'ingénieur !

Le veau dégoulina lentement sur la paille. Médée se pencha sur lui.

– *Milo diou*, murmura-t-il. Il est difforme, ce *bédel* !

Agnès s'approcha à son tour.

– Où voyez-vous ça, monsieur Bourniquel ?

– Il a la queue au milieu du dos et un mourre de cochon... et en plus il est mort. Tant mieux, notez. Vous aurez tout le lait pour vous. Rentrez chez vous maintenant, demoiselle. Vous, dit-il à Enrique, occupez-vous des obsèques. Moi, je fais le reste.

Médée attendit pendant une heure que la brette eût rendu sa délivrance[1]. À la cuisine, les deux femmes étaient assises face à face de chaque côté de la table, le regard vide, silencieuses, consternées.

– Ce n'était qu'un veau, dit Bourniquel en guise de consolation. Elle vous en fera un autre, votre brette.

1. Qu'elle ait expulsé le placenta.

– Sûrement pas, répondit Agnès, si ce doit encore être un phénomène de cirque.

– Ce sont des choses qui arrivent dans les meilleures granges. Je pourrais vous raconter des dizaines de cas comme celui-là.

– Eh ben, ne le fais pas, Médée, dit Inès. Le malheur des autres ne console pas du sien.

– Votre brette aura été grimpée par son frère ou son père. Les bêtes ne savent pas reconnaître si le taureau est de leur famille. L'« insexe », ça s'appelle.

Agnès se souvint que dans la mythologie égyptienne un certain Osiris avait fait un enfant à sa petite sœur Isis et que leur gamin Horus ne s'en était pas moins taillé une assez jolie situation dans le panthéon de ses parents. Il n'était donc pas évident que la consanguinité fût à l'origine de l'accident.

Médée ne s'attarda pas. En sa présence, Agnès s'était contenue. À peine fut-il parti qu'elle put exhaler sa déception et sa colère contre ce sort sans âme et sans visage qui s'acharnait sur elle.

– J'en ai marre, marre, cria-t-elle en envoyant valdinguer une cafetière sur le carrelage. Rien ne marchera jamais !

Inès se leva et vint derrière elle caresser ses cheveux, sans rien dire.

– Fichez-moi la paix, Inès, et ne me soufflez pas dans le cou.

Tout de suite, elle regretta sa brutalité, son injustice.

– Pardon, Inès. Personne, affirma Agnès, ne saura mieux me consoler que vous.

– C'est gentil, ma petite fille, mais je sais bien que tu ne le penses pas.

Elle avait raison. À cet instant précis, c'était une main d'homme qu'Agnès eût aimé sentir appesantie sur son épaule, une main forte, rugueuse et tendre pourtant.

Elle accompagna sa tante jusqu'à sa chambre. Retraversant le salon, elle prit dans la bibliothèque le *Petit Albert* qu'elle n'avait pas ouvert depuis le jour de son arrivée à Beaurepaire, et l'emporta chez elle. Parmi les incantations et les recettes saugrenues que l'auteur y avait consignées, il en était peut-être une pour expliquer la malformation du lamentable veau. Mais elle ne trouva dans l'hermétique charabia aucune réponse à sa curiosité. Elle se dit alors qu'Anna détenait la clef de l'énigme, bien que sa réputation de sorcière fût probablement usurpée. Mais que ses dons fussent réels ou pas, elle serait sûrement flattée que l'on y fît appel.

Il avait givré pendant la nuit. Quand, à l'aurore, Agnès descendit ouvrir à ses

poules, les arbres dénudés de leurs dernières feuilles semblaient saupoudrés de
sucre, et le sol gelé de la terrasse résonnait
sous ses sabots comme une dalle d'église.
Emmitouflée dans une pèlerine à capuchon,
le cou entouré de trois tours de cache-nez,
elle partit voir Anna. Celle-ci achevait de
traire ses chèvres. En voyant la silhouette
de sa visiteuse s'encadrer dans la porte de
la bergerie, elle claudiqua à sa rencontre,
cassée par l'ankylose comme si elle ne pouvait plus se déplier.

– Si les biques avaient leurs tétines sur le
dos au lieu de sous le ventre, ce serait quand
même moins pénible pour les tirer, se plai-
gnit-elle en se redressant, les mains aux
hanches. Vous venez reprendre votre bête,
mademoiselle Agnès ?

– Non, je me promenais.

– C'est bonne heure pour ne rien faire.
Mais venez donc jusqu'à la maison. Je n'ai
que du lait à vous offrir. Et té, juste sorti, je
n'aurai pas besoin de vous le faire chauffer.

Agnès la suivit dans la salle où, dans la
cheminée, un feu de la veille brasillait sous les
cendres. Un minuscule cabri jouait tout seul
et sautait sur place de ses quatre pattes en
secouant ses petites oreilles de carton. Agnès
se pencha pour le caresser, mais il fit front

150

contre sa main comme s'il avait déjà eu des cornes.

– Qu'il est mignon ! s'extasia-t-elle.

– Il n'a que deux jours et déjà il veut se battre, dit Anna. Il sera bien le fils de Satan, celui-là.

Agnès s'assit devant l'âtre et prit le chevreau sur ses genoux. Anna lui tendit un bol de faïence ébréché où le lait tiède moussait encore.

– Je vous mets un sucre ? proposa-t-elle.

– Merci, il est très bon comme ça.

– C'est vrai, même sans rien, je le trouve meilleur que celui de vache. Vous ne devez pas en manquer à Beaurepaire à présent ?

Cette question venait fort à propos pour permettre à Agnès d'aborder le véritable objet de sa visite.

– Voilà, dit-elle pour conclure la description clinique de son monstre. Je me demande si quelqu'un, mais je ne désigne personne, ne lui aurait pas jeté un mauvais sort.

– Et qui ça serait ? Pas besoin d'aller chercher bien loin, c'est le malin esprit ! Il se met quelquefois dans la peau d'une bête difforme pour faire peur. Le plus souvent il se déguise en un beau jeune homme. Alors il rentre ses cornes sous son chapeau, enroule sa queue dans son pantalon et cache ses pieds fourchus dans ses souliers vernis. J'en sais bien, moi, de ces histoires. Té, celle d'Agnès justement[1].

– Agnès ? C'est rigolo, non ?

– Mon Agnès à moi était une innocente – je ne dis pas ça pour vous, mademoiselle. Un jour qu'elle s'était perdue, elle entra sans le savoir dans une mauvaise maison. Quand elle apparut devant la porte ouverte sous la lanterne rouge, le diable et une bande de ses amis déguisés en corbeaux lui barrèrent le chemin. Les putes, en parlant par respect, furent tout aussi étonnées que la jeune fille. Celle-ci comprit que c'était un signe du ciel. Plus tard, elle acheta la maison pour y fonder un monastère. À Beaurepaire, vous auriez de la place ! Vous voyez là que le diable ne veut pas toujours que du mal. Té, une autre !

– Il faut que je rentre, Anna. Ma tante va s'inquiéter.

– Encore une petite, proposa Anna, très en verve.

– Une autre fois !

Agnès n'était pas disposée à écouter toute la matinée les sornettes de la chevrière. Elle finit par boire son lait. Peut-être pour la remercier d'avoir été attentive, Anna lui donna dans une poche en papier une poignée

---

1. *Les Actes des saints*, Jean de Bolland.

de pignes rances qui ressemblaient tout à fait à des asticots morts.

– À Beaurepaire, dit Inès, nous en mettions dans la salade.

– En Espagne, renchérit le *señor* Mola, nous autres, nous en faisions des gâteaux. Mais ceux-là, ils sentent « à » vieux savon.

Les poules d'Agnès en firent quand même leur dessert.

Augustin Joubert ne revint à Castelnaud qu'aux vacances de Noël. Pendant tout le premier trimestre, Agnès d'Ayrac avait occupé ses pensées. La nuit, dans l'alcôve close de rideaux du dortoir des grands, il avait du mal à s'endormir, hanté par les images interdites qu'il n'avait plus la volonté de chasser.

Le jour, pendant les cours de philosophie, option de son second baccalauréat, il s'essayait à crayonner des silhouettes de danseuses aux jambes graciles gainées de collants roses, dont le buste aux formes arrondies émergeait d'un tutu comme d'une corolle. Il se souvenait des leçons de métrique données aux élèves de première pour composer laborieusement, en vers alexandrins, des poèmes enflammés. Ne sachant comment les faire parvenir à leur inspiratrice, il déchirait ces chefs-d'œuvre en petits morceaux qu'il faisait disparaître dans les cabinets.

Sa conduite évaporée n'avait pas échappé à ses maîtres et ses notes s'en étaient ressenties. Maître Joubert lui avait exprimé son mécontentement en lui sucrant ses étrennes. Ne se saignait-il pas aux quatre veines pour lui donner, dans un établissement privé, une éducation des plus dispendieuses ? Ces reproches, si justifiés qu'ils fussent, étaient passés au-dessus de la tête de son fils sans déplacer un seul de ses cheveux.

Peu après Noël, un soir où il avait un peu neigé, Augustin endossa sa canadienne taillée dans une toile de tente militaire et fourrée d'une couverture de cheval. Il mit dans sa poche la clef de la maison et prit à pied le chemin de Beaurepaire. Il espérait qu'avec le temps la vigilance de l'Espagnol se serait relâchée. Les risques de subir le sort du pauvre Abélard étaient minces. Toutefois, il ignorait encore comment il allait pouvoir signaler sa présence à Agnès, sauf à jeter des petits cailloux dans ses volets, ce qui n'eût pas manqué d'ameuter le guet et de le faire sortir du château. D'ailleurs, il ne savait pas où se trouvait la chambre de la jeune fille. Il confia donc au hasard le soin de répondre à ces questions.

Les mystères de la nuit n'étaient pas faits pour entamer l'intrépidité d'Augustin. L'obscurité n'était pas si profonde que le sentier ne lui apparût tracé comme une piste blanche entre les taillis. Sur la terrasse de Beaurepaire, la neige étouffa ses pas. Tout était silencieux. Le rez-de-chaussée était plongé dans l'ombre. Pourtant, il lui sembla entendre de la musique sans qu'il pût en déterminer la provenance. Il tendit l'oreille. Les sons qui lui parvenaient lointains et confus n'étaient pas ceux d'une seule guitare. Il fit le tour de la maison et s'arrêta au pied d'un escalier qui montait à l'unique étage. Un disque de jazz américain au rythme vif et syncopé tournait sur un phonographe. Il s'engagea sur les marches avec des précautions de cambrioleur, craignant à tout instant qu'une porte ne s'ouvrît brusquement et que ne se portât sur lui le faisceau d'une lampe.

La musique cessa. Mais le silence ne dura que le temps pour Agnès de changer le disque et de remonter le ressort de la mécanique.

Sur l'étroit palier sur lequel s'ouvrait la chambre de la jeune fille, Augustin, tremblant encore, colla un œil au trou de la serrure.

Dans la cheminée, un grand feu éclairait toute la pièce de ses lueurs mouvantes. Agnès dansait. Une chemise courte et transparente voltigeait autour de ses cuisses et révélait les formes de son corps dans le contre-jour comme si elle avait été nue. Cette troublante vision rendit à Augustin un peu de sa témérité. De son index replié en crochet, il toqua à la porte, mais à petits coups hésitants, comme s'il avait espéré qu'on ne l'entendît pas.

La musique s'arrêta et la dame de ses pensées lui apparut enfin, diaphane et nimbée de lumière. Au lieu d'ameuter toute la maison de stridents appels au secours, elle accueillit son visiteur sans paraître autrement effrayée.

– Faites comme chez vous, jeune homme ! Ne vous gênez pas surtout. Entrez donc, ironisa Agnès.

– Euh... Vous n'avez pas froid, comme ça ? demanda Augustin pour dire quelque chose.

– Si, quand j'arrête de danser. Fermez la porte, s'il vous plaît !

Frissonnante, elle attrapa une robe de chambre jetée sur le dossier d'un fauteuil. Augustin la regardait, fasciné, battant des cils et tortillant son béret entre ses doigts gourds.

– Racontez-moi un peu ce que vous fabriquez ici, par une nuit sans lune, alors qu'il neige, et que le loup rôde dans les bois ? Hou, hou, ulula-t-elle. Bon, il n'y a plus de loup depuis lurette. On ne l'appelle plus que pour flanquer les chiens dehors ou faire revenir les enfants dedans.

Un peu vexé par ce qu'il prit pour une allusion désobligeante à son âge, Augustin bredouilla :

– J'ai vingt ans.

– Ce n'est pas vrai. Mettons dix-huit et ne chipotons pas ! Vous n'avez pas une tête de voleur. Que voulez-vous donc ?

– Vous !

– Eh bien, vous ne manquez pas de toupet, s'exclama Agnès estomaquée. Je suppose que vous allez m'enlever et que vous avez quelque part un cheval « sellé, bridé, prêt à partir », comme dans la chanson de boy-scout.

Augustin Joubert écarta les bras dans un geste évasif.

– C'est tout ce que vous savez dire ? Mais asseyez-vous au lieu de rester planté comme une statue de square.

Augustin embrassa la pièce d'un regard circulaire. Tous les sièges étaient occupés par des vêtements.

– M'asseoir où ?

– Sur le lit, nigaud !

Agnès débarrassa un fauteuil et s'y laissa tomber en ramenant sur ses jambes les pans de sa robe de chambre.

– Vous en avez assez vu pour aujourd'hui,

expliqua-t-elle, et d'ailleurs pour toujours. D'où sortez-vous ? Qui êtes-vous ? Allez, dites-moi tout !

Ils papotèrent dix minutes et, comme la conversation tombait, Agnès se leva et s'approcha de lui. Du bout des doigts, elle lui caressa la joue.

– Et ça n'a même pas de barbe ! Les enfants doivent se coucher de bonne heure. Adieu, Augustin Joubert ! Et ne racontez pas partout en ville que vous avez vu une sorcière danser avec son balai.

Agnès se coucha de bonne heure. Au fond, elle trouvait rassurant et agréable d'être l'objet d'une passion adolescente. Mais elle avait passé l'âge des idylles de collège et n'avait pas encore celui de déniaiser les jeunes gens. Elle aimait être aimée et, dans son isolement, elle était condamnée à ne l'être que par des soupirants transis, jaloux et quinquagénaires.

Bien que la déclaration enflammée du jeune Augustin ne la tourmentât en rien, Agnès eut quelque peine à s'endormir. Dans la cheminée, le feu se mourait et, comme dans ses derniers sursauts de vie, une courte flamme jaillissait parfois des brandons. Quand il fut tout à fait éteint, Agnès alluma sa lampe, une tulipe de verre dépoli au-dessus de son lit, d'où il plut comme d'une pomme une douche de lumière. Elle entoura ses épaules d'une liseuse de tricot à larges mailles, œuvre de tante Inès, et prit sur sa table de chevet son *Petit Albert*. Elle l'ouvrit au hasard et tomba sur le chapitre « Amulettes et Talismans ».

Les pierres précieuses, avançait l'auteur anonyme, *ont des vertus miraculeuses que les autres n'ont pas.*

C'est un genre de lapalissade, se dit Agnès non sans logique. Si elles sont précieuses, c'est évidemment qu'elles sont différentes des cailloux ordinaires.

L'améthyste, lut-elle, *agit contre l'ébriété. Elle donne la vivacité, apaise les querelles et prouve l'intelligence.*

Agnès n'en avait jamais vu que sur le doigt grassouillet et bénisseur d'un évêque, le jour de sa confirmation, et ne se trouvait pas concernée par ses qualités. Pas plus d'ailleurs que par le béryl. *Il aide à surmonter la paresse, arrête le hoquet et les bâillements.*

Il en était de même de l'agate, bien connue dans les poches des gamins sous forme de bille. *L'agate*, affirmait le *Petit Albert, chasse la mélancolie. Elle est bonne pour les maux d'estomac et fait fuir les serpents.*

C'étaient certes là d'intéressantes propriétés, mais ce fut l'émeraude qui retint l'attention de la lectrice. *L'émeraude est de nature chaste. Afin de s'assurer qu'une jeune fille l'est encore, il faut lui donner une potion contenant de la poudre de cette pierre. Si elle est chaste, elle garde le breuvage. Sinon, elle le rend. Elle augmente la fortune de son propriétaire. En amour, elle facilite la persuasion.*

Agnès pensa que c'était galvauder une gemme aussi rare que d'en faire un test de pucelage, mais ses autres effets méritaient d'être considérés. Elle se souvint que dans son trésor Inès possédait, sertie dans un simple anneau d'or, une émeraude petite mais sans défaut. Elle qui tirait vanité de n'arborer aucun bijou, sans bien savoir pourquoi d'ailleurs, décida de faire revivre celui-là en le portant.

Inès fut flattée quand sa nièce lui demanda le lendemain de lui montrer ses colifichets. Agnès enfila l'émeraude à son annulaire et contempla l'effet produit sur sa jolie main.

– Savez-vous, Inès, que de la poussière d'émeraude absorbée dans votre thé, par exemple, permettrait de savoir si vous êtes restée vierge ?

– Ne te moque pas de ta vieille tante, s'il te plaît. À mon âge, cette expérience est totalement dépourvue d'intérêt. Et permets-moi de

te dire qu'à en croire tes prouesses amoureuses elle te serait plutôt contraire.

– Mettons que je ne vous ai rien dit.

– Mais si ! Si tu penses que cette babiole
peut te porter bonheur, je te la donne. De
toute façon tu l'aurais eue tôt ou tard, soupira
Inès.

– Oh, rien ne presse !

Inès fit voltiger sa main dans un geste évasif
et résigné.

– L'avenir est à Dieu, ma petite fille.

9

Les nouvelles données par le prieur de la pagode, quelque confiance que l'on pût accorder au téléphone bambou, avaient besoin d'être confirmées. Sitôt revenu chez lui, Julien Auberoche, profitant de ce que le courant électrique était encore fourni, alluma son poste de TSF. L'émetteur de Radio Cambodge était à peine assez puissant pour être capté à Ampuk, et la voix lointaine du speaker était brouillée par des crachotements et des parasites d'orage. Il parvint néanmoins, en collant son oreille contre le haut-parleur, à obtenir la confirmation de ce que lui avait annoncé le vieux bonze. Le bulletin d'information résumait les événements des dernières semaines.

Le 19 juin 1940, un ultimatum japonais exigeant le libre passage des troupes du mikado à la frontière du Tonkin avait été accepté par le général Catroux, gouverneur d'Indochine. Il n'était pas besoin d'être grand clerc pour s'attendre que d'ultimatum en ultimatum les Japs parviennent à envahir la totalité du territoire. Les communiqués du gouvernement général étaient néanmoins optimistes. L'Indochine serait défendue avec force et détermination contre toute atteinte à la souveraineté de la nation protectrice.

C'était sans compter une armée aux effectifs inépuisables, puissamment équipée et entraînée depuis des années dans sa guerre contre la Chine. Nul insecticide ne pourrait venir à bout de cette nuée de criquets affamés qui, du jour au lendemain, allait s'abattre pour mettre à sac le joyau des colonies françaises.

Julien Auberoche ne se berçait pas d'illusions. Au cours de ses escales, il avait rencontré ces petits hommes au teint bilieux, à la voix éructante et rauque, au regard étroit, et qui semblaient tirer leur incommensurable orgueil de leur propre laideur.

L'électricité produite par le générateur de la plantation faiblissait. Le clignotement des ampoules réduit à l'incandescence d'un filament annonçait l'extinction des feux dans la villa de monsieur le directeur. Julien donna quelques coups de pompe à sa lampe à pression. Le manchon allumé à la flamme de son briquet répandit dans le salon une lumière blanche presque aveuglante en grésillant un zonzon de mouche.

Dans la boyerie, Sotchéa et son inséparable copine glapissaient tandis que le boy Sao San et le jardinier Kim s'empiffraient accroupis devant une cuvette émaillée à demi pleine de riz.

– Sotchéa, monte le pastis, cria Julien du haut de la galerie.

La *prapon* surgit bientôt avec, sur un plateau, la bouteille d'anis, un verre et une carafe d'eau tiède.

– Tu ne bois rien, toi ?

– Déjà bu *mentalo*[1] !

Sotchéa s'assit en tailleur dans un des fauteuils sans se soucier de ce que son sampot retroussé découvrait sans aucune pudeur. Mais ce n'était pas de sa part une provocation. Il y avait longtemps que cet étalage de son intimité n'émouvait plus *Ou Lien* Auberoche.

Il y avait vingt ans qu'à Kompong Cham, sur la rive du Mékong, Julien avait fait la connaissance de Sotchéa. Elle faisait une

1. Menthe à l'eau.

joyeuse trempette avec une demi-douzaine de comparses. Toutes portaient en guise de costume de bain leur sampot noué au-dessus de la poitrine et montraient ainsi des épaules et des jambes soyeuses de cuivre doré. Leurs cheveux cascadaient jusqu'au bas de leur dos en lourdes vagues noires qu'elles secouaient de temps en temps comme des chiots mouillés. Elles s'esclaffaient très fort, tapaient dans l'eau et s'aspergeaient en faisant jaillir des gerbes d'arc-en-ciel.

Lorsqu'elles s'aperçurent qu'elles étaient observées, elles pouffèrent sottement derrière leurs mains, en gamines qu'elles étaient hier encore. Sotchéa révélait sous sa courte tunique plaquée sur elle comme une seconde peau des rondeurs prometteuses. Sans être opulentes, elles rappelaient celles des statues d'apsaras de pierre ou de bronze, symboles du fleuve et de sa fertilité. Mais elles personnifiaient aussi l'insouciance, la gaieté et le goût du plaisir du petit monde cambodgien.

Sotchéa, sortie de l'eau, s'agenouilla dans l'herbe de la berge. Elle tordit sa tignasse et, se mirant dans le miroir de la rivière, la tressa en deux nattes luisantes et ondulantes comme Neak Pean, le Seigneur serpent des grands lacs d'Angkor.

Avec une lenteur calculée pour laisser à son admirateur le temps d'apprécier ses charmes, elle dénoua son sampot et le réajusta autour de ses reins. La fausse ingénuité de son geste n'échappa pas à la sagacité de Julien Auberoche. À l'évidence, la jeune femme, consciente de sa séduction, espérait bien qu'il y succomberait. Mais dans la perspective d'un établissement durable, elle était décidée à ne rien lui céder qui ne fût assorti de gages substantiels et, notamment, du rachat des bijoux qu'elle avait dû mettre au clou pour éponger ses dettes de jeu.

Sotchéa parlait à peine le français. Julien Auberoche savait de la langue khmer les mots essentiels : moi, aimer, femme. Tout en se cantonnant dans les généralités, ils suffisaient pour lui dire l'intérêt qu'il portait à son sexe. Quant au reste, les gestes étaient plus éloquents que la parole. Il n'eut aucun mal à faire comprendre à la jeune femme qu'il l'invitait à grignoter un rien de soupe et de poulet-banane dans une gargote chinoise au bord de l'eau. Elle accepta sans minauder et se montra une convive gourmande et enjouée. Julien en conclut, un peu hâtivement peut-être, qu'elle serait dans son lit ce qu'elle était à sa table.

Quelques jours plus tard, Sotchéa, suivie d'un coolie porteur de son déménagement, entrait dans la villa et, par là, dans la vie du directeur de la plantation d'Ampuk.

Sous la moustiquaire, elle se montra tour à tour lascive, docile ou entreprenante, sans feindre le réel plaisir que l'amour lui procurait. Avec les ans, leurs ébats étaient devenus moins fougueux. Ils s'étaient espacés pour faire place à des relations routinières et domestiques. Sotchéa avait établi ses quartiers dans la boyerie et monté son lit dans un réduit attenant où elle maintenait un merveilleux désordre. Elle ne montait plus chez *Ou Lien* que sur sa demande pour sacrifier au rite du pastis ou à celui de l'opium dont, ne souffrant de rien, il n'abusait pas.

– Y a de la glace ? demanda-t-il bien qu'il connût la réponse.

– Fini !

Tous les matins, la camionnette d'un Chinois en déposait un quart de pain isolé dans de la balle de riz. Il était à demi fondu quand il arrivait à Ampuk, et à midi il n'en restait plus qu'un souvenir.

Dans le salon qu'aucun courant d'air ne traversait, la chaleur était étouffante. Julien emporta son verre sur la galerie et s'accouda à la balustrade. Alors qu'au-dessus de la plantation la nuit était encore criblée d'étoiles, tout l'horizon au-delà des rizières était illuminé par des éclairs incessants. Le grondement ininterrompu du tonnerre rappelait les explosions des bouquets et des girandoles du feu d'artifice d'une fête lointaine.

Les premières gouttes de l'orage claquèrent sur les tuiles du toit comme une averse de graviers. Julien revint au salon. Sotchéa y était toujours tassée dans la posture du lotus parmi les coussins de kapok. Elle fumait placidement.

– Tu es encore là ? s'étonna-t-il.
– Content *toufianer*[1] ce soir, *Ou Lien* ?
– Content !

Après le dîner servi par Sao San, Sotchéa remonta de la boyerie dans un audacieux déshabillé conforme aux traditions en usage dans les fumeries. Dans sa chambre, Julien s'étendit sur le bat-flanc, sur le côté, la tête tournée vers le coffre de santal où étaient disposés, toujours prêts à l'emploi, les accessoires du cérémonial. Assise sur ses talons, la Cambodgienne prit au bout de l'aiguille une goutte d'opium qu'elle fit chauffer sur le sol de la lampe de verre. Elle se boursoufla pour prendre l'aspect d'une minuscule morille. D'un geste rapide et précis, elle ficha l'aiguille dans le fourneau de terre et tendit la pipe à Julien.

1. Fumer l'opium.

Dressé sur un coude, il la retourna sur la lampe et tira sur le tuyau de corne bagué d'argent une seule et longue bouffée. Renversé sur le dos, il demeura un instant les yeux clos, humant avec délice l'étrange odeur de chocolat brûlé qui s'était répandu dans la pièce. N'étant pas vraiment esclave de la drogue, il lui suffisait d'une demi-douzaine de pipes pour s'assurer jusqu'à l'aube une veille lucide et reposante.

Sotchéa éteignit la lampe et, silencieuse comme une chauve-souris, redescendit chez elle. Elle n'espérait plus d'*Ou Lien* les caresses qui, autrefois, la récompensaient de ses soins. Elle se disait que si *Ou Lien* ne lui faisait plus jamais l'amour, ce n'était pas parce qu'il s'en était lassé, mais parce qu'il ne le pouvait plus. D'ailleurs elle-même n'en avait plus guère envie et se trouvait assez contente qu'il ne lui demandât plus rien.

Au village, le grand gong sonna pour les ouvriers malais leur angélus de l'aube et leur rassemblement par la même occasion. *Tuan* Auberoche s'arracha sans peine à la béatitude d'un long rêve éveillé. Il planta sur sa tête son chapeau, un assez ridicule bob de matelot, décrocha un de ses fusils dans un placard de son bureau et descendit à la boyerie où

Sotchéa, tôt levée elle aussi, passait du café dans une chaussette.

– Toujours aussi dégueulasse, ton jus, lui dit-il aimablement.

Elle haussa les épaules. Tous les matins, il lui disait la même chose. Elle ne s'en vexait plus.

Depuis qu'il était leur directeur, Julien n'avait jamais manqué l'appel de ses hommes. Sur la place, devant la *sala*, Mahmat, leur *caï*, distribuait leurs tâches aux saigneurs. Tous portaient comme une pièce d'uniforme leur *kroma*, qui en turban, qui en écharpe, et balançaient des petits paniers d'où s'échappaient comme d'un encensoir les âcres fumées de l'herbe antimoustiques. Ils s'éloignèrent en procession, patinant sur la piste rouge encore laquée de boue.

Ils accomplissaient leur tâche avec les mêmes mouvements adroits et vifs en une sorte de ballet d'ombres silencieuses. Au pied de chaque hévéa, ils commençaient par caler les tasses de terre cuite sur des bâtonnets de bambou. Puis ils arrachaient de l'entaille cicatrisée la mince pellicule de gomme qui avait perlé depuis la dernière saignée. À petits coups de leur gouge de ciseleur, ils prélevaient une spirale d'écorce, et de la nouvelle incision le « bois qui pleure » versait ses larmes de latex dans les tasses qu'avant la chaleur on viderait dans des bidons de laitier.

Julien assistait aux premières saignées plus par routine que pour les surveiller. Les Malais connaissaient leur travail, soignaient leurs hévéas comme les vignerons leurs ceps, et savaient panser les blessures que leurs rares maladresses provoquaient. Il se dit ce matin-là que la plantation n'avait plus besoin de lui et que, lorsqu'il la quitterait, ce serait sans souci pour son avenir, celui des arbres et des hommes.

– Ça va, Mahmat ?

– Ça va, *tuan* !

– Je vais à Phum Pritt chercher du monde.

Ce monde que Mahmat couvrait de son mépris, c'étaient les Cambodgiens, de paresseux farceurs, commis – qu'Allah soit loué – aux basses besognes des manœuvres sans spécialité. Pour montrer son dégoût, le Malais cracha un long jet rouge coloré de bétel.

Sur son chemin, Julien jeta un œil au terrain récemment défriché où les jeunes hévéas poussaient sous l'humide couverture de plantes feuillues. Sans leur ombre, en effet, la terre ameublie serait devenue sous le soleil une roche de latérite stérile à jamais.

La piste de Phum Pritt s'ouvrait, à peine visible, à l'orée de la forêt. Sylve solennelle et mystérieuse, cette dernière contrastait par son désordre luxuriant avec les arbres à caoutchouc disposés en rigoureux quinconces, quadrillés par des pistes tracées au cordeau qui se coupaient à angles droits comme les allées d'un potager de banlieue.

Le sentier où Julien s'engagea serpentait sous les frondaisons d'arbres gigantesques, fromagers livides aux contreforts de cathédrale, *ban langs* noirs, tecks aux feuilles larges comme des palettes de peintre. Mais, çà et là, dans ce fouillis barbare, les hommes manifestaient leur présence par des niches façonnées de leurs mains pour le repos des génies des bois, animés d'une perpétuelle bougeotte.

Sous l'épaisse futaie que sabrait parfois une lame de lumière, régnait une pénombre crépusculaire, une atmosphère oppressante saturée d'une lourde odeur de pourriture végétale. Le silence n'était troublé que par les aboiements modulés en un crescendo perçant des singes gibbons.

Une laie suivie de ses marcassins traversa la piste en trottinant. Julien esquissa le geste de décrocher le fusil de son épaule, mais il n'avait plus les réflexes d'autrefois. Par habitude, il emportait toujours une arme dans ses tournées de jungle quoiqu'il ne prît plus aucun plaisir à la chasse. D'ailleurs, Sotchéa préférait au gibier les produits de sa basse-cour, et ses maigres poulets, à ses dires, valaient bien le paon sauvage.

Le *mé phum*[1] de Phum Pritt, un vieillard au regard voilé par le glaucome, était perché à croupetons sur la terrasse de sa paillote. Il fumait une cigarette roulée dans un cornet de papier journal. Perclus, il ne se leva pas pour saluer l'arrivant. Julien, plus leste que lui, grimpa s'asseoir à son côté. Les politesses échangées, le Cambodgien se plaignit qu'une demi-douzaine d'éléphants avaient saccagé les jardins de ses administrés et leurs vergers de bananiers.

– Tu n'as qu'à faire venir un tigre, lui recommanda Julien, et les *domrei* resteront chez eux.

– Et si le tigre m'emporte un bébé ?

– Tu n'auras qu'à faire revenir les éléphants.

Le *mé phum* rigola avec un curieux cliquetis de castagnettes.

Julien recruta sa main-d'œuvre d'autant plus facilement que la population de Phum Pritt n'avait, en la saison, rien d'autre à faire qu'à regarder pousser le riz.

1. Maire.

Le vieux gentleman n'avait à offrir que du lait de coco. En deux coups d'un coupe-coupe aussi grand que lui, un gamin décalotta une noix et, avec une mine cérémonieuse, il l'apporta au visiteur. Julien but à la régalade. Le liquide fade, à peine sucré, avait le mérite d'être frais. Il ne valait certes pas les quelques sous que Julien glissa dans la main de son hôte.

À son retour, *tuan* Auberoche passa par l'usine. Nguyen Than, le *caï* mécanicien, coiffé du chapeau de feutre mou qui lui servait aussi à filtrer le gazole, s'affairait une burette dans une main et une clef à molette dans l'autre autour de son moteur et de ses calandres. Comme ses machines, la plantation d'Ampuk tournait rond.

Devant la demeure directoriale, le jardinier Kim tondait le faux gazon à l'aide d'un coupe-coupe et d'une palette de bois. Accroupi (mais connaissait-il d'autre posture), il progressait dans son travail par une sorte de marche en canard cahotante et déhanchée. Rhumatisant comme son compatriote le maire de Phum Pritt, il ne se leva pas quand l'ombre de son maître s'étendit devant lui.

– Ça va, Kim ?
– Beaucoup l'herbe avec la pluie.
– Plains-toi ! S'il n'avait pas plu, tu aurais

été obligé d'arroser. La patronne est à la maison ?

– Partie marché.

Dans la courette de la boyerie, Sao San repassait avec une cassolette de bronze pleine de braises. Pour humecter le linge, la bouche en cul-de-poule, il vaporisait l'eau dont il l'avait remplie.

– C'est bon, Sao San ? *Chum chum* meilleur, non ?

Sao San répondit par un sourire édenté à cette allusion à son penchant pour les boissons toniques.

Installé à son bureau, Julien Auberoche bourra sa première pipe de la journée. Il s'astreignait en effet à ne fumer que le plus tard possible, sachant bien que dès l'instant où il aurait commencé, il ne s'arrêterait plus jusqu'au soir. À travers les volutes bleutées de ses premières bouffées, il revit le riant paysage de sa campagne périgourdine tel qu'il s'était imposé à lui la veille, alors qu'il regardait sans le voir celui des rizières inondées moirées par la lumière du soir.

Il se dit que sur sa plantation, fruit de sa peine et de son acharnement, il avait passé les meilleures années d'une vie accomplie. Il ne restait plus rien à ajouter à l'édifice qu'il avait construit. Au seuil de la vieillesse, il n'éprouvait plus le désir d'entreprendre.

Il se répéta aussi qu'inévitablement les Japs, quoi qu'on leur cédât, allaient mettre leurs pattes griffues de charognards sur les richesses d'Indochine. Le charbon de la baie d'Along, le coton du Fleuve rouge, le riz de Cochinchine et, bien sûr, avant tout, le caoutchouc du Cambodge, toutes matières premières dont ils manquaient pour conquérir, après la Chine, toute l'Asie.

Julien se refusait à se faire le complice de leur pillage et de leurs crimes ; c'était déjà une raison suffisante pour laisser Ampuk à son sort. Certes, il y avait quelque lâcheté à abandonner ceux qui avaient fidèlement contribué à sa prospérité. Mais, maintenus à leur poste, peut-être souffriraient-ils moins du changement et se soumettraient-ils avec moins de peine à des maîtres de leur couleur. À moins que ?

Julien empoigna la manivelle de son téléphone qu'il n'avait pas touché depuis des mois. Il fut surpris que depuis le temps la ligne n'eût pas été coupée. La voix du standardiste de la poste de Kompong Cham lui parvint hachée, lointaine mais audible.

– Pour Ampuk, passez-moi Andong Streng. Oui, la plantation ! Le directeur !

176

Andong Streng couvrait plusieurs milliers d'hectares, un royaume à côté de la petite principauté de Julien Auberoche. Édouard Hériart, son monarque, était presque aussi puissant que le roi en son palais doré de Phnom Penh. Mais il faisait fi du protocole et mettait un point d'honneur à répondre lui-même à ses solliciteurs, fussent-ils des plus modestes. Il les écoutait avec la même courtoise attention sans jamais montrer de morgue ou d'impatience.

– Nous ne nous voyons plus, Auberoche.

– C'est vous que je voudrais voir, Hériart.

– C'est grave ?

– Pour moi, peut-être.

– Alors plutôt que de vous égosiller dans votre bigophone, venez donc me dire tout ça de vive voix. Tenez, samedi soir. Nous dînerons autour de la piscine. J'ai fait venir un orchestre local de Kompong Cham. Nous danserons le *lam ton*[1]. Vous savez, je suppose.

Julien ne vit là aucune allusion déplaisante à son encongayement. D'ailleurs il n'était pas dans l'intention d'Hériart de se montrer blessant. Quelques-uns de ses assistants européens vivaient en ménage avec des filles du pays, et il ne voyait qu'avantage à ce qu'ils se

1. Danse parfois lascive très populaire au Cambodge.

perfectionnent dans leur langue sous la moustiquaire.

La piscine était entourée de jolies dames dorées comme des candélabres d'autel, gracieusement alanguies sur des méridiennes. Des boys en veste blanche évoluaient impavides devant des charmes si généreusement déployés.

– Emportons nos verres, Auberoche, et vous me direz ce qui vous inquiète.

Ils s'éloignèrent assez pour ne plus entendre que le bourdonnement confus des rires et de la musique.

– Je pars, Hériart.

– Et ça vous a pris comme une envie d'éternuer de mettre la clef sous la porte ?

– Je me suis demandé si vous ne voudriez pas la prendre ?

– Mais, bon sang, Ampuk marche bien. Ne lâchez pas la proie pour l'ombre.

– C'est pourtant l'ombre que je vais chercher en France, dans mon Périgord.

– Sous les cyprès d'un cimetière.

– Je me porte encore assez bien, Hériart.

– Et vous mourrez d'ennui !

– Vous resterez, vous, quand les Japs seront à votre porte ?

– Eh bien, en les attendant, je continue. Il

faudra que nous soyons là lorsque la guerre sera finie. Les Japonais la perdront. J'en suis sûr, Auberoche.

— Je serai trop vieux.

— Quand partez-vous ?

— Le plus tôt possible. Je ne m'accorde que le temps des adieux.

Ils firent affaire. Le prix était raisonnable compte tenu de la petite taille de l'exploitation et de la vétusté de son matériel.

— Mais jusqu'au dernier moment, vous pourrez encore vous dédire.

— Je ne le ferai pas !

— Dès demain, je vous envoie un de mes meilleurs assistants, Servoz, un Savoyard de Saigon. Il parle le khmer et l'annamite. Il se mettra au malais. Vous lui passerez les arbres et les hommes en consigne. Comment comptez-vous regagner la France ?

— À Saigon, je trouverai bien un bateau pour me mener jusqu'à Singapour et, de là, un autre pour me débarquer en Angleterre.

— Si vous n'êtes pas coulé en route par un sous-marin allemand.

— Bah ! Ce ne sera pas la première fois.

La boyerie veillait en attendant son retour. Mieux valait lui annoncer tout de suite son départ. Il pouvait faire confiance à Sao San pour que la nouvelle fût immédiatement propagée dans le village. La veille d'un dimanche, personne ne dormait encore hors les enfants et les vieillards.

Sotchéa manifesta par un torrent de larmes et des lamentations criardes un désespoir qui n'était pas tout à fait simulé. *Prapon* attitrée du directeur, elle avait acquis dans la hiérarchie sociale un rang qu'elle allait perdre et, avec lui, une situation matérielle confortable. *Ou Lien* n'avait jamais été un amant exigeant et, s'il ne l'honorait plus, elle gardait le souvenir des plaisirs qu'il lui avait donnés et qu'elle lui avait rendus.

– Content baiser encore, lui demanda-t-elle entre deux sanglots, comme si cet argument avait pu le retenir.

– Pourquoi pas ?

Ils firent une dernière fois l'amour, sans être convaincus mais avec application. Avant qu'elle ne le quittât, il prit dans le coffre de santal un petit sac de piastres mexicaines et le lui mit dans les mains. Elle s'offusqua.

– Faire bordel. Tu donnes l'argent après, *Ou Lien* !

– Si tu avais été une pute, je ne t'aurais pas gardée vingt ans, Sotchéa !

Cet aveu la consola, mais bien plus les piastres avec lesquelles elle allait pouvoir s'acheter ce dont elle rêvait, un petit commerce de bijoux de clinquant.

Paul Servoz, comme il était prévu, arriva à Ampuk à l'heure de l'appel où sa vieille Citroën Trèfle à croupion fit sensation. Il avait conservé de ses origines une démarche de montagnard lente quoique déterminée. Il était tête nue. Une mèche rebelle ponctuait son front d'une grosse virgule blonde. Il avait des yeux rieurs, mais leur éclat métallique donnait à penser qu'il n'était pas homme à plaisanter pendant le travail.

Julien s'adressa à ses hommes dans un pidgin approximatif. Il leur demanda d'être pour le nouveau directeur ce qu'ils avaient été pour lui. Servoz stupéfia la foule par un petit discours prononcé avec une incroyable vélocité et sans aucun accent, que ce fût en khmer ou en annamite.

Le village s'était mis en quatre pour célébrer le départ de son ancien maître. Un ensemble mixte de *gamelan,* de *rho*[1] et de divers tambours de bois exécuta une *Marseillaise* à peu près méconnaissable. Mahmat et Nguyen Than remirent à Julien leurs présents d'adieu : le premier, son propre

1. Xylophone en lames de bambou et sorte de luth à cordes pincées.

kriss, et le second, une pipe à opium. Elle était ancienne. Son fourneau culotté en forme de capsule de pavot était tenu au bout du tuyau par une main sculptée dans de la corne de buffle.

La cérémonie se termina par des libations offertes par *tuan* Auberoche, des boissons gazeuses pour les uns et des canettes de bière BGI[1] pour les autres. Le soir, par délicatesse, Servoz laissa Julien seul pour sa dernière nuit à Ampuk. Il lui restait une visite à faire. Ses cantines bouclées, il se rendit à la pagode.

Comme d'habitude, Ponh Sari était assis sur sa terrasse dans la posture de la méditation et de l'attente. Il avait appris comme tout le monde le départ de son ami. Il était certain qu'il ne partirait pas sans lui dire au revoir.

– Vous nous quittez donc, Julien. Pourquoi ?

– Dans l'aridité de l'âge, pour trouver la fraîcheur de mes sources et la paix de mes bois.

– Vous ne trouverez la paix que dans l'extinction de vos désirs. Et vous n'avez pas l'âge de renoncer à tous.

– Cette paix, l'avez-vous trouvée vous-même ?

– Il m'arrive de me le demander. Mais se

1. Bières et glacières d'Indochine.

battre contre ses doutes, n'est-ce pas acquérir des mérites ?

– Vous doutez donc du nirvana ?

– Il est difficile de croire en l'indéfinissable.

– Si « cela » n'est rien, pourquoi tenez-vous tant à y parvenir ?

Un coup de vent soudain fit bruisser les feuilles des manguiers comme si des nuées d'oiseaux fuyant l'orage s'y étaient réfugiées. La pluie crépita sur le toit de latanier de la cellule. Le bonze ramena sur son épaule nue un pan de son sari. Julien se leva.

– Non ! Restez ! Vous dormirez mieux ici qu'avec des fantômes.

Julien s'étendit sur une natte, la nuque posée sur le dur oreiller de paille tressée. Le gong de la prière de l'aube le réveilla. À genoux à son chevet, Ponh Sari lui versa dans une tasse à latex du thé noir qu'une affreuse nonne tondue venait d'apporter dans une bouilloire de fer-blanc.

– S'il reste de la place dans vos bagages, j'ai quelque chose à vous donner pour que vous vous souveniez de moi, de nous.

Il déplia un *kroma* contenant une statue ancienne de bois doré, de facture naïve, un bouddha dans la posture de l'enseignement.

– Devant qui allez-vous prier, Ponh ?

– Les images créées par l'homme ne sont que les reflets de sa pensée ; ne sommes-nous pas, nous mêmes, nés de nos propres illusions ?

– Merci. Adieu donc, *louk song* Sari !

– Adieu, *tuan* Auberoche !

10

1942

S'agissant de la guerre qui déchirait le monde jusqu'à ses terres à peine explorées, l'avenir était sombre. Les Allemands occupaient toute l'Europe. En Russie, ils campaient sur les bords de la Volga. À Vichy, Laval, un crapoteux rastaquouère, était le chef du gouvernement de la France. Les Japonais inondaient l'Asie du Sud-Est de leur pestilentiel flot bilieux. L'Indochine était sous leur botte jusqu'à Saigon. En Birmanie, les Anglais se battaient sauvagement bec et ongles pour un lambeau de jungle, un tronçon de route vertigineuse, des ponts sur des rivières tumultueuses aux noms jolis pourtant.

En écoutant les nouvelles à la radio, Agnès se demandait ce qu'était devenu

Patrick dans ces pays de pièges, de fièvres et de serpents. Où était-il ? L'avait-il oubliée ? L'aimait-il encore ? Pour ne l'avoir connu qu'une nuit, elle s'était lancée dans une aventure incertaine qu'elle ne pourrait sans doute jamais revivre. Existait-il seulement un sortilège pour sauver un homme de l'enfer des champs de bataille ? Machinalement, elle fit tourner l'émeraude autour de son doigt.

Le deuxième trimestre d'Augustin Joubert fut aussi mauvais que le premier. Il se perdait de plus en plus dans ses rêveries et se cantonnait dans une solitude ombrageuse et impénétrable. Quelques bons camarades s'évertuaient à l'en distraire, mais il ne répondait à leurs avances que par un silence hautain et méprisant. Il se croyait détenteur d'un secret incommunicable, d'une nature trop délicate pour être partagé avec des béotiens.

Pendant les cours, il sursautait à l'appel de son nom comme arraché brutalement à un profond sommeil. Il tournait autour de lui des regards égarés et bredouillait des mots sans suite. À la fin des exercices de philo, il remettait des copies à peu près vierges. Dans les quelques phrases qu'il rédigeait, il exprimait un mal de vivre très romantique, mais tout à fait hors du sujet.

Il ne participait à aucune activité sportive, les jugeant puériles et le fait de brutes sans âme. Au réfectoire où stagnaient, il faut le dire, des relents de soupe au gras et de vinasse coupée, il chipotait sans faim et semblait n'avoir que dégoût pour les nourritures terrestres. Il dépérissait.

Les bons pères virent là les symptômes d'une maladie de langueur due, ils n'en doutaient pas, à l'abus des pratiques solitaires. Mais les discrètes investigations du personnel chargé du ménage des alcôves des grands ne confirmèrent pas ce diagnostic.

D'ailleurs, Augustin accomplissait ses devoirs religieux sans zèle excessif, mais ponctuellement. Le père préfet, désireux d'en avoir le cœur net, s'en remit pour la résolution de l'énigme au révérend père de Brie de la Société de Jésus, confesseur et directeur de conscience attitré du jeune homme.

– Cet enfant a quelque chose qui lui trotte dans la tête, monsieur de Brie.

– Peut-être ailleurs, mon père ?

– À vous de voir. C'est à son directeur de conscience que je m'adresse. Sans violer le secret de la confession, peut-être vous serait-il possible, au cours d'un entretien informel, de découvrir, avant que je ne sois obligé d'en référer à ses parents, les raisons de l'étrange comportement de notre cher Augustin.

Le révérend père de Brie convoqua donc le jeune homme, non à la chapelle mais dans le cadre austère et dépouillé de sa chambre d'homme qui a renoncé par vœu aux biens de ce monde.

– Vous êtes, mon cher enfant, fidèle à la sainte table. J'ose espérer que vous vous y présentez en état de grâce. Sans être absous d'un péché mortel, vous commettriez une communion sacrilège et seriez, par là, promis à la damnation. Et vous ne saurez ni le jour ni l'heure, n'est-ce pas ? Mmh...

À tout hasard, le père de Brie portait son étole, sans laquelle il ne pouvait administrer le sacrement de la pénitence. Ainsi fut-il amené par habitude à en effectuer le rite.

– Avez-vous péché par action, mon fils ?

– Quelle action, mon père ?

– Allons, à votre âge, vous savez très bien ce que je veux dire.

Or, dans ce domaine précis, Augustin n'avait rien à se reprocher. La seule idée qu'Agnès pût apprendre ses honteuses faiblesses l'empêchait d'y succomber.

– Non.

– En pensées, alors ? Mauvaises, j'entends.

188

– Oui.

– Combien de fois ?

– Tout le temps !

– Oh !

Certes, il arrivait que les rêves d'Augustin fussent troubles, mais il se défendait d'imaginer Agnès autrement vêtue que d'une tenue d'ange immaculée, sans ailes ni auréole évidemment mais qui ne descendait pas plus bas que les genoux. Somme toute, elle n'était pas plus inconvenante que celles des anges musiciens de Melozzo da Forli ou de ceux qui voletaient au plafond de la chapelle Sixtine.

Après examen du patient, le médecin du collège ne diagnostiqua rien de plus qu'une anémie due à la croissance. Quant à son manque d'appétit, il pouvait être imputé à l'insipidité de l'ordinaire de l'établissement. Le père intendant réfuta énergiquement ces allégations. Les épices, et le poivre en particulier, étaient des excitants dont les adolescents n'avaient pas besoin pour le développement harmonieux de leur corps.

– Malgré les restrictions, nous nous efforçons de donner à nos enfants une nourriture saine et abondante. *Mens sana in corpore sano*.

Augustin Joubert revint à Castelnaud pour

les vacances de Pâques avec un livret désastreux et la fervente intention de revoir Agnès.

À la lecture des notes de son fils et des appréciations négatives de ses maîtres, toutes disciplines confondues, maître Joubert se répandit en malédictions bibliques. Madame Joubert, plus réservée, se tordit les mains, mouilla plusieurs mouchoirs de ses larmes, respira de l'eau de mélisse, signes d'une affliction profonde et résignée.

– Parfait, proféra maître Joubert à court d'imprécations, tu vas t'engager dans l'armée et tu trouveras bien le moyen de te faire envoyer dans une unité disciplinaire.

– Y a plus d'armée.

– Qu'à cela ne tienne, je vais te coller en apprentissage. Dans une ferme. Au moins tu apprendras quelque chose. Et ça tombe bien, avec tous nos paysans prisonniers, l'agriculture manque de bras. Elle te fera les tiens !

« Dans une ferme, se répéta Augustin. Pourquoi pas dans un château ? » Mais il se dit que dans celui auquel il pensait, il serait mis sous la coupe du terrible Espagnol et que, de toutes façons, compte tenu des préjugés défavorables que nourrissait son père à l'égard des demoiselles d'Ayrac, il était peu probable qu'il leur confiât l'éducation d'un sujet aussi difficile.

D'autre part, Augustin redoutait fort d'être placé comme un orphelin de l'Assistance publique auprès de tuteurs brutaux et grossiers dans le genre des Thénardier des *Misérables*. Avec une contrition bien imitée, il promit que la fin de l'année scolaire le verrait ployer sous le poids des lauriers.

À Beaurepaire, le printemps comme partout ailleurs était revenu. Inès, à qui un hivernage au coin du feu semblait avoir rendu quelque alacrité, fut commise à la garde d'un troupeau de dindons dans les friches. Ces stupides volatiles se déplaçaient avec une telle vélocité qu'elle dut bientôt renoncer à les poursuivre. « Pourquoi, pourquoi, pourquoi », glougloutaient-ils comme s'ils se souciaient de leur raison d'être sur cette terre.

Inès n'abandonnait ses fourneaux que pour de rêveuses somnolences dans un fauteuil de rotin dont le haut dossier tressé en forme de queue de paon déployée lui paraissait un trône de princesse exotique. Installée sur la terrasse devant la porte d'entrée, elle se donnait pour tâche de veiller sur les jeunes poulets. À l'apparition sinistre de la buse, elle tapait dans ses mains et poussait des cris d'écorchée. L'oiseau s'éloignait sans hâte, et les mères poules, tête penchée pour scruter le ciel, suivaient son vol de leur petit œil rouge et furieux.

Néanmoins, la basse-cour d'Agnès prospérait. Une nouvelle escadre de canetons s'ébrouait dans l'abreuvoir de Pompon. Celui-ci ne prenait de l'exercice que le dimanche pour emmener ces dames à la messe. Ce régime végétatif lui promettait de vivre encore au moins jusqu'à la fin de la guerre. Eu égard à l'effrayante consommation de combattants, celle-ci ne pouvait plus durer longtemps.

Les lapins batifolaient dans de nouvelles cages garanties indestructibles mises au point par le *señor* Mola. La brette attendait un petit pour l'été.

Enrique était très occupé par le jardin. Il ne disposait plus que des veillées pour « peindre les vélos ». « Pensatif », comme il disait, il ne se départait pas d'une dignité mélancolique, et les *no nien, no nien* de ses mélopées andalouses manquaient d'entrain. Agnès s'en inquiétait. Elle voyait venir le jour où, dans une crise de mal du pays, il disparaîtrait comme il avait surgi soudain de la route de Cadouin dans sa redingote noire, messager de nulle part.

En réalité, le *señor* Mola cultivait dans la morosité le souvenir d'une guerre perdue et s'était juré de ne pas rater celle-là. Le bruit courait que se constituaient dans les bois des groupes de résistants à l'occupant et que certains de ses compatriotes les avaient rejoints. Pas plus qu'Enrique, ils n'étaient animés par quelque fumeuse idéologie plus ou moins anarchiste, mais tout simplement parce qu'il était dans leur nature de se battre contre un ennemi quel qu'il fût. Mieux valait que ce fût au bénéfice du pays qui, bien ou mal, les avait recueillis.

Il y avait longtemps que Médée Bourniquel ne s'était pas montré à Beaurepaire. Personne n'avait sollicité ses conseils, et il était lui-même assez occupé par ses semailles de printemps pour aller faire des grâces auprès de ces dames. Agnès craignait qu'il ne fût fâché, bien qu'elle ne lui eût donné aucune raison de l'être. Elle tenait beaucoup à son amitié et à lui manifester la sienne, quelque ombrage qu'en pût prendre Enrique.

Un matin léger et lumineux comme le mois de mai sait en faire en Périgord, elle harnacha Pompon d'un simple mors de filet et sauta à cru sur son large dos. Les jambes écartées, elle montrait sous son bout de jupe de quoi laisser sans voix le coureur des bois le plus hardi. Ainsi troussée, elle prit le chemin de La Borie.

Les prés étaient déjà hauts. La luzerne fleurissait ; la cavalière eut quelque peine à empêcher sa monture d'en happer au passage au risque de la faire passer par-dessus ses oreilles. Médée et Mélia, côte à côte, cassés vers le sol comme dans un tableau de Millet, semaient en poquet des haricots et du maïs dans une terre fraîchement labourée. Agnès mit deux doigts dans sa bouche et émit un strident coup de sifflet. Les Bourniquel se redressèrent lentement, les mains aux hanches, comme il se devait.

– Vous savez faire ça aussi, demoiselle, dit Médée admiratif.

– Oui, mais cela fait un moment que je m'entraîne.

Sur ce, elle passa une longue jambe par-dessus l'encolure du cheval et se laissa glisser le long de son épaule jusqu'au sol.

– Il y a trop longtemps que je ne vous ai vus, dit elle, et vous me manquiez.

– Venez donc jusqu'à la maison, l'invita Mélia. J'ai du café qui me reste de ce matin.

Attablés, ils parlèrent de ce dont parlent tous les paysans du monde : la terre trop basse, le temps trop sec, les récoltes à venir, les bêtes.

– Té, dit Médée, à propos de ça, chez Ducasse, ils ont une vache qui a avorté et on ne sait pas bien pourquoi.

Agnès se souvint alors de son veau phénomène.

– Quelqu'un lui aura jeté un sort, avança-t-elle avec une sorte de gourmandise. Anna, peut-être ?

– Bah, répondit Mélia, elle ne sait que radoter et parler à ses chèvres.

– En parlant de trucs de sorcier, je parie, dit Médée, que vous ne savez pas trouver l'eau, demoiselle ?

– En creusant un trou, pardi.

– Non pas, avec une fourche de coudrier. C'est un curé qui me l'a appris.

– Ah, si c'est un curé, bien sûr.

– Il m'a dit que j'avais le don. Si ça se trouve, vous l'avez aussi.

– Ça ne coûte rien d'essayer.

– N'embête pas la demoiselle avec tes bêtises, Médée.

– Mais non, mais non ! Toutes ces choses-là m'intéressent, madame Bourniquel.

Mélia hocha la tête.

– Ce n'est pas bien de s'y frotter, mademoiselle Agnès.

Armé d'une serpe, Médée préleva dans un bouquet de noisetiers son outil de radiesthésiste amateur. Il empoigna dans chaque main une des branches et, d'un air concentré, il se dirigea à petits pas vers son puits.

– Elle tourne, voyez, demoiselle. Si je ne la serre pas, elle m'échappe.

Aux muscles contractés et saillants de ses bras, Médée montrait que son effort n'était pas simulé.

– Y a pas à tortiller, l'eau est là-dessous, affirma-t-il, péremptoire.

Agnès se pencha sur la margelle. Le fond du puits se moirait de reflets sous un ciel mouvant de nuages paresseux.

– Évidemment, dit-elle, sceptique. Il faudrait être aveugle pour ne pas la voir.

Médée s'avança alors vers le jardinet où Mélia faisait pousser des herbes de cuisine entre des touffes de marguerites sauvages.

– Elle va m'arracher la peau des mains, la garce. Prenez-la donc, demoiselle, si vous ne me croyez pas !

La fourche relâchée, comme animée par un ressort, se redressa toute droite et frémissante. À son tour, Agnès s'empara des branches. Bien qu'elle y appliquât toutes ses forces, la baguette magique s'inclina lentement vers le sol.

– Et té, vous voilà sourcière à présent ! s'exclama Médée.

De sourcière à sorcière, s'amusa Agnès enchantée par le succès de son expérience, il n'y a qu'une lettre pour faire la différence.

Elle passa la tige de la fourche dans la têtière du cheval. Pompon n'avait pas de raison d'être aussi enthousiaste que sa maîtresse. Après avoir esquissé lourdement trois temps de galop, il se remit au pas, sa coutumière allure.

– Je n'ai pas perdu ma matinée. Médée m'a appris à trouver l'eau rien qu'avec ce bout de bois, annonça Agnès en le brandissant comme un trophée de victoire.

– Peuh, mon cousin...

– Lequel ?

– Alfred Ribière, si tu tiens vraiment à le savoir. Il obtenait le même résultat en faisant tournicoter sa montre au bout de sa chaîne. Il lisait aussi l'avenir dans les cartes à jouer pour amuser la galerie.

– Et comment expliquez-vous le phénomène, Enrique ?

– L'eau fait bien marcher les moulins. En Espagne...

– Il n'y a que des moulins à vent. C'est bien connu, dit Inès.

Elle avait en effet lu *Don Quichotte* dans une traduction expurgée à l'usage des enfants.

Le deuil providentiel d'un cousin bordelais fournit à Augustin Joubert l'occasion de se lancer dans une troisième expédition nocturne à Beaurepaire. En effet, les Joubert, pour qui les obsèques d'un parent, fût-il lointain, étaient le moyen de renouer des liens familiaux, ne manquèrent pas de s'y précipiter. Faute d'essence, leur auto étant sur cales, ils durent se soumettre à la fantaisie des horaires des chemins de fer. Ils prirent la veille de la cérémonie un omnibus qui ne devait les ramener que le lendemain soir. Augustin prétexta des révisions pour rester à Castelnaud et bénit le ciel d'avoir si opportunément pris possession d'une âme pure dont le sort dans l'au-delà lui était d'ailleurs parfaitement indifférent.

Le temps était doux, la nuit claire. Ce fut en sifflotant une rengaine sirupeuse rabâchée par la TSF qu'Augustin s'engagea sur la voie de ses amours. Médée Bourniquel, lui, revenait plus prosaïquement d'une mise bas difficile. Le veau se présentant par la tête, il avait été obligé de le retourner dans le ventre de sa mère pour le tirer par les pattes de devant. L'opération avait réussi, son succès avait été arrosé. Médée était d'une humeur joyeuse. Elle s'assombrit lorsque, à l'orée des bois de Beaurepaire, à la limite des siens, il tomba sur le jeune Joubert. Le refrain que flûtait celui-ci lui resta figé entre les lèvres lorsqu'il vit la haute et massive silhouette se dresser devant lui.

– Merde, murmura-t-il, c'est l'Espagnol !

Les sonorités chantantes de sa voix le rassurèrent.

– Tu t'es perdu ? demanda l'homme.

– Non !

– Alors qu'est-ce que tu fous ici ?

– Mademoiselle d'Ayrac m'a permis de me promener chez elle quand je voudrais, mentit Augustin.

– En pleine nuit, ça m'étonnerait.

Médée agrippa Augustin par le col de sa veste comme un gendarme de comédie alpaguerait un braconnier.

– Allez, ces demoiselles ne dorment pas encore. Nous allons leur demander si tu dis vrai.

Augustin s'enferra dans son mensonge.

– Ne faites pas ça, monsieur ! J'ai promis de ne rien dire à personne.

Médée, qui se considérait comme le protecteur unique et privilégié des habitantes de Beaurepaire, éprouva quelque aigreur de ne pas avoir été mis dans la confidence.

– J'en parlerai à la jeune fille. En attendant, retourne chez toi et si je te repince à traîner par-là, je te fauche les jambes à coups de *daiou*[1].

1. Faux à bruyère, à lame courte et robuste.

Augustin se dit que toutes ces menaces d'amputations sur sa personne étaient trop excessives pour être crédibles. Au reste, il se serait laissé couper n'importe quoi pour parvenir à ses fins, quitte à venir faire sa cour sur une planche à roulettes de cul-de-jatte.

11

Augustin Joubert était loin de ressembler au satanique don Juan athlétique et charmant décrit par l'inépuisable *Petit Albert*. *Ses cheveux épars et crépitants ne reflétaient pas les étoiles du ciel comme une mer chatoyante* (sic). Agnès le trouvait ennuyeux et fade comme un robinet d'eau tiède, et son discours enflammé se limitait à des phrases toutes faites pompées sans vergogne dans des romans-photos. Tel, il était pitoyable et même attendrissant. Prise de scrupules, Agnès regrettait de l'avoir encouragé en le recevant chez elle à persévérer dans une voie où elle n'avait nullement l'intention de s'engager.

Il ne reviendrait pas avant les grandes vacances. D'ici là, les feux de la passion seraient peut-être éteints comme cesse l'engouement des enfants pour un jeu à la mode vite délaissé pour un autre.

C'était compter sans l'obstination d'Augustin. À peine revenu au collège, il était retombé dans sa mélancolie. Les bons pères se désespéraient de ne pouvoir l'en guérir avant la session de juin du baccalauréat. Ce fut à l'occasion d'une fouille systématique et inopinée des pupitres des classes et des casiers d'alcôve que leur fut révélée l'origine du mal dont souffrait le cher enfant.

Un très bon élève, membre de la Congrégation de la Sainte Vierge, premier thuriféraire[1] aux offices solennels, mieux connu par ses camarades sous le sobriquet de Suce-Mèche, dénonça la circulation parmi les élèves des classes terminales d'une revue pornographique intitulée *Pour lire à deux*, bien qu'elle s'adressât surtout aux solitaires. Elle était illustrée de photographies de femmes nues dans des poses lascives, mais dont les parties essentielles étaient pudiquement estompées dans des brumes cotonneuses. Elles étaient assorties de commentaires explicatifs d'une désolante niaiserie.

Le précieux document resta introuvable, probablement jeté après exploitation dans la

1. Chargé de l'encensoir.

lunette des cabinets. Cette recherche menée par un père chargé des basses polices permit néanmoins de découvrir dans le pupitre d'Augustin, glissé entre les pages de son manuel de morale, le brouillon d'une lettre adressée à une certaine Agnès. De nombreuses ratures témoignaient du soin que son auteur avait apporté à sa rédaction.

Le père préfet devant lequel Augustin fut aussitôt traduit était un long individu au visage émacié, aux yeux de braise profondément enfoncés dans leurs orbites, à la voix cassante. S'il n'avait pas été jésuite, il eût été le portrait d'un inquisiteur dominicain émule de Torquemada.

– Vous allez nous dire, Augustin, qui est cette Agnès à qui vous comptiez envoyer ce torchon ?

– Je refuse, répondit Augustin, les traits déformés par une crispation volontaire. Je ne parlerai pas même sous la torture.

– Pas de grands mots ! Nous ne vous demandons pas de renier votre foi et de sacrifier aux idoles.

– Mais de trahir un secret !

– De toute manière, nous le découvrirons. Quelles sont vos relations avec cette... personne ?

– C'est une jeune fille, mon père.

– Intéressante information ! Mais vous n'avez pas répondu à ma question. Avez-vous eu avec elle des rapports... enfin... des rapports ?

– Non. Pas encore !

– C'est donc dans vos intentions ?

Augustin se tut, le visage fermé comme une noix fraîche.

– Votre silence est un aveu. Vous comprendrez bien que nous ne pouvons garder ici une brebis galeuse susceptible de contaminer notre sainte maison. Vous auriez été mieux inspiré d'user de vos talents d'épistolier pour la rédaction de vos devoirs de philosophie. Mais le mal est fait. Je vais demander à monsieur votre père de venir vous chercher. En attendant, vous prendrez les arrêts en cellule pour y subir le régime le plus rigoureux.

– De toute façon, il ne sera pas plus dégueulasse que l'ordinaire, répliqua Augustin avec une insolence qu'il ne se connaissait pas.

– Sortez de ma vue, monsieur Joubert. En offensant celle de Son représentant, vous offensez aussi celle de Celui qui sonde les reins et les cœurs.

Maître Joubert prit à Mazeyrolle, la gare de Castelnaud, l'omnibus Agen-Périgueux pour trouver au Buisson sa correspondance pour

Sarlat. Après un trajet de quarante kilomètres parcourus en trois heures dans la touffeur capitonnée d'un compartiment de deuxième classe, il n'était pas dans les meilleures dispositions pour affronter le révérend père de Cussac, supérieur du collège.

Plus diplomate que le père préfet, affable et tout en onctueuses rondeurs, il se chargeait des relations avec les parents d'élèves, surtout lorsqu'elles étaient de nature délicate.

— Notre cher Augustin... commença le supérieur, les mains croisées sur son bureau.

— Cher, il ne l'est plus, si j'ai bien compris, mon père, constata maître Joubert avec une amère ironie.

Sans se démonter, le révérend père de Cussac rapporta l'entretien que son plus proche collaborateur avait eu avec le jeune homme après la découverte de sa lettre à la mystérieuse Agnès.

— Vous avez peut-être une idée, maître, de l'identité de cette jeune fille ?

— Certainement. Il s'agit de mademoiselle d'Ayrac.

— D'Ayrac ! s'exclama le père. Elle est donc issue d'une très vieille famille périgourdine, dont les origines aristocratiques ne font aucun doute.

— Aristocrate ou pas, cette fille a tout

simplement tourné la tête à mon fils. Depuis qu'il l'a rencontrée, je ne sais d'ailleurs en quelles circonstances, il est devenu une sorte de zombie désincarné. Si je n'étais pas croyant, je pourrais penser qu'il a été ensorcelé.

– Il semble, en effet, à ses piètres résultats, que notre Augustin ait quelque peu perdu le sens commun. Sans entacher la réputation d'excellence de notre collège, nous ne pouvons présenter au baccalauréat un candidat condamné à l'échec. C'est pourquoi je ne saurais trop vous recommander de le confier pour la durée des vacances à un établissement spécialisé dans le rattrapage scolaire. Les frères des écoles chrétiennes[1] de Bétharam me semblent tout indiqués.

Le révérend père de Cussac ne voyait qu'avantages à refiler à des confrères concurrents et détestés un fruit sec capable d'alourdir leur bilan de recalés.

– Et puis, votre Augustin, éloigné de la source empoisonnée de ses troubles, n'aura pas la tentation d'y revenir boire.

Le supérieur accompagna son visiteur jusqu'à la porte du père trésorier.

– Je vous laisse dans de bonnes mains, lui dit-il en frottant les siennes.

1. Dits aussi « frères quatre bras ».

Pendant le voyage de retour, la présence de voyageurs dans son compartiment obligea maître Joubert à contenir son courroux. Mais contrairement à ce que prévoyait et redoutait son misérable rejeton, il réussit à se maintenir dans l'attitude digne et glaciale d'un magistrat décidé à sévir quels que soient les arguments de la défense. En attendant le verdict, Augustin fut enjoint de rester bouclé dans sa chambre. Le seul juré de ce procès familial fut madame Joubert, que son mari invita à délibérer.

– Les pères m'ont conseillé d'envoyer Augustin dans un établissement tenu par les frères des écoles chrétiennes. Mais je crains qu'ils n'aient pas assez de leurs quatre bras, dit maître Joubert avec un rictus sardonique, pour venir à bout de ce petit crétin.

– Ce nouveau sacrifice auquel nous devrons consentir, objecta madame Joubert, risque d'être inutile.

En réalité, elle n'avançait cette objection que pour épargner à son fils un exil dont elle serait, en tendre mère, la première à souffrir. Son mari, qui était assez près de ses sous, se rangea à son avis. Augustin comparut.

– J'avais conçu l'idée de te coller dans une boîte à bachot pour la durée des vacances, mais je doute qu'en deux mois on puisse rattraper une année perdue. Tu ne peux prétendre te présenter au bac à la session d'octobre. Tu redoubleras donc avec les cancres chez les petits « sans Dieu » du lycée Émile-Combes. La pension sera moins dispendieuse que celle du collège Saint-Ignace.

Augustin se composa un maintien contrit. Bien qu'il n'y eût ni décès ni mariage en vue dans la famille, il se dit que ce serait bien le diable s'il n'arrivait pas à s'évader de Castelnaud, ne fût-ce que pour une courte escapade.

– Comme tu veux, Papa, admit-il.

– J'espère bien ! En outre, je me propose d'aller dès demain prier cette... fille de mettre fin à sa scandaleuse entreprise de subornation. Parfaitement, de subornation, répéta maître Joubert, conscient d'avoir employé le mot juste.

– Ce n'est pas sa faute, bêla Augustin. C'est moi qui...

– Billevesées ! Elle fait tout pour t'attirer dans ses pièges jusqu'à s'exhiber nue devant toi. Je n'irai pas par quatre chemins pour le lui dire.

Ce fut donc celui de Beaurepaire qu'il prit.

Madame Joubert ne fit rien pour le retenir. Elle n'était pas éloignée de penser qu'Augustin était la victime d'un envoûtement. Fille de la campagne, elle croyait, non sans quelque raison d'ailleurs, aux talents des rebouteux, trouveurs d'eau et remetteurs de brûlures. Elle se disait que si certains avaient le don de faire le bien, il se pouvait bien y en avoir d'autres nantis du pouvoir contraire.

Elle profita de l'absence de son mari pour aller consulter l'abbé Vallade, curé de la paroisse. Exorciste, ne disait-on pas qu'il avait guéri sa propre sœur d'une possession diabolique, alors qu'elle marchait au plafond comme une araignée et se livrait à toutes sortes d'extravagantes obscénités ?

L'abbé ne fut pas surpris par la visite matinale de madame Joubert. Paroissienne assidue, croyante aveugle, elle ne venait pas au presbytère pour discuter de points de dogme, mais pour entretenir son curé des activités charitables dont elle était à Castelnaud l'instigatrice. En revanche, Léon Vallade fut très étonné quand elle lui demanda *ex abrupto* s'il croyait vraiment à l'existence du diable.

– Évidemment. Sans être mon gagne-pain, le diable est en quelque sorte ma spécialité. Mais il y a longtemps que je n'ai eu le plaisir de le rencontrer, badina l'abbé.

– Je vous pose cette question à propos de

mon fils Augustin. Tout me porte à croire qu'il est la victime d'un ensorcellement.

– La dernière fois que je l'ai rencontré, je me souviens bien qu'il avait une mine de déterré. Mais un teint de papier mâché n'est pas le stigmate d'une quelconque possession. Vous avez peut-être une idée des raisons de cette consomption ?

– Une femme, monsieur le curé, s'exclama madame Joubert.

– Rien de plus classique. Je subodore qu'elle est jeune et nantie de tous les attributs de la séduction.

– Il s'agit de « la » d'Ayrac.

– Famille honorablement connue. Mademoiselle Inès est une pieuse personne.

– Ce n'est pas d'elle que je parle, mais d'Agnès, la jeune.

– Elle est en effet d'un aspect des plus agréables. Certes, elle n'est pas très régulière dans la pratique de la religion, mais ses traits ne sont pas ceux d'une goule vorace et son comportement n'est pas celui d'un succube.

– Un succube, murmura pensivement madame Joubert.

– Oui, une émanation femelle du Malin.

– N'est-il pas dans votre rôle d'arracher un innocent à son emprise ?

– À l'évidence, Augustin est amoureux.

C'est de son âge, après tout. Je ne crois pas en mon pouvoir de l'en dissuader. Lui en parlerais-je, en admettant qu'il veuille m'écouter, qu'il m'enverrait promener.

– Et en intervenant auprès de la... personne ?

– Le diable est « personne », en effet. Je ne me vois pourtant pas courant à Beaurepaire étole au cou, aube sur le dos, un crucifix dans une main, un goupillon dans l'autre. Tout cela prêterait à rire de nos jours.

– Alors, que faire ? s'écria madame Joubert en se tordant les mains.

– Il ne s'est rien passé d'irréparable entre ce gamin et la jeune fille, sinon il ne se rongerait plus les sangs et promènerait autour de lui l'air de triomphe du mâle satisfait.

– Mais Augustin risque d'en mourir, monsieur le curé !

– Eh là ! On ne meurt pas d'amour, madame, mais on peut dépérir d'en être privé.

– Vous ne m'aidez pas, l'abbé, dit-elle visiblement contrariée.

Allons, se dit l'abbé Vallade, la jeune Agnès est peut-être une petite garce, mais madame Joubert est sûrement une andouille.

Maître Joubert, canne en main, vêtu du costume sombre qu'il portait dans l'exercice de sa charge, mais coiffé d'un panama enrubanné, arriva à Beaurepaire à la fin de la matinée dans un état proche de la déliquescence. Inès était à sa place habituelle à l'ombre, dans son trône de maharani qui aurait été en train d'éplucher des haricots verts pour le festin végétarien de son seigneur.

Maître Joubert ôta son chapeau, s'épongea le front avec son mouchoir et s'en éventa dans un geste d'une élégante lassitude. Il se présenta. Inès lui tendit une main abandonnée qu'il baisa avec un petit clappement de ventouse.

Ce monsieur, se dit Inès, veut paraître ce qu'il n'est pas. Il ne sait pas que hors des garden-parties on ne baise que dans les salons.

– C'est votre nièce que je viens voir, déclara-t-il avec une bulle de salive au coin de la bouche, mais vous rencontrer, mademoiselle d'Ayrac, est un enchantement.

Le mot lui était venu sur les lèvres sans qu'il y prît garde, oubliant que c'était bel et bien un enchantement qui motivait sa visite.

– Agnès est à l'atelier avec notre ouvrier. Là-bas, dit-elle en indiquant la direction d'un coup de menton.

Agnès était occupée à tourner une meule sur laquelle Enrique aiguisait une faucille.

Elle lâcha sa manivelle et s'essuya les mains sur le pantalon de toile bise qu'elle s'était taillé dans une tente militaire. Elle portait une chemise d'homme sans col, largement échancrée. Maître Joubert faillit s'attendrir en constatant que rien n'était plus gracieux qu'un long cou de jeune fille.

– Ce que j'ai à vous dire exclut la présence d'un témoin, dit-il avec un regard appuyé vers le *señor* Mola.

– S'il s'agit d'un entretien d'affaires, monsieur Mola peut y assister.

– Non, je veux vous parler de mon fils Augustin.

À ce nom, Enrique fit entendre un grondement caverneux comme les prémices d'une éruption volcanique.

– Laissez-nous, Enrique. Je n'ai pas beaucoup de temps à vous consacrer, maître. Nous aidons notre voisin Bourniquel à moissonner un champ d'avoine couché par le dernier orage. Et cela ne peut se faire qu'avec cet outil.

– Dur labeur, admit le notaire.

– Alors qu'arrive-t-il au jeune Augustin ? Il n'est pas souffrant, j'espère ?

– Si justement ! Et il semble bien que ce soit à vous qu'il le doive.

– Je ne suis atteinte d'aucune maladie contagieuse.

– La contagion s'étend aussi aux âmes, mademoiselle.

– Bon, allons au fait ! En quelque sorte, vous m'accusez d'avoir séduit votre cher mignon. J'ai accepté de le recevoir parce qu'il me harcelait littéralement. C'est de tendresse qu'il a besoin. Il faut croire qu'il n'en trouve pas chez lui. C'est donc ailleurs qu'il est venu en demander. Mais je n'ai absolument pas la vocation de consolatrice des affligés. Dites à Augustin qu'il m'est parfaitement indifférent, qu'il m'embête à pleurer et que s'il ose revenir, je le fais jeter à la porte par mon Espagnol.

– Je connais la loi. Augustin n'a pas dix-huit ans. Prenez garde, mademoiselle d'Ayrac, que je ne vous traîne pas en justice pour détournement de mineur.

Les démarches des parents d'Augustin s'étaient soldées par un échec. Les soupçons de madame Joubert n'avaient pas été pris au sérieux par l'abbé Vallade et la menace brandie par son mari au-dessus de la tête d'Agnès ne semblait pas l'avoir affectée le moins du monde. Maître Joubert se sentait atteint dans son orgueil de père que son fils eût été traité en quantité négligeable. Lui faire part du sévère jugement d'Agnès pouvait néanmoins refroidir ses ardeurs et lui donner à réfléchir sur l'inconstance des femmes et la fragilité de leurs sentiments.

Madame Joubert, que sa consultation auprès du docteur des âmes n'avait pas satisfaite, résolut de s'adresser au médecin des corps. Le docteur Delfaux, homme de bon sens, émit à l'énoncé des symptômes son diagnostic dans un langage direct exempt de circonlocutions et de métaphores édulcorantes.

– À l'âge d'Augustin, on ne pense qu'à ça, lui dit-il, et s'il ne parvient pas à concrétiser ses pulsions, c'est qu'il en est physiologiquement incapable ou qu'il est paralysé par la timidité.

– Ce n'est quand même pas à moi, sa mère, s'indigna-t-elle, de l'encourager à faire appel aux services d'une prostituée !

– Laissez-le donc se débrouiller tout seul !

– À Castelnaud ? Où tout se sait ?

– Alors envoyez-le ramasser des fruits dans les vergers du Lot-et-Garonne. Il ne manquera pas d'y rencontrer quelque saisonnière peu farouche sous l'ombre enivrante des arbres en question.

Maître Joubert ne vit dans cette solution que des avantages et, parmi eux, celui de procurer à son fils, outre le gîte et le couvert, de l'argent de poche qu'il n'aurait pas à sortir de la sienne. Son épouse, quoique opposée à la thérapeutique du docteur Delfaux, n'osa pas prévenir Augustin contre les dangers qu'une promiscuité communautaire n'allait pas manquer de dresser devant lui.

Augustin trouva consolation dans les bras accueillants d'une brune italienne aux yeux de velours, à la bouche ardente, à la peau aussi duveteuse et dorée que les pêches qu'elle avait pour tâche de cueillir. Quand il revint, au cœur de l'été, passer une fin de semaine à Castelnaud, il avait retrouvé, avec l'appétit, sa bonne mine. Il semblait bien qu'Agnès eût été oubliée.

Agnès était de fort méchante humeur lorsque, après le départ du notaire, elle se rendit à La Borie. Elle était furibonde contre elle-même d'avoir assez lâchement accablé ce pauvre benêt d'Augustin, contre Augustin d'être allé pleurer dans le gilet de son père, contre ce dernier assez stupide pour l'accuser d'avoir entortillé son fils, contre cette saleté d'avoine couchée tout exprès pour lui compliquer le travail, contre l'impitoyable soleil qui collait sa chemise sur le dos et l'aveuglait d'une irritante sueur. Contre tout le monde, quoi !

Au dîner, à La Borie, Agnès conserva jusqu'au café un silence maussade. Cet inhabituel comportement ne fut pas sans alarmer son hôte.

– Un peu fatiguée, demoiselle ? s'enquit Médée avec sollicitude.

Agnès laissa éclater ses griefs.

– Fatiguée, oui, et bien plus d'être prise pour la sorcière de service, responsable de toutes les catastrophes, d'être montrée du doigt par ces imbéciles de soiffards du café de la Poste !

– *Bobadas*[1], gronda le *señor* Mola.

– Rien que des conneries, approuva Médée pour une fois d'accord avec l'Espagnol.

– Eh bien, pour ne pas les faire mentir, ces ahuris, je vais leur montrer ce que je peux faire quand je veux, pour emmerder le monde.

Les convives se regardèrent, interloqués par la verdeur du propos.

– C'est « embêter » que j'ai voulu dire, rectifia Agnès, le nez dans son verre de café.

Elle était tout à fait calmée lorsqu'elle revint à Beaurepaire. Inès ne l'avait pas revue depuis le départ du notaire. Elle s'informa naïvement des raisons de cette visite.

1. « Des blagues ».

– Ce pompeux crétin m'a accusée d'avoir violé son fils.

– Oh, et tu l'as fait ?

– Bien sûr que non ! Le pauvre petit bichon aurait bien voulu pourtant.

– Il te l'a donc demandé ?

– Deux fois, dans ma chambre, la nuit.

– C'était une imprudence de l'y admettre.

– Est-ce que je savais, moi, que cela allait entraîner cet infernal micmac ?

À Castelnaud, les langues allaient bon train. Les habitués du café de la Poste n'avaient pas perdu de temps pour apprendre les raisons de l'exil du jeune Joubert. Silvère Malet, Cycles-vente-réparations, croyait en savoir plus que tout le monde depuis sa conversation avec l'Espagnol.

– Et je vous dis, moi, qu'elles font le sabbat à Beaurepaire.

– Sais-tu seulement ce que c'est ? demanda l'omniscient Lauraguais.

– La ribouldingue, parbleu.

– Bien pire, Malet, bien pire !

– Alors, dis-le, s'énerva Jeannot Clémentin.

– Je vous raconte, mais ne m'interrompez pas !

L'instituteur adopta le ton docte qu'il prenait naturellement devant un parterre d'écoliers avides d'apprendre.

– Sur des routes désertes, les nuits de clair de lune, jeunes et vieux, hommes et femmes, s'acheminent en silence vers un lieu de rassemblement, attirés par une force magique. Une voix hurlante les appelle du fond de la forêt[1].

– Hou, hou ! Fais-moi peur, plaisanta Fredo Bourdel.

– Je m'arrête, menaça Lauraguais.

– Laissez-le causer, mille dieux, dit quelqu'un.

– La voix, c'est peut-être celle d'un loup ou d'un bouc...

– Té, c'est le Satan de la Bourgine, récidiva Burlat.

– ... À un carrefour de traverse, le Maître les attend. Les femmes portent des bâtons et des balais auxquels sont attachées des chandelles. Sur le lieu de l'assemblée, elles enfourchent des balais et cavalcadent dans le cercle des sorcières accroupies en sautant et en hurlant. À poil, évidemment, précisa le conteur.

– Les balais, plaisanta Fifi, le chef cantonnier, c'est un moyen de transport économique et qui ne me défonce pas les routes.

1. *Le Miroir de la magie*, Kurt Seligman, éditions Sagittaire, 1961.

– *Le rassemblement a lieu de préférence au pied d'un poteau indicateur...*

– Beaurepaire, un kilomètre et demi, poursuivit Fifi Courcol.

– *... ou d'un arbre mort.*

– J'en sais un, s'exclama Fredo, le Cassedeboule, où est accroché le squelette d'une tête de cheval. Quand j'étais drôle[1], je faisais un détour d'un kilomètre pour ne pas passer devant.

– Conclusion, dit encore Burlat, il n'y a pas assez de monde à Beaurepaire pour faire tout ce cinéma.

– Il s'en pourrait venir d'ailleurs.

Le dimanche suivant, alors qu'Agnès traversait la place ses paniers aux bras, Lauraguais, pourtant libre penseur, se signa, mais par dérision.

– La voilà, dit-il assez fort pour qu'elle l'entendît. Garez vos petits mâles, femmes de Castelnaud !

C'en était trop. De retour à Beaurepaire, Agnès se précipita sur son *Petit Albert* où elle espérait trouver dans son fatras ésotérique l'instrument de sa vengeance. Elle ouvrit le livre au chapitre intitulé « Mots proférés, incantations utiles ».

1. Gamin.

Les mots, lut-elle, *ont un grand pouvoir quand on les prononce avec concentration et désir profond de nuire*[1].

Nous y voilà, se réjouit l'apprentie jeteuse de sort. Mais ce fut avec une stupeur incrédule suivie d'une bruyante hilarité qu'elle répéta, hoquetante, la formule magique :

– *bagabi cabi achabebe*
lamac laca achabebe
karrelyos
lamac, lamec bachalyas. (sic)

Inès, arrachée à sa sieste, s'avança jusqu'au pied de l'escalier d'Agnès.

– Tout va bien, ma petite fille ? cria-t-elle les mains en cornet.

Agnès apparut sur son seuil, le livre à la main marqué à la bonne page par son index.

– Écoutez ça, ma tante : Bagabi laca bachabé... lamac... ânonna-t-elle, pleurant de rire.

– Je ne vois pas ce qu'il y a de drôle dans ce charabia...

– Ha, ha, ha ! C'est un truc pour faire crever les lapins !

Inès se retira avec cette mine douloureuse et contristée de qui vient d'assister à un accès de démence chez un être cher.

1. Robert Bacon.

Agnès entreprit de mettre de l'ordre dans ses affaires réparties un peu n'importe comment dans sa commode et ses placards. Ce fut au fond d'une malle où elle l'avait oublié qu'elle retrouva, tout attendrie, son nounours de petite fille.

On va bien voir, se dit-elle en pensant au père d'Augustin. D'une aiguille à tricoter, elle perça le pauvre infirme de peluche à l'endroit où elle supposait que se trouvait le cœur des ours. Elle se prit à répéter sans rire cette fois : « Bagabi laca bachabé » et cetera.

12

L'été finissait. La rentrée des classes était proche quand les gendarmes de Sainte-Livrade, en Lot-et-Garonne, avisèrent leurs collègues de Castelnaud de la disparition d'Augustin Joubert. L'enquête menée auprès de son employeur et de ses compagnons de cueillette n'avait abouti à aucune piste sérieuse. Ce matin de septembre, à l'heure du rassemblement des saisonniers, le contremaître de l'exploitation n'avait pu que constater l'absence du jeune homme. Jusque-là, il s'était montré ponctuel, travailleur, d'un caractère plutôt enjoué et de bonne compagnie. Une jeune fille avec laquelle il passait pour avoir eu des relations intimes avait d'abord juré ses grands dieux qu'il n'en avait rien été. Poussée dans ses retranchements, au reste fragiles, elle avait fini par admettre qu'en effet Augustin lui avait « voulu du bien ».

Les larmes qui accompagnèrent cet aveu, quoique démonstratives, furent d'un débit modéré. Elle était certes chagrinée par l'abandon de son amoureux, mais plus encore de son ingratitude alors qu'elle s'était donnée à lui sans réserve et qu'il avait filé sans même un dernier baiser ni un mot d'explication.

Ce fut donc au maréchal des logis-chef Arsène Favard, commandant la brigade de Castelnaud, qu'incomba la délicate mission d'informer la famille.

– Un rapt, s'exclama aussitôt madame Joubert. L'« enfant » est si candide qu'il aura suivi la première bohémienne venue.

– L'« enfant », comme vous dites, madame, a dix-huit ans, il n'est plus de ceux que l'on attire avec une sucette. Et puis, quand ils s'emparent d'un otage, les ravisseurs ne s'encombrent pas de sa valise.

– Une fugue, proposa alors maître Joubert. Ça lui ressemblerait davantage.

– Votre fils n'aurait pas attendu le terme de son contrat pour le rompre. La personne, une certaine Génova Bartoli, avec laquelle il avait noué des rapports... hum... d'amitié a affirmé à nos confrères de Sainte-Livrade que rien dans son comportement ne laissait présager un départ aussi précipité.

– Une Italienne, dit madame Joubert, une mangeuse d'hommes ! Elle lui aura tourné les sangs !

– Mais non, la contredit son mari. Elle aurait tenté de le retenir.

Un soupçon se fit alors jour dans l'esprit du notaire qu'Augustin était revenu sur les lieux de ses premières amours comme un criminel sur ceux de son forfait.

– J'ai bien une idée, dit-il au gendarme. Si j'étais vous, j'irais voir du côté de Beaurepaire. Augustin pourrait y avoir trouvé refuge.

– Refuge contre quoi ? Rien ne vous autorise à penser qu'il était l'objet d'une quelconque menace. Votre profession exige du tact et de la diplomatie ; vous connaissez les demoiselles d'Ayrac : vous seriez mieux à même que nous de poursuivre notre enquête auprès d'elle.

– Sûrement pas ! refusa maître Joubert avec véhémence. Bien qu'homme de loi, je n'ai pas à me substituer à ses représentants attitrés. Je vous promets néanmoins que, quelle que soit l'issue de vos recherches, je ne ferai rien pour entraver la marche de la justice.

– Les demoiselles d'Ayrac ont peut-être un

chien méchant, suggéra Favard non sans malice.

Non, se dit maître Joubert, mais elles ont un Espagnol.

Enrique Mola fut, parmi les habitants de Beaurepaire, le premier que le chef Favard et Quiniou, son acolyte, aperçurent en appuyant leur bicyclette contre la balustrade de la terrasse. L'Espagnol était en train de la faucher. Bien qu'il n'eût rien à se reprocher et que sa situation fût parfaitement en règle, la seule vue des uniformes déclenchait en lui un malaise assez proche d'une irritation cutanée. Dans l'impossibilité de disparaître comme un grillon dans son trou, il adopta l'attitude lointaine et vaguement hostile du terrassier devant des badauds en arrêt devant son chantier.

De son bras gauche, il entoura la lame de sa faux comme il l'eût fait tendrement d'une épaule amie. De l'autre, sans plus se soucier des spectateurs, il aiguisa son outil par un va-et-vient véloce et joliment sonore, dessus dessous, de la pierre sur le fil d'acier.

Favard estima que, puisqu'on l'avait sous la main, autant commencer son enquête par le personnel de la maison.

– Monsieur Mola, le héla-t-il.

Enrique, sa faux en suspens, fit mine de

chercher autour de lui d'où pouvait venir cet appel.

– Monsieur Mola, reprit Favard agacé, nous ne sommes pas ici pour prendre une leçon d'affûtage d'instruments aratoires. Nous recherchons un jeune garçon de Castelnaud disparu depuis ce matin d'un verger de Sainte-Livrade où il était embauché comme saisonnier. Augustin Joubert, ça vous dit quelque chose ?

Le *señor* Mola jeta violemment sa faux par terre, rabattit son chapeau sur ses yeux et s'avança à grandes enjambées vers les deux gendarmes.

– Je n'ai pas vu « cette type », et si je l'avais vu traîner ses espadrilles ici, je ne vous aurais pas attendu pour le foutre dehors à coups de pied au c...

– Il aurait porté plainte pour coups et, peut-être, blessures ! Ces demoiselles sont là ?

– Vous êtes déjà venu. Vous connaissez le chemin !

Il les suivit des yeux jusqu'à ce qu'ils eussent franchi le seuil de l'entrée. Alors seulement, il reprit sa faux. Ce fut avec l'ardeur dévastatrice des hordes d'Attila à la vue des gras pâturages du Charolais qu'il termina de raser l'herbe desséchée de la terrasse.

Les demoiselles d'Ayrac étaient à la cuisine. Inès confectionnait des allume-feu avec des morceaux de papier découpé dans les feuilles de la *Petite Gironde*. Agnès, pour distraire sa tante, commentait les petites annonces du journal encore intact.

– Le jeune Joubert que vous connaissez, je crois... commença Favard.

– Qui vous l'a dit ?

– Son père.

– Et vous ajoutez foi aux racontars de ce solennel vieux con ?

Inès sursauta comme si elle s'était assise sur une punaise.

– Agnès ! Enfin !

– Le jeune homme a disparu et maître Joubert nous a laissé entendre que, familier de votre maison, il pourrait bien y avoir trouvé asile.

– Ça m'étonnerait. Monsieur Mola, notre garde...

– Il n'est pas assermenté.

– Il a toute notre confiance. C'est la même chose. Il a reçu des instructions très fermes pour mettre ce gamin à la porte s'il avait le culot de mettre les pieds chez nous.

– C'est, en effet, ce qu'il nous a fait comprendre.

– Vous prendrez bien quelque chose, proposa Inès pour effacer la désastreuse impression laissée par l'incongruité de sa nièce.

– Merci, jamais en service, mademoiselle d'Ayrac.

Inès accepta leur refus d'autant plus facilement qu'elle n'avait rien à leur offrir.

– Et si vous apprenez quelque chose sur le jeune homme, nous vous serions reconnaissants de nous le faire savoir.

Les deux gendarmes repartirent en poussant leur bicyclette sur la traverse de La Borie. Son propriétaire achevait de retourner un chaume pour y semer des raves.

– Té, te voilà donc, Arsène, le salua Médée en plantant son araire dans l'amorce d'un sillon.

Bien que n'ayant pas usé leurs fonds de culotte sur les bancs de la même école communale, malgré leur différence d'âge, ils entretenaient une amitié bourrue et se livraient à des bousculades verbales dont ils étaient les seuls à rire.

– Tu as fini tes moissons, je vois, Médée. Tu n'as plus qu'à te les rouler jusqu'aux vendanges, maintenant.

– Et toi tu vas continuer à ne rien foutre jusqu'à l'ouverture.

– Tu n'auras pas besoin de permis pour poser des trappes.

– Ni toi pour venir me ramasser les champignons sous le nez.

– À propos de chasse, j'ai vu un couple de lapins dans les bois de Beaurepaire, en venant chez toi.

– De Beaurepaire ?

– Je t'explique. Le gamin du notaire a filé de Sainte-Livrade où il ramassait les pêches, et on ne sait pas où il est passé.

– Encore ce petit branleur !

– Tu le connais ?

– Oui, je l'ai chopé dans les taillis des demoiselles où il n'avait rien à faire, surtout la nuit. Je lui ai promis de lui couper les jambes si je l'y reprenais.

– Hou là ! Toi aussi ?

– Pourquoi, moi aussi ?

– Parce que leur Espagnol m'a dit à peu près la même chose. Agnès, la jeune, m'a confirmé qu'il « faisait le garde » chez elle.

– Quel toupet ! C'est à moi que le pauvre Louis l'aurait confiée.

– Et tu aurais eu la tante en plus, vieux saligaud ! Tu n'aurais pas, par hasard, une idée sur l'endroit où se serait caché ce maudit drôle ?

– Chez nous, sûrement pas. Mais tu sais aussi bien que moi, Arsène, que depuis trois mois une petite bande de zigotos joue aux

« croquants » dans la Béssède ou dans la Barrade. D'ici que l'Augustin se prenne pour le Jacquou[1], il n'y a pas loin.

– Il n'a plus l'âge de jouer aux Indiens et aux cow-boys.

– Il a déjà celui de courir les jupons.

– C'est aussi ce qui se raconte à la ville.

Le bruit des activités des maquis périgourdins, au reste peu discrètes, n'avait eu qu'une borne départementale à sauter pour se répandre en Lot-et-Garonne. Augustin Joubert ne se sentait pas vraiment une âme de rebelle, mais il vit en s'engageant dans ce qui allait devenir la Résistance un moyen de se rapprocher de Beaurepaire. Il n'avait pas abandonné tout espoir de conquérir Agnès. Lui apparaître sous les traits d'un héros de l'ombre ne pourrait manquer de redorer son blason quelque peu terni par sa maladroite insistance.

En outre, il serait porteur d'une arme susceptible de faire ramper à ses pieds tous les Mola et Bourniquel de la terre.

Bien avant l'aube de ce jour-là, il avait abandonné sans regret la gentille Génova, sans un regard pour ses jolis seins bruns ni

---

1. Jacquou le Croquant, chef d'une rébellion paysanne, titre d'un roman populiste d'Eugène Le Roy.

pour sa bouche pulpeuse qu'une respiration paisible arrondissait en forme de baiser.

Sur la route de Villeneuve, un camion de lait le prit jusqu'à Monflanquin. De là, un autre camion de bois le poussa jusqu'à Villeréal. Il ne lui restait plus qu'une quinzaine de kilomètres à parcourir à pied pour aborder la forêt de la Béssède, qu'il pensait grouillante de guerriers armés jusqu'aux dents.

À Castelnaud, on sut bientôt que le jeune Joubert s'était rallié aux sympathiques hors-la-loi du maquis Buffarot. De l'insignifiant collégien boutonneux, il était devenu le héros potentiel de la résistance locale, bien qu'il n'eût pas encore donné les preuves de sa pugnacité.

Maître Joubert n'avait pas caché jusque-là ses sympathies pour le régime de Vichy, mais il pouvait se prévaloir désormais d'une glorieuse paternité. En outre, il ne jugeait pas mauvais qu'un des membres de la famille, en choisissant ce camp, puisse se porter garant du patriotisme de l'autre.

Il se mit à écouter la radio de Londres et se montra raisonnablement optimiste sur la durée et l'issue de la guerre. Le débarquement réussi des Alliés en Afrique du Nord, le 8 novembre 1942, le conforta dans ses nouvelles convictions. Dès lors, il devint un des augures de Castelnaud, sans aller toutefois jusqu'à répandre la bonne parole sur la terrasse du café de la Poste.

L'occupation de la zone libre par les Allemands répondit presque aussitôt à la victoire de leurs adversaires. Elle sema la consternation, mais elle eut le mérite de clarifier la situation en obligeant les indécis à afficher de plus franches couleurs. Les rues de Castelnaud ne retentirent pas pour autant d'appels aux armes, et le soutien apporté par les habitants aux futurs défenseurs de leur liberté ne dépassa pas le stade des encouragements.

L'aggravation des restrictions imputée à la rapacité des occupants ne fut pas pour peu de chose dans l'hostilité dont ils furent entourés. Les sinistres échos des camps de la mort en Allemagne n'étaient pas encore parvenus en Périgord. Beaucoup estimaient que les activités clandestines des maquisards n'étaient qu'un jeu de gendarmes et de voleurs où les premiers seraient forcément ridiculisés.

À la table des habitués du café de la Poste, rompant avec leur neutralité professionnelle, venaient parfois s'asseoir Albert Contal, le gérant des Docks, Léon Delpit, le tenancier, et Silvère Malet, Cycles et cetera.

– La pénurie, affirma Contal qui trouvait dans le mot une résonance médicale et épidémique, ce n'est pas parce que les Boches seront partis qu'elle finira. Elle ne sera vaincue que par la cessation du marché noir qui ruine les plus honnêtes commerces.

– Avec tout ce que les clients te refilent sous le comptoir, tu pourrais monter une usine de conserves, dit Fifi Courcol.

– Je ne peux pas leur refuser le plaisir d'offrir.

Cette réponse déclencha un hourvari de gros rires, de coups de poing sur la table et de claques sur les cuisses.

– Vous pouvez rigoler, se défendit Contal. Si je suis là, c'est que je n'ai plus rien à vendre chez moi, même avec les tickets.

– Alors pourquoi tu t'es pris le commis ?

– Je l'ai pris par charité !

– Moi... avança Silvère.

– Toi, tu ne t'embêtes pas non plus avec tes pneus rechapés. Tu les vends le double des neufs, et ils sont crevés d'avance.

– C'est la mairie qui délivre les bons.

– À la mairie, répliqua Fredo Bourdel, directement visé, nous répartissons les attributions avec une équité républicaine.

– Et y en a qui sont plus républicains que les autres, marmonna Lauraguais.

– Et si on parlait d'autre chose ? proposa prudemment Léon Delpit.

On parla de la guerre évidemment, de l'armée allemande qui ne passerait pas l'hiver, du vieux maréchal qui ne le passerait pas non plus, des Alliés, de leur mirobolante profusion d'avions, de tanks, de canons flambant neufs, servis par des athlètes aux joues roses, gavés de chocolat vitaminé et de tartines de beurre de cacahouètes.

Cette évocation provoqua une exaltation guerrière stimulée par les puissantes exhalaisons du pastis. La traversée diagonale de la place par le maréchal des logis-chef Favard mit une sourdine à la discussion.

– Et que croyez-vous qu'il pense, lui ? demanda Jeannot Clémentin.

– Il est pour la force, c'est sûr.

– Contre qui ?

– Va donc savoir, répondit Lauraguais. Il est muet comme un œuf dur.

Beaurepaire avait pris depuis longtemps le parti de Londres. Le *señor* Mola, parce que anarchiste, était contre toutes les formes d'ordre établi, et spécialement celui de l'Allemagne nazie. Inès, qui n'avait pas

235

d'idée bien arrêtée, faisait cause commune avec Agnès. Agnès se distinguait du troupeau docile des bien-pensants, par intime conviction, mais surtout par fidélité à la mémoire d'un certain lieutenant McDowell, officier dans l'armée de Sa Majesté britannique. Dans ses rêves les plus torrides – dans tous les sens du terme –, elle avait suivi son amant d'une nuit dans les étouffants bourbiers des deltas asiatiques. Hier encore, elle l'avait imaginé galopant, sabre au clair, dans les sables brûlants de Libye, à la poursuite de l'insaisissable Renard du désert[1].

Le soir, tous les trois étaient suspendus à la radio, à l'écoute des messages saugrenus qu'ils essayaient en vain de décrypter. Pourtant leurs destinataires étaient bien réels et manifestaient leur présence par des signes assez clairs pour être compris.

La saison des cèpes avait été tardive cette année-là et s'était prolongée jusqu'aux premières gelées. Au marché aux champignons, sous la halle de Castelnaud, chaque soir à l'heure des enchères, un petit père de rien, un peu falourd, étalait de pleins cageots de bolets noirs qu'il aurait eu de la peine à soulever tout

1. Rommel.

236

seul. On s'était perdu en conjectures sur l'origine d'une telle manne que même un don d'ubiquité dans les bois du canton ne pouvait expliquer. Et puis, on avait fini par conclure que c'étaient d'autres mains que celles du vieux qui avaient cueilli tous ces boutarels. Les maquisards, gens du Périgord sans doute, avaient trouvé là un moyen de se faire un peu d'argent en attendant que les Anglais leur en parachutent.

Des détonations avaient crépité du côté de Monferrant. Rrran, rrran ! Les chasseurs et les anciens soldats ne s'y étaient pas trompés. Ce ne pouvait être que des rafales d'arme automatique de petit calibre lâchées par un empoté.

Un soir de décembre, le *señor* Mola apparut à la cuisine où les demoiselles se chauffaient en écoutant le poste. Il était vêtu de son meilleur ensemble de coutil sur un chandail tricoté par Inès, chaussé de godillots à clous qu'il avait échangés, Dieu seul savait où, contre son dernier vélo retapé. Il tenait à la main sa cartonneuse valise d'émigrant.

— Vous partez donc, Enrique ? lui demanda Agnès malgré l'évidence.

— Oui, *señorita*.

– Vous n'étiez pas bien avec nous ? Où allez-vous donc ?

– *À la guerrra*, roula le *señor* Mola d'une voix sourde.

Agnès avait redouté cette échéance. Elle savait que rien désormais ne pourrait le retenir.

– Mais vous reviendrez, Enrique, dit-elle la gorge serrée.

– *À la guerrra*, on sait quand on part mais jamais quand on revient.

– Vous allez nous manquer, savez-vous ? dit Inès.

– Vous me manquerez aussi. Maintenant, il faut que j'aille !

Il s'approcha d'Inès et, dévotement, effleura son poignet de ses lèvres. Agnès se jeta sur lui et enfouit sa tête dans le creux de son épaule en sanglotant.

– Je vous aimais bien, Enrique, lui avoua-t-elle dans un souffle.

Elles s'aperçurent qu'il n'était plus là en entendant ses pas sonner sur le cailloutis de l'entrée.

– C'est vrai, dit Inès croyant alléger l'atmosphère, nous commencions à nous habituer à lui.

– En deux ans, vous en avez eu le temps !

– Aux femmes, les hommes ont toujours

préféré la guerre. C'est notre sort à nous de rester seules.

– Ce sort, vous l'avez choisi, Inès.

– Qu'en sais-tu ?

Les vitres de sa chambre étaient étoilées de cristaux de givre. Agnès ouvrit sa fenêtre pour écouter la nuit plus silencieuse encore d'être glaciale. Elle posa sur la platine du phonographe un disque de guitare qu'Enrique lui avait dégoté chez le brocanteur de Castelnaud en espérant qu'il ne serait pas encore trop loin pour pouvoir l'entendre. Elle esquissa quelques pas de séguedille en faisant claquer ses doigts en guise de castagnettes. C'était une façon de dire adieu à son professeur de danse. Au matin, alors que l'aube paresseuse n'était encore qu'un ruban gris à l'horizon, elle s'emmitoufla dans sa pèlerine, vissa un béret sur sa tête et s'en alla brider Pompon.

Médée venait de donner à manger à ses bêtes. Debout devant la cheminée, il lapait bruyamment un bol de café trop chaud.

– L'*aousel* est tombée du nid, à Beaurepaire, se moqua-t-il.

– Mola est parti cette nuit, Médée, annonça Agnès d'un ton tragique.

– Comment allez-vous faire à présent sans un homme à la maison ? s'apitoya Mélia.

Amédée Bourniquel, lui, n'était pas affecté par le fait que l'Espagnol eût disparu de son voisinage. Leurs relations n'avaient jamais été chaleureuses, tant s'en fallait, et leur jalousie, que rien ne justifiait pourtant, était restée vive.

– Je suis là, non ? grommela Médée. Si les demoiselles ont besoin de quelqu'un, elles sauront bien où me trouver. Je leur ferai le jardin et le bois aussi bien qu'un autre.

– Tu crois que tu n'as pas assez à faire chez toi, mon pauvre homme ?

– Je trouverai bien à engager un journalier, dit Agnès qui sentait l'orage monter dans le ménage Bourniquel.

– Un autre Espagnol alors, fit Mélia d'un ton fielleux.

– Mille dieux, tu vas te taire, femme, beugla Médée en assénant son poing sur la table.

Il alla décrocher un *faoucet*[1] pendu à un clou près de la porte.

– Arrêtez, s'écria Agnès. Vous êtes fou, Médée ?

– Que non pas ! C'est pour marquer la coupe dans votre bois de la Renardière. On y va, demoiselle ?

1. Serpe.

Agnès embrassa Mélia sur les deux joues.

– Je ne vais pas vous le voler, votre homme, madame Bourniquel. Rassurez-vous !

– Vieux comme il est, il ne vous ferait guère de profit, répondit rageusement Mélia.

Déjà dehors, grâce à Dieu, Médée ne l'entendit pas.

Agnès ne s'était pas encore aventurée dans son bois de la Renardière. Son accès était, en effet, rendu difficile par un fouillis de ronces et d'ajoncs gigantesques. Des générations de goupils y avaient creusé des tanières, et les eaux de ruissellement en avaient fait des pièges assez profonds pour engloutir dans le ventre de la terre un promeneur distrait et son cheval. C'était du moins ce que l'on disait.

Médée fraya un passage à coups de serpe pour aboutir à la coupe. Le sol, sous le taillis, était couvert de fougères sèches et d'une herbe coupante et drue. Les rejets nés des mêmes souches, il y avait plus de vingt ans, étaient épais comme des cuisses d'homme. Les quelques baliveaux que les bûcherons avaient respectés dressaient tout droit leurs fûts dégingandés à peine touffus au sommet.

– Et vous allez abattre tout ça, Médée ?

– Non pas ! Juste ce qu'il faut. Je vais vous

le faire à moitié : trois brasses[1] pour vous, deux pour moi.

– Ce ne sera pas la moitié !

– Je garderai les fagots. À Beaurepaire, vous en avez juste besoin pour allumer votre cheminée. Moi, je les revendrai aux tuiliers pour chauffer leurs fours et au boulanger pour le sien. La brique et le pain, ça se pétrit et ça se cuit presque pareil.

En bordure de bois, il montra à Agnès des pierres levées grossièrement taillées. Leur alignement prouvait qu'elles n'étaient pas là par hasard.

– Beaurepaire s'arrête là. Au-delà, c'est au Chinois.

– Depuis le temps que je regarde ses toits, j'ai envie de savoir ce qu'ils cachent.

– C'est tout près. Quand il y avait encore quelqu'un à Castelmerle, on voyait, l'hiver, à travers les branches, se promener des lumières d'une fenêtre à l'autre.

– Et si nous y allions ? proposa Agnès, émoustillée.

Les vestiges d'un grand chemin, jalonné par des buissons d'épine noire, les guidèrent jusqu'à la maison.

Les hautes herbes qui l'entouraient

1. Une brasse = quatre stères.

n'avaient pas été foulées. Il n'y était donc venu personne depuis des années peut-être. Comme sur beaucoup de façades de fermes périgourdines, un escalier de pierre abrité aboutissait à une galerie où s'ouvraient les issues de l'étage. Le logis était dominé par le campanile ajouré d'un pigeonnier ; les autres côtés étaient flanqués de constructions hétéroclites rajoutées au fil des siècles, comme autour d'une nef romane des chapelles satellites.

Agnès escalada les marches. La porte de la salle s'était effondrée à plat sur le dallage de la galerie. Elle s'avança d'un pas précautionneux sur cette branlante passerelle et s'arrêta sur le seuil. Il régnait à l'intérieur un froid de tombeau, un silence de maléfices que seul troublait le grésillement obstiné d'insectes mangeurs de bois. Une pipistrelle frôla ses cheveux en s'évadant vers la lumière.

– On s'en va, Médée, dit-elle en se retournant vers lui.

– Attendez !

Il alluma son briquet et promena la flamme vacillante autour de lui. Les gros meubles sombres étaient couverts d'une épaisse poussière. Des poutres du plafond pendaient des toiles d'araignée que le courant d'air animait comme des voiles de dentelle.

– On s'en va, répéta Agnès en tirant Médée par le pan de sa veste. On reviendra quand il y aura quelqu'un.

– Ce n'est sans doute pas pour demain, demoiselle.

Mais Amédée Bourniquel se trompait.

13

Le chauffeur de la plantation, un trompe-la-mort comme tous ses pareils, aidé de son graisseur, embarqua sur les balles de caout-chouc les bagages de son ancien maître. Julien garda avec lui dans la cabine du camion un sac marin de grosse toile dans lequel, em-mailloté dans une couverture doublée de kapok, était placé dans la position verticale le bouddha doré de Ponh Sari.

Debout sur la plate-forme de sa paillote, le vieux bonze leva la main pour saluer une dernière fois son ami.

Le camion démarra brusquement en chas-sant sur la piste de terre rouge vernie par l'orage de la nuit et glissa en crabe jusqu'au carrefour de la route coloniale. Il ne se redressa que pour s'engouffrer sous la pan-carte où l'on pouvait lire en majuscules

romanes et en écriture vernaculaire khmère :
S.P.H. JULIEN AUBEROCH.

Une demi-douzaine de femmes encombrées de cages à poules de bambou, poussées au derrière par le graisseur hilare, piaillèrent pour la forme en grimpant sur la pyramide de balles.

Julien eut un regard pour la parcelle où il avait planté ses premiers hévéas, il y avait vingt ans. Taris de latex, ils n'étaient plus bons qu'à être brûlés dans les séchoirs de l'usine. Au-delà, la forêt reprenait ses droits. La route asphaltée, bornée comme une nationale de la métropole, s'enfonçait dans la jungle entre les murailles majestueuses et menaçantes de la sylve tropicale.

Une colonie de singes pendus aux lianes se laissèrent tomber sur le camion, chassés par les criailleries des passagères effarouchées. Tous les jours, au même endroit, chaque fois qu'un véhicule traversait leur territoire, ils faisaient leur numéro d'acrobates voltigeurs assorti d'une avalanche de projectiles stockés dans la perspective de leur embuscade. Les Cambodgiens, dont Hanuman, le roi des singes[1], était un héros de la mythologie, ne

1. Appelé Kiki par les Européens.

répliquaient à leurs provocations que par de joviales obscénités.

À Phnom Penh, sur le quai de la Poste, Julien fit charger ses cantines dans un cyclo-pousse et prit place dans un autre avec son inséparable sac.

– Où ça aller ? demanda le conducteur.

– *Ko ku ha.*

– Pas bon. Même chose bordel.

– Ça va ! Le Grand Hôtel, alors.

Mais c'était plus pour faire plaisir aux deux pousses que pour jouir d'un luxe auquel il ne tenait pas vraiment. En effet, conduire un étranger au seul palace de la ville leur donnait, outre la gloire, la promesse d'une gratification qui n'avait rien de symbolique. Ils en pédalèrent avec d'autant plus d'ardeur.

Julien Auberoche, douché, aspergé d'eau de Cologne chinoise « aux quatre fleurs », séché dans de moelleuses serviettes, vêtu d'un costume blanc un peu fripé mais propre et cravaté d'un nœud papillon à système, descendit au bar de l'hôtel. Pour ne pas en perdre l'habitude, il commanda un pastis. Allongé d'eau glacée, il ne lui sembla pas avoir la même saveur qu'à Ampuk.

Son voyage à bord du rafiot, à l'ombre chiche d'un pan de voile, l'avait fatigué. Au

247

lieu d'aller dîner en ville comme il en avait eu l'intention, il resta à l'hôtel. Dans la salle du restaurant, des ventilateurs de plafond brassaient l'air tiède avec des ronronnements de chat. S'y mêlaient, dans une atmosphère sépulcrale, des voix feutrées, des tintements de couverts et le chuintement des semelles de crêpe des vieux boys aux pieds plats.

Julien se fit servir sur une nappe raide d'amidon, dans de la vaisselle chiffrée d'or, des plats dont la fadeur distinguée contrastait avec les ragoûts décapants de Sotchéa.

Comme il était trop tôt pour monter dans sa chambre, il se décida quand même à sortir. L'avenue qu'il emprunta au hasard, bordée de grands manguiers bruissant d'oiseaux nocturnes, le mena au bord du fleuve où un dancing de plein air se signalait par des girandoles multicolores.

L'orchestre, plus ou moins philippin, jouait en sourdine en attendant l'affluence toujours tardive des clients. Des taxi-girls chinoises perchées sur les tabourets du bar sirotaient des menthes à l'eau. Les robes de brocart artificiel qui les moulaient, fendues jusqu'à la taille, révélaient leurs longues jambes de mannequin. Leurs bras étaient nus jusqu'aux épaules, mais leur cou était strictement engoncé dans un col officier. D'autres, pour se mettre en train, dansaient ensemble, ondu-leuses, un sourire figé sur leurs lèvres trop peintes. La « caporale » de ces bayadères de location s'approcha de la table de Julien en faisant claquer les tickets d'un petit carnet à souches.

– Content danser ? demanda-t-elle.

– Non. Parler seulement.

– Moyen, mais payer même chose.

Julien se leva pour accueillir la fille dési-gnée. Elle gazouillait le français, mais Julien n'ayant, tout compte fait, pas grand-chose à lui dire, elle n'eut pas à se donner la peine d'entretenir la conversation. Au bout d'un quart d'heure, sa prestation achevée, elle lui tendit la main et s'en alla en emportant son verre de citron-soda, dont elle n'avait bu qu'une gorgée.

Julien la regarda s'éloigner, nonchalante et souveraine, roulant dans son fourreau pail-leté, sous ses hanches étroites, les reliefs mouvants de son petit derrière. Il constata alors qu'à contempler un joli corps de femme il n'éprouvait plus qu'une émotion d'esthète. Il ne se sentait pourtant pas assez vieux pour renoncer à des plaisirs plus concrets, mais il n'en éprouvait plus le désir.

De ses amours passées ne lui restait que l'image d'une jeune fille, toute bleue, surgissant de l'ombre des bois dans la lumière triomphante de l'été, dans une robe d'adolescente si tendue sur sa poitrine devenue trop ronde qu'il avait dû batailler pour défaire les boutons. Sybille d'Estissac, un souvenir d'enfance que le temps n'avait pas effacé, précis comme une photographie alors qu'il se rappelait à peine les visages de la veille.

Il revint songeur à l'hôtel. Il dormit mal, emprisonné dans sa moustiquaire comme une très ancienne relique dans sa châsse.

Un autobus délabré et cahotant, empuanti de saumure et de fientes de volaille, le mena à Saigon. Sur les quais de la rivière, au bureau somnolent d'une compagnie de navigation, il s'enquit naïvement d'un embarquement pour la France. L'on s'y demanda si sa démarche ne relevait pas de la plaisanterie.

– Allez donc voir à la commanderie, lui conseilla l'employé. Ils savent tout de ce qui part ou qui arrive.

– Les Japs sont partout, mon bon monsieur, lui apprit l'officier de port. Ils contrôlent tout ce qui peut flotter jusqu'à Rangoon et si rien ne les arrête, ils seront demain à Calcutta.

Un petit cargo noir déchargeait sa cargaison sur un quai voisin avec un fracas de ferraille.

– Et ça, c'est quoi, demanda Julien, une marie-salope[1] ?

– Un caboteur réquisitionné. Il part vers le nord avec le caoutchouc, le riz, le bois que les Nippons nous volent et revient du Tonkin avec du charbon.

– Hein ?

– Avec quoi croyez-vous que fonctionne l'usine électrique ? Avec du paddy[2] ? D'où sortez-vous donc, monsieur...

– Auberoche.

– Moi, c'est Le Guen.

– J'arrive du Cambodge, d'une plantation qui hier encore était la mienne. Je l'ai vendue pour rentrer chez moi. Mais avant d'être colon, j'étais dans la marine, comme vous, je suppose.

– La Royale ?

– Les deux.

– Allons donc prendre un verre à la Pointe des Blagueurs. Je vous invite. Tous les potins d'Indochine aboutissent là. On vous trouvera peut-être un sampan et son rameur pour vous pousser jusqu'à Marseille, plaisanta-t-il.

Un gros Chinois – les Chinois riches le sont presque toujours – était assis à une table de

1. Drague.
2. Riz non décortiqué.

fer devant trois canettes de bière vides qu'il venait d'absorber coup sur coup. Il avait encore sous le nez une moustache de mousse.

– Tiens, Lu, s'exclama Le Guen avec un air surpris, alors que le Chinois était un des piliers de la gargote. Les Japs vous ont mis au chômage ?

Une lueur amusée filtra sous les paupières à demi fermées de monsieur Lu.

– Pas tout à fait, monsieur Le Guen.

Outre qu'il était *comprador*[1] pour une société française d'import-export, Lu armait une flottille de pêche côtière avec laquelle, à ses moments perdus, il se livrait à des trafics aussi fructueux qu'illicites.

– Figurez-vous que mon ami Auberoche s'est mis dans la tête de rentrer en France.

– Il vous faudra attendre la fin de la guerre, monsieur Auberoche.

– Et si elle dure encore dix ans ? Je serai mort.

– En admettant que vous trouviez un bateau de chez vous qui accepte de tenter l'aventure, vous avez peu de chances, passé le cap Saint-Jacques, d'échapper aux patrouilleurs japonais. De toutes façons, vous ne passerez pas le détroit de Malacca. Ou

1. Acheteur.

alors, pour arriver à un port encore anglais, vous devrez contourner tout l'archipel de la Sonde par le sud.

– Je suis encore capable de piloter une barque dans ce foutu fouillis de passes, d'îles et de cailloux. Je l'ai fait dix fois.

– Chiche, dit Lu en tendant à Julien une main grassouillette. J'ai une jonque de haute mer à moteur. En ce moment, elle est accostée à l'appontement de la Shell. Je ne serais pas chinois si je n'étais pas joueur et j'ai besoin de faire travailler mon capital. Je vous la confie.

– Sur lest ?

– Non, mais je me réserve le choix des cargaisons et des escales. Vous ferez le reste. Au premier port encore anglais, si vous y arrivez, vous reprendrez votre liberté.

– Durée de l'opération ?

– Indéterminée.

– L'équipage ?

– Des hommes à moi.

– Ils parlent quoi ?

– Le « marin » !

Ce fut ainsi que l'enseigne de vaisseau de première classe Julien Auberoche reprit du service dans la contrebande, sans autre contrat qu'une signature au dos d'une enveloppe et une poignée de main.

14

Augustin avait espéré qu'au carrefour des chemins menant au cœur de la Béssède il trouverait un poteau indicateur lui signalant d'une façon lisible la présence du maquis Buffarot. Dans l'incertitude, il prit le parti d'attendre au bord de la route départementale le passage d'un providentiel indigène. Il se présenta sous la forme d'un quinquagénaire tirant une vache derrière lui. Rien, en somme, de bien surprenant.

– Le maquis, c'est par où ? lui demanda Augustin.

– Deuxième à droite en descendant vers Cadouin.

– Mais c'est écrit nulle part !

– Pas la peine, vous verrez la fumée et du peu qu'ils sont, ils font un bruit à ne pas croire.

Le sentier s'enfonçait sous une futaie assez haute et dense pour que l'on pût penser à une forêt vierge. De fait, se faisait entendre tout proche un vacarme comparable au tam-tam guerrier d'une tribu africaine. Augustin n'avait pas marché deux cents mètres qu'une voix juvénile et tremblante l'arrêta.

– Halte ! Qui va là ? Ne bouge pas ou je tire ! Le mot de passe, vite !

– Je ne le connais pas !

– Évidemment, il est secret. Aujourd'hui, si je dis France, tu dois répondre Liberté. Alors, France !

– Liberté, répéta docilement Augustin.

– Avance au ralliement ! Les mains en l'air !

– Et ma valise ?

– Alors n'en lève qu'une, concéda la sentinelle.

Le maquisard sortit d'un fourré en brandissant une sorte d'escopette de ferraille noire. Il fit claquer la culasse pour bien montrer qu'il ne s'agissait pas d'une carabine à flèches.

– Ta, ta, ta, ta, ta, fit-il en balayant l'espace autour de lui du canon de son arme.

Petit, un peu malingre, le garçon paraissait trois ans de moins qu'Augustin. Il avait sous une tignasse rousse un visage aigu

255

parsemé de taches de son et des oreilles en anses de pot.

– Je m'appelle Birembaum ; je suis juif. Les autres me disent Badaboum et aussi Patatras. C'est la même chose.

– Moi, c'est Joubert, Augustin, de Castelnaud. Mon père...

– Ton père, on s'en fout ! Le mien, les Boches l'ont emmené et on ne sait même pas où.

Augustin suivit son guide jusqu'au sanctuaire de la rébellion. C'était une petite maison de bûcheron au milieu d'une clairière d'où les bâtisseurs avaient extrait une partie de leurs matériaux. Le chef de la troupe, reconnaissable à la puissance de son organe vocal, s'égosillait en essayant d'apprendre à ses hommes le mouvement en trois temps de l'arme à l'épaule droite. Il était entouré d'une dizaine de gaillards dont seule la moitié était munie d'un vrai fusil. Les autres n'avaient que des simulacres bricolés avec des planches de caisse. Assis sur une souche, deux Espagnols de type Mola fumaient en commentant l'exercice du coin de la bouche avec un air blasé.

– Repos, commanda le chef à la vue de sa nouvelle recrue.

Titou Ferraud s'approcha d'Augustin d'un pas vif et décidé. Joignant la modestie à l'ambition, Titou portait sur un bonnet de police à pointes le chevron du sergent qu'il avait été et, sur la manche d'une vareuse militaire, les deux galons du lieutenant qu'il n'était pas encore.

– Je suis le chef de cette bande d'incapables et je leur ferai pisser le sang ! brailla-t-il en se retournant vers eux.

Ce n'était bien sûr qu'une menace vaine. Ses objets profitèrent de la pause pour aller s'isoler chacun derrière son arbre. Ils n'en revinrent nullement exsangues.

Trois mois plus tard, bien qu'il n'eût encore participé à aucune bataille, Augustin Joubert faisait déjà figure d'ancien combattant lorsqu'un troisième Espagnol vint grossir le contingent ibérique du maquis Buffarot. Augustin était justement de garde sur le sentier. Il fit les sommations d'usage. L'intrus n'y répondit que par un ricanement sardonique et un chapelet d'invectives proférées dans une langue inconnue de la sentinelle. Ce fut aux rauques sonorités de sa voix qu'Augustin reconnut le *señor* Mola.

– Non, s'étouffa-t-il, ce n'est pas vrai !

Sautant en l'air, il exécuta un demi-tour acrobatique et revint au galop à la clairière. Le sergent, entouré d'un auditoire vautré sur le sol, l'arme épaulée, lui faisait exécuter les commandements d'un tir évidemment fictif.

– Abandon de poste, brama-t-il à l'intention d'Augustin. Le falot ! Douze balles dans la peau !

Le *señor* Mola s'avança alors avec la démarche altière et détachée du torero pénétrant dans l'arène sous les olés enthousiastes d'un parterre d'*aficionados*.

À son teint recuit, au modelé tourmenté de son visage, ses compatriotes n'hésitèrent pas à le reconnaître comme un des leurs.

– ¡ *Hombre !* s'exclamèrent-ils avec un ensemble de duettistes.

– ¡ *Hombre !* répéta l'hidalgo en laissant choir sa valise par terre.

Il avait, en effet, besoin de ses deux bras pour se livrer à l'enlacement viril de l'*abrazo*[1].

Après quoi, le *señor* Mola daigna se présenter au sergent.

– Je ne suis pas venu ici pour jouer au petit soldat avec des apprentis, affirma-t-il, comme je viens d'en voir un il n'y a pas deux minutes, et que je ne vois plus d'ailleurs.

1. Preuve d'amitié spécifiquement espagnole, l'*abrazo* consiste à passer son bras droit sous le bras gauche de l'autre et réciproquement, et à s'étreindre mutuellement en s'administrant de grandes claques dans le dos. L'exercice n'est pas aussi facile qu'il y paraît.

Augustin avait jugé prudent de s'éclipser. Il s'était tapi dans les fougères pour suivre sans risque l'évolution de la situation.

– Qu'il se montre un peu s'il a quelque chose dans le pantalon, ce couard, ce trouillard, ce foireux !

– Tiens, vous le connaissez, s'étonna Titou Ferraud.

– Oui. Et je lui ai promis de les lui couper si je le retrouvais sur mon chemin. Le secret que je dois à l'honneur d'une jeune dame m'interdit d'en dire plus.

– Jusqu'à preuve du contraire, c'est moi qui suis chargé des exécutions sommaires. Mais ce n'est pas encore le moment.

– *Bueno, bueno*, grommela Enrique. On attendra.

À l'heure du souper, Augustin que la faim tenaillait sortit du bois, sa mitraillette au poing. Le groupe Buffarot banquetait autour d'une table de fortune bricolée avec des volets arrachés aux fenêtres de la cahute.

– Rrrha, éructa le *señor* Mola, te voilà quand même !

Il se déploya lentement. Augustin ne se souvenait pas qu'il était si grand. Intrépide, il braqua sur lui le canon de la Sten.

– Avancez seulement d'un pas, monsieur

Mola, dit-il d'une voix frémissante, et je vous coupe en deux !

– Tire donc, imbécile, l'encouragea Mola sur un ton presque attendri. Mais avant, engage donc un rouleau d'amorces dans ton pistolet à bouchon !

Noël était là. À la radio, les nouvelles étaient meilleures. En Libye, les Anglais regagnaient du terrain. L'Afrikakorps de Rommel, à bout de carburant, de tanks et de combattants, lâché par ses amis italiens, se repliait vers la Tunisie. À Stalingrad se livraient dans les ruines d'usines gigantesques des combats de titans frigorifiés dans le tohu-bohu meurtrier de milliers de canons et des lance-fusées du génial Petit Père des peuples. Hitler restait sourd aux appels désespérés du maréchal Von Paulus pour demander l'autorisation d'un repli qu'il était déjà trop tard pour entreprendre. Dans le Pacifique, les *marines* américains reprenaient une à une, au prix d'empoignades féroces, des îles dont les gens entendaient le nom pour la première fois.

Le plus beau cadeau que l'enfant Jésus eût pu faire au monde était la paix. Malgré les succès des Alliés, il ne semblait pas qu'elle fût encore gagnée et on se demandait, après tant d'effroyables tueries, comment, sur la terre, il pouvait rester assez d'hommes valides pour se battre.

La veille de la Nativité, Inès tint à aller à la messe de minuit. Agnès attela Pompon et hissa la vieille demoiselle sous la capote de la carriole, empaquetée dans des lainages informes mais coiffée d'un extravagant chapeau de garden-party.

– Autrefois, soupira-t-elle, prise d'un accès de lyrisme, nous allions à Castelnaud à pied, chacun avec sa lanterne, et il y avait tant de gens à courir les traverses que tous les bois étaient comme un seul arbre illuminé.

Sur la place où étaient regroupés les attelages, la buée qui s'échappait des naseaux des chevaux flottait dans l'air glacé comme une brume légère. Les fidèles se bousculaient presque au portail de l'église où il ne faisait guère plus chaud que dehors.

Dans un esprit novateur, l'abbé Vallade avait décidé que l'on ferait cette année-là une crèche vivante. Les vedettes du spectacle avaient été choisies parmi les meilleurs élèves du catéchisme, qui ne se trouvaient pas nécessairement être ceux de l'école.

Comme il faisait un froid à congeler un nourrisson vivant, l'enfant Jésus fut remplacé par un important baigneur en Celluloïd langé de papier crépon. L'on se passa du bœuf et de l'âne encore que, créatures de Dieu, ils eussent eu le même droit que les humains de pénétrer dans sa maison. Les acteurs se disputèrent les rôles surtout à cause des costumes. Saint Joseph (dix ans) était affublé d'une sorte de salopette en toile à sac pour faire pauvre et son épouse (neuf ans) était vêtue sans originalité d'un ensemble bleu et blanc d'inspiration sulpicienne. La préférence alla aux rois mages, eu égard à la somptuosité de leur accoutrement.

Agnès joignit sa voix à celles de la chorale paroissiale. Inès se contenta de marmonner les couplets.

– Vous ne chantez pas, Inès ? s'étonna sa nièce.

– Ça m'essouffle, ma petite fille, mais le murmure des oiseaux est aussi agréable à Dieu que les piaillements des volailles.

Sous les regards éberlués de ses voisins de banc, Agnès, pour se moquer, mima le geste d'un violoniste rêveur sur un instrument imaginaire.

– Satan, lui dit la vieille demoiselle.

Pour le réveillon, Agnès réchauffa le traditionnel bouillon de poule. Elle servit avec des tartines grillées au bout d'une fourchette un foie frais de canard rissolé dans sa graisse. En se brûlant les doigts, elle éplucha pour Inès des châtaignes qu'elle avait mises à rôtir sous la braise. Les cadeaux furent minces. Inès avait tricoté pour Enrique son énième chandail de laine brute.

– Je le déferai, dit-elle, pour en refaire un à ta taille. En attendant, tu auras encore des gants. C'est fou ce que tu en uses.

Pour sa tante, Agnès avait négocié, contre une paire de poulets et deux douzaines d'œufs, un saint Nicolas en pain d'épices et son âne décorés de sucre de couleur, confiés pour les revendre à des réfugiés de l'Est. Elles sacrifièrent le bourricot au dessert.

– Il nous en restera pour demain, dit Inès en détachant délicatement une miette de gâteau du coin de sa lèvre. Je me demande quand même si c'est bien catholique de se délecter d'un évêque.

– D'abord, ce Nicolas n'est pas de chez nous. Ensuite, il y a encore des pays où des honnêtes gens se pourlèchent d'ecclésiastiques. Il est vrai qu'ils ne sont que missionnaires.

– Cesse donc de dire des horreurs, Agnès ! Allons nous coucher ! Je n'arrive pas à me réchauffer, ce soir.

Agnès remplit de braises une cassolette de cuivre qu'elle alla déposer sous le bâti d'un moine dans le lit de la vieille dame. Quand celle-ci se fut couchée, elle revint à la cuisine garnir sa bouillotte de caoutchouc. Elle l'emporta en courant, serrée sur sa poitrine comme un objet sans prix.

Le lendemain avait beau être un jour de fête, Agnès n'en dut pas moins panser Pompon, traire la brette et faire leur litière. Elle ouvrit le poulailler. Les poules en sortirent sans précipitation, comme à regret en hasardant leurs pas sur le sol gelé. Quant aux canards, ils étaient alignés au bord de la mare avec l'air de se concerter avant de se lancer sur la glace.

Avant de rallumer les feux de la cuisine, Agnès jeta un coup d'œil dans la chambre d'Inès. Elle dormait. Un ronflement rauque s'échappait de sa bouche entrouverte comme si elle avait des bronches encombrées.

« Elle nous couve un rhume, diagnostiqua Agnès. Je vais lui apporter son petit déjeuner au lit, sucré à l'aspirine. »

Amédée Bourniquel arriva peu avant midi. Il avait au bras un de ces paniers de vannerie noire à deux anses et un couvercle, véhicule ordinaire des volailles de marché.

– C'est Noël, claironna-t-il. Je vous ai apporté quelque chose. Devinez, demoiselle !

– Une poule ?

– Non pas, vous en avez déjà assez. Voyez !

Il sortit du panier et posa sur la table un chiot noir et blanc aux oreilles poilues et à la queue en panache qu'il se mit à remuer avec frénésie comme pour montrer son soulagement d'être au bout de son voyage.

– Il a sept semaines, mais il ne tète plus. C'est un mâle, expliqua Médée. J'ai pensé que vous n'en aviez plus dans la maison sauf le cheval, alors...

Agnès souleva le *bissoutou* sous le ventre et le prit dans ses bras, où il s'empressa, l'émotion aidant, de lâcher quelques gouttes.

– Il n'est pas encore propre, mais vous lui apprendrez, demoiselle. C'est une race docile.

– Laquelle ?

– Euh... c'est un La Borie. On ne connaît pas le père. Vous en ferez ce que vous voudrez.

– Et il s'appelle comment, ce trésor ?

– Il n'a pas encore de nom.

– Bazar, c'est facile à retenir.

Déposé sur le carrelage, le chiot acheva ce qu'il avait commencé de faire dans les mains de sa maîtresse et entreprit d'explorer la pièce. Il s'engouffra sous un meuble d'où, ne sachant comment sortir, il se mit à pousser des gémissements d'agonie. Armée d'un balai, Agnès rampa à quatre pattes pour fourrager sous le bahut. Quand elle le retira,

Bazar qui avait planté ses petites dents pointues dans le manche se laissa attirer comme
un poisson pris à un leurre.

Inès surgit sur ces entrefaites.

– C'est pas mignon, ça ? dit Agnès.

– J'aurais préféré un chat.

Mais quand Inès s'installa dans son fauteuil, Bazar s'agrippa à sa jupe avec l'évidente
intention de se faire hisser sur ses genoux.

– Vous ne le prendrez plus quand il aura un
an, mademoiselle Inès.

– Dans un an, que serai-je, Médée ?

– Ah non, vous n'allez pas recommencer à
nous faire le numéro de l'aïeule agonisante
entourée de l'affection des siens, Inès !

Le jeudi après Noël, jour de marché à
Castelnaud, Agnès livra aux Docks de Gascogne les foies de canard que, assistée de
Mélia et conseillée par Inès, elle avait mis en
conserve. En effet, Albert Contal, le gérant de
la succursale, en assurait la commercialisa-
tion, non sans prélever au passage un pourcentage substantiel. Le magasin bruissait du
caquet patoisant des clients de la campagne
venus percevoir leurs allocations mensuelles
d'épicerie.

Du haut de son comptoir, Albert, sans
bouger d'un pouce pour l'aider, regarda la
châtelaine de Beaurepaire décharger de sa

266

carriole les trois lourds cageots où elle avait rangé ses boîtes.

– Qui vous les a serties ? demanda-t-il, soupçonneux.

– Malet, celui des bicyclettes. Qui voulez-vous que ce soit ? Il est le seul à avoir la machine.

– Vous les avez bien stérilisées le temps qu'il fallait, au moins ?

– Ce n'est pas pour me chauffer le devant et me geler le reste que je suis restée plantée huit heures à les voir bouillir dans ma lessiveuse.

– Vous comprenez, mademoiselle d'Ayrac, je ne tiens pas à ce que mes clients de la ville me les rapportent gonflées.

Albert pesa les boîtes non sans exercer de subreptices pressions sur le plateau approprié de la balance. Il tira un crayon mâchouillé de derrière son oreille, en lécha la mine et s'absorba dans un laborieux calcul aux fins de soustraire du poids total celui de la tare.

– Elles ne sont pas en plomb, mes boîtes, monsieur Contal, ou vous pensez peut-être que j'ai mis des cailloux dedans ?

Agnès fourra une petite liasse de billets de cinq et dix francs dans son sac et s'en fut baguenauder parmi les rayons garnis d'emballages en fac-similé. Devant l'un d'eux, un petit groupe de femmes pérorait autour de madame Joubert.

– Vous avez des nouvelles du petit ? s'enquit une commère.

– Non, se rengorgea-t-elle, là où il est, vous pensez bien qu'il ne peut pas m'en donner.

– C'est dur pour une maman.

– On dit qu'il est parti sur un coup de tête, avança une autre.

– C'est quelqu'un qui la lui aura tournée, répondit la mère d'Augustin en dardant un regard sévère vers Agnès. Quelqu'un qu'il cherche à oublier.

– Un chagrin d'amour alors, susurra une troisième, la bouche gourmande.

– Et comment va monsieur Joubert ?

Il n'était pas difficile pour Agnès de déduire de la question qu'il n'allait pas bien. Elle tendit l'oreille.

– Une grippe, a dit le docteur, qui pourrait bien tourner à la broncho-pneumonie. Il tousse à s'en faire sortir les yeux de la tête. Je lui fais des cataplasmes à la moutarde et je lui donne du sirop de terpine-codéine. En plus, depuis le départ de l'« enfant », il se ronge les sangs.

Une fois encore, madame Joubert porta sur Agnès un regard meurtrier. Celle-ci fit mine de ne pas avoir entendu cette allusion à sa

268

néfaste influence sur les mâles de la famille Joubert. Elle sortit dignement du magasin en emportant dans un de ses cageots ses maigres rations de janvier.

Saisie d'une vague inquiétude, Agnès, sitôt rentrée, se mit en quête de son ours. Elle le trouva au fond d'un placard où elle rangeait ses chaussures. Il avait toujours son aiguille à tricoter fichée au travers du corps.

J'ai cru viser le cœur et je n'ai eu que les bronches, se dit-elle en riant toute seule. Puis elle se reprocha d'avoir cédé à un enfantillage en croyant exercer un pouvoir maléfique par le truchement d'une vieille peluche désarticulée. La maladie de maître Joubert était de celles que l'on attrape dans un courant d'air et que l'on guérit avec des boissons chaudes et de la poudre de perlimpinpin. D'ailleurs, Inès semblait atteinte de la même affection et elle n'avait tenté sur elle rien qui ressemblât à un envoûtement. Pourtant, quoiqu'elle s'en défendît, un petit doute s'insinuait dans son esprit ; elle se dit que pour le dissiper il suffirait qu'elle se livrât à une autre expérience. Encore fallait-il qu'elle en trouvât le sujet. Un animal, de préférence à un être humain. Mais à quel animal eût-elle pu vouloir du mal ?

Elle descendit à la cuisine où le petit Bazar remorquait en s'emmêlant les pattes un torchon à vaisselle. En la voyant entrer, il s'arrêta et secoua furieusement le chiffon comme s'il avait été une proie malfaisante. Agnès se précipita vers lui, le souleva dans ses bras et l'embrassa sur le museau.

– Oh non, pas toi, mon *cagnotou*, murmura-t-elle dans son oreille de velours.

Mais dans sa candeur, Bazar ne vit dans le geste de sa maîtresse qu'une preuve de tendresse. Il s'en inonda de bonheur.

L'hiver n'en finissait plus. C'était du moins l'impression que ressentait Agnès. Elle ne manquait pourtant pas de quoi faire couler le temps depuis qu'Enrique était parti. Son absence se faisait parfois durement ressentir. Agnès passait des heures à débiter des stères de bûches et à les refendre sur un billot aux dimensions du foyer de la cuisinière. Pompon, à qui l'oisiveté ne pesait guère, réclamait autant de soins qu'à faire son métier de cheval. Pour économiser le foin, Agnès menait la brette à la corde paître dans les friches et même dans les bois où elle mâchonnait interminablement l'herbe desséchée par le gel.

Bazar, toujours d'humeur badine, batifolait, s'amusant de rien, d'une feuille morte qu'un vent malin faisait voltiger devant sa truffe juste à l'instant où il croyait pouvoir l'attraper. Il fouinait dans les fourrés sur des traces imaginaires et jappait à s'en étrangler pour faire croire qu'il s'y cachait réellement quelque chose.

Petit encore, il se fatiguait vite. Subitement, il s'arrêtait et restait bloqué sur son derrière avec un air buté comme si rien au monde n'eût pu le faire bouger. Agnès le prenait sous son bras comme un paquet, mais il commençait à se faire lourd et encombrant. Alors, quoiqu'il lui en coûtât de se priver de sa compagnie, elle le laissait enfermé dans la cuisine. Il couinait un peu derrière la porte, les deux pattes et le museau appuyés contre la vitre. Résigné, il venait se lover sur les genoux d'Inès où il n'osait plus remuer un poil de peur d'être chassé.

Inès ne quittait plus guère son fauteuil et la cheminée où elle jouait les vestales à pincettes en entretenant le feu. Le moindre effort l'essoufflait, et elle avait du mal à reprendre sa respiration. Elle qui avait passé sa vie à geindre de la moindre incommodité ne se plaignait presque plus. Elle avait renoncé à aller à la messe, le dimanche, à Castelnaud, se promettant de le faire aux beaux jours revenus.

C'était à bicyclette qu'Agnès se rendait à la ville pour faire ses courses. Celles-ci se bornaient à de menus achats, sa ration de cigarettes, des gâteaux à la figue sans tickets chez le boulanger Burlat, un tour aux Docks au cas où il y aurait un arrivage inespéré. Elle y trouva, ce jeudi-là, Emma Ducasse, Anna la chevrière, une de Saint-Avit-le-Preux, deux autres de Calléjac.

– On ne voit plus la demoiselle de Beaurepaire, constata Emma d'une voix doucereuse mais assez forte pour être entendue par toute la boutique.

– Elle aurait eu l'attaque ?

– Pourtant, à Noël, elle courait encore comme une souris.

– Peut-être que « l'autre » l'enferme attachée au fer de son lit, insinua Emma.

En effet, elle ne pardonnait pas à Agnès la risée dont elle avait été l'objet après la ridicule histoire de ses culottes.

– Les jeunes de la ville, ça n'a plus de respect pour rien ni personne.

– Forcément, les vieux, ça gêne, surtout quand ils empêchent de courir les pantalons.

– Et il y en a qu'on fait mourir pour qu'ils se taisent, renchérit Emma Ducasse.

Agnès laissa tomber son sac à provisions et s'introduisit dans le cercle des commères, qu'elle dépassait toutes d'une tête.

– Dites-le tout de suite que je suis en train d'empoisonner ma tante, vieille taupe !

– Euh, je n'ai pas dit ça, bredouilla Emma.

– Si, vous l'avez dit ! Et je ne sais pas ce qui me retient de vous claquer la figure.

– Vous n'oseriez pas me taper quand même ?

– J'aurais trop peur de me salir les mains !

Pour dire vrai, son quant à soi et le respect dû à son nom lui interdisaient de se commettre dans un crêpage de chignon avec une adversaire aussi méprisable.

– Prenez garde, madame Ducasse !

– Vous l'entendez, glapit Emma, elle me menace, cette chipie !

Le claquement nerveux des semelles de bois articulées sur le plancher de la boutique crépita dans un silence lourd de réprobation.

– À votre place, je me méfierais de cette fille, Emma. Elle serait un peu sorcière que ça ne m'étonnerait pas, dit Anna en connaisseuse.

De retour à Beaurepaire, encore sous le coup de la colère, Agnès ouvrit pour la énième fois son *Petit Albert* au chapitre des philtres.

Pour empoisonner les récoltes, les fruits, les bêtes. Prenez un chat écorché, un crapaud, un lézard, un aspic. Mettez-les sous la braise comme des marrons pour les réduire en poudre. Après l'apparition de vers urticants (sic) *dans un liquide verdâtre* (évidemment).

C'est prêt !

Médée n'avait-il pas rapporté qu'une vache de Sivade avait avorté ? L'accident pouvait être le début d'une épizootie[1] ravageuse jusque-là sans remède.

Agnès se dit que réunir les répugnants ingrédients de la recette constituait une tâche impossible et, d'ailleurs, en admettant qu'elle pût être réalisée, elle ne voyait pas bien comment et sous quelle forme la faire absorber par tout le troupeau des Ducasse.

Fallait-il faire appel à l'innocent nounours pour le confirmer dans son rôle d'intermédiaire ?

– Mais je suis idiote ou quoi ? s'exclama Agnès.

Elle attrapa le vieux jouet par la patte qui lui restait et, après l'avoir fait tournoyer au-dessus de sa tête comme une fronde, elle l'envoya valdinguer dans la cheminée. Il s'y consuma gaiement dans une gerbe de flammes multicolores.

1. Avortement épizootique. Le vaccin fut mis au point pendant la guerre dans un laboratoire de biologie à Toulouse, patronné par le professeur Alexis Carrel.

15

1943

À Castelnaud même, il ne s'était rien passé durant l'hiver que l'on eût pu retenir. En revanche, sur tous les fronts du monde en guerre, des succès couronnaient le formidable effort des Alliés. Le 21 janvier, les Anglais avaient repris Tripoli. En Tunisie, les Allemands étaient pris entre les feux anglais et ceux des armées américaines, auxquelles s'étaient jointes les troupes françaises d'Afrique du Nord.

Le 31 janvier, à Stalingrad, le maréchal Von Paulus, n'ayant pu briser l'encerclement de la ville, avait dû capituler. Des dizaines de milliers de soldats en guenilles traînaient leurs bottes éculées sur les chemins de la captivité où beaucoup s'endormaient dans la neige pour ne jamais plus se relever.

En France, la résistance se durcissait et la répression se faisait de plus en plus sévère. Les maquis s'organisaient en unités cohérentes, mieux armées, mieux commandées, parfois par des chefs tombés du ciel avec leur poste de radio, sans lequel leur liaison avec ceux de Londres n'eût pas été possible.

Au maquis Buffarot s'étaient ajoutés d'autres petits groupes, et c'étaient plus de vingt hommes que Titou Ferraud avait réunis. Il avait hésité à se nommer capitaine, mais le sac d'un bazar de village ne lui avait pas permis de trouver un troisième galon à coudre sur sa manche. Il avait abandonné la Béssède pour la Barrade, une forêt plus vaste et plus impénétrable, où rôdait encore l'ombre de Jacquou le Croquant.

À Beaurepaire, le printemps était enfin arrivé, ni plus tôt ni plus tard que d'habitude.

Pour célébrer son avènement, Agnès apporta à sa tante, cueilli sur la terrasse, un minuscule bouquet de violettes et de pâquerettes. Inès n'était pratiquement pas sortie de la maison depuis Noël, mais à présent, au soleil, il faisait presque aussi chaud que dans la cuisine.

– Pas étonnant que vous étouffiez, lui dit sa nièce, le nez dans le feu à vous griller comme une salamandre. Allez, hop ! Je vous sors le fauteuil et le sac à ouvrage. Vous me surveillerez les poules. La buse est revenue.

– Je n'ai plus assez de voix pour lui faire peur.

– Bazar s'en chargera.

Bazar, en s'entendant nommer, bondit dehors et se mit à courir en rond à toute vitesse en s'amusant à frôler à chaque tour les jambes de la vieille dame.

– Arrête, le chien, lui dit-elle sans pouvoir s'empêcher de rire. Tu me donnes le tournis. Rire me fait suffoquer. Je suis tout oppressée.

– Pleurer vous en ferait tout autant.

Le ciel était d'un joli bleu de porcelaine. Le vent était à l'est, promesse de beau temps pour les deux ou trois jours à venir. Bazar cessa sa ronde et courut vers la route où l'on entendait grincer des roues. Médée Bourniquel apparut debout sur sa charrette, brandissant un *fissadou* comme une lance. Mélia était assise, les jambes pendantes sur le plateau. Médée débarqua sa charrue et Mélia descendit. Elle avait au bras l'inévitable panier à volailles.

– Je vais vous retourner le jardin, demoiselle. La terre devrait bien se faire. À Noël, je vous ai apporté le chien – *baï ten*[1] de là, Bazar ! –, maintenant Mélia a quelque chose pour la tante.

– C'est un chat, je parie ?

– Perdu ! Montre-lui, femme !

Mélia sortit du panier une poule naine à peine plus grosse qu'une palombe.

– C'est une criquette, expliqua-t-elle. Elle vous fera l'œuf deux jours sur trois, mais tant ils sont petits, il vous faudra bien deux semaines pour avoir de quoi vous faire une omelette.

La bestiole, peu farouche, se percha aussitôt sur le dossier du fauteuil d'où elle pouvait jouir d'une vue d'ensemble sur la basse-cour.

– La buse va me la prendre pour un petit poulet.

– Elle ne vous l'emportera pas de sur la tête.

Médée attela l'araire au joug de ses bêtes et, suivi d'Agnès, il s'en fut au jardin. Mélia resta papoter avec Inès, assise sur une chaise qu'elle avait tirée de l'entrée. Le maître de La Borie n'en eut pas pour longtemps ; la terre, comme il l'avait prévu, était prise de saison et coulait joliment sur le versoir. Il commençait à faire frais, bien que le soleil fût encore loin d'avoir terminé sa course.

1. Va-t'en.

– Aidez-moi à rentrer, Mélia.

– Vous avez donc froid, mademoiselle ?

– J'ai tout le temps froid.

À la cuisine, madame Bourniquel ranima le feu dans la cheminée.

– Vous resterez bien faire quatre-heures, lui proposa Inès.

– Et té, les voilà ! Je vais vous chercher du bois pendant que vous soufflez sur celui qui reste.

Les laboureurs apparurent avec Bazar harassé de s'être livré à des tâches inutiles en creusant furieusement des trous dans la terre ameublie. Tandis qu'Agnès s'affairait à préparer la collation, Médée s'assit à côté d'Inès et posa sa large patte sur son fragile poignet.

– Comment ça va, mademoiselle ?

– Ça va. Mais je crois que je m'en vais, mon pauvre.

– Les femmes qui bavardent devant une porte disent toujours qu'elles s'en vont et n'en finissent pas de partir.

– Tu veilleras sur la petite, Médée.

– Elle est assez grande pour se garder toute seule.

Il n'en était pas sûr, mais que sa vieille amie lui eût redit sa confiance lui fit plaisir.

Les Bourniquel partis, la criquette voleta

sur la table où elle se mit à picorer les miettes du quatre-heures.

– Tu ne manques pas de toupet, lui dit Inès.

C'était aussi l'avis de Bazar, qui voyait s'établir une concurrence dans l'affection des dames de Beaurepaire.

– Ouvre la fenêtre, Agnès !

– Mais vous avez voulu rentrer, Inès.

– Il me semble que dehors je respirais mieux.

– Que vous le vouliez ou non, je vais de ce pas à Castelnaud demander au docteur Delfaux de venir.

– Tu dépenseras de l'argent pour rien.

– Un enterrement coûterait plus cher qu'une consultation à domicile.

Paul Delfaux promit de passer le lendemain au cours de l'après-midi, qu'il consacrait à ses tournées de campagne. Il portait la classique petite valise à soufflets, accessoire indispensable dans l'exercice de sa profession au même titre que le stéthoscope qu'il avait en permanence autour du cou, comme un scapulaire. Il ausculta longuement sa patiente tout en l'entretenant de la pluie et du beau temps. Il rédigea une ordonnance sans prononcer un diagnostic précis.

– Alors, lui demanda Agnès pendant que sa tante était encore dans sa chambre. La grippe ? Une épidémie ? J'ai entendu dire que monsieur Joubert...

– Maître Joubert n'a souffert que d'un fort coryza.

– Et ma tante ?

– Œdème du poumon, je pense. Son âge n'arrange rien.

– Elle n'est pas si vieille, pourtant, et elle n'a jamais fait beaucoup d'efforts.

– Les machines s'usent à ne pas tourner, mademoiselle.

– Le remède ?

– Il n'y en a pas. Il faudra seulement que vous la teniez par la main pour son dernier bout de route. Il ne sera pas long.

– Alors, demanda Inès à son tour après le départ du docteur, c'est grave ?

Pour toute réponse, Agnès l'embrassa plus tendrement qu'elle ne l'avait jamais fait.

– Tu comprends, ma petite fille, je suis croyante. Je n'ai pas peur de la mort, mais si ce n'est pas trop demander à Dieu, je voudrais mourir proprement.

La gorge serrée, Agnès grimpa très vite chez elle pour qu'Inès ne la voie pas pleurer. Assise, affalée sur la table, le visage enfoui dans ses deux mains en coupe, elle put sangloter tout son saoul.

Le petit Bazar, qui, déjà, savait deviner le

chagrin des hommes, l'avait suivie discrètement. Il mit ses pattes sur son genou et leva
vers elle son beau regard doré. « Mais je suis
là, moi, sembla-t-il dire. Tu n'es pas seule,
Agnès, puisque tu as un chien ! »

Aux foins, Inès, que les premières chaleurs
accablaient, ne se leva plus que pour sa
toilette et ses nécessités. Un matin, Agnès la
trouva haletante, la bouche ouverte comme
un poisson hors de l'eau, avide du moindre
souffle d'air. Elle cala derrière elle une pile de
coussins, et Inès se sentit un peu mieux.
Le docteur Delfaux n'en monta pas moins à
Beaurepaire, quoiqu'il sût sa visite inutile.
– À l'hôpital, ils ont de l'oxygène pour
aider les malades comme elle. Si vous voulez,
je l'y porterai avec mon auto.
– Elle ne voudra jamais et puis, là-bas, elle
serait toute seule.
– Alors, ce n'est plus de moi qu'elle a
besoin. C'est du prêtre, mademoiselle d'Ayrac. En revenant, je passerai au presbytère
dire au curé que je lui cède ma place.
Le dimanche après-midi, avant ses vêpres,
l'abbé Vallade avait tout le temps de faire
à pied le trajet jusqu'à Beaurepaire. Il
portait autour de son cou son inséparable
étole comme un médecin son stéthoscope,

un maquignon sa corde et un chef de gare son sifflet. Bazar, suspicieux, tourna autour de sa soutane et, lui trouvant une sorte d'odeur de sainteté à base de tabac, renonça à y planter les dents.

– Ah, vous voilà, l'abbé, le reçut Inès. Dieu merci, vous n'arrivez pas comme les carabiniers. Vous venez m'administrer, je suppose ?

– Non. Vous voyez bien que je n'ai pas apporté les saintes huiles. L'extrême-onction, ce sera pour une autre fois. Mais je peux vous entendre en confession si cela vous fait plaisir.

Inès n'avait à avouer que le péché de paresse, capital, il est vrai, mais comme chacun sait, le plus véniel des sept.

– Voyez-vous, l'abbé, conclut-elle, ce qui m'ennuie un peu avant de frapper à la dernière porte, c'est d'avoir été inutile toute ma vie.

– Vous avez prié. Ce n'est jamais inutile. Il y a un tas de religieux qui ne font que ça, avec par-ci par-là des fromages et des liqueurs fortes.

L'abbé Vallade quitta une pénitente apaisée et souriante.

– Comment l'avez-vous trouvée ? lui demanda Agnès.

– Pas si mal pour une mourante !

– Je vous accompagne un peu, monsieur le

283

curé. Je vous montrerai le sentier de traverse. Vous ne le connaissez peut-être pas ?

– Vous avouerai-je que je suis venu comme tout Castelnaud chiper des champignons dans vos bois ?

Agnès fit comiquement, de ses dix doigts croisés, une grille de confessionnal.

– Je vous absous, mon père !

– Mécréante ! Ne riez pas des sacrements, dont vous n'abusez pas d'ailleurs.

Dans la paix et le silence grésillant du sous-bois, Agnès pensa que l'occasion était bonne de faire éclairer sa lanterne par un spécialiste en matière de sorcellerie.

– Que pensez-vous des envoûtements, des poupées qu'on larde d'aiguilles à tricoter, des philtres d'amour, des maléfices, du pouvoir des choses, et tout ça ?

– Des sornettes !

– Mais enfin, il y a des gens qui meurent en bonne santé sans qu'on sache pourquoi, des bêtes qui crèvent dans des granges maudites, la grêle qui tombe tout d'un coup d'un ciel sans nuages.

– Qui donc vous a mis toutes ces sottises dans la tête ?

– Le *Petit Albert*, bien sûr.

– Je n'ai pas eu l'honneur de compter ce petit Albert parmi mes gamins du catéchisme, mais si je le rencontre, je me ferai un plaisir de lui tirer les oreilles.

– Non, monsieur le curé, il s'agit d'un vieux livre que j'ai trouvé à Beaurepaire.

– Eh bien, il devrait être à l'Index[1] !

– Et vous ne croyez vraiment pas qu'en s'adressant directement au diable on puisse porter tort à quelqu'un ?

– Dieu seul décide du sort des hommes.

– Il a quand même son mot à dire, Satan ?

– Satan, Bélial, Belzébuth, Méphisto, appelez-les comme vous voudrez, qu'il ait la queue fourchue ou qu'il lui sorte des flammes de tous les orifices, il n'est que l'image que l'on se fait du mal.

– Le mal n'est pas une invention des humains.

– Non, s'il n'existait pas, le bien ne vaudrait pas qu'on en parle.

– Bon, et l'astrologie ? insista Agnès.

– Les gens trouvent dans les étoiles ce qu'ils souhaitent. Il n'est pas interdit de rêver.

– Il y en a qui lisent l'avenir dans les cartes.

– À la belote ? Ne me faites pas rire, mademoiselle d'Ayrac !

L'abbé Vallade s'arrêta pile pour s'éponger le front.

1. Catalogue des livres interdits par l'Église.

– Allez, on se quitte là, décida-t-il, excédé. Soignez bien votre tante. C'est une sainte femme, elle.

– Parce que je ne le suis pas, moi ?

– Il ne tient qu'à vous de le devenir.

Bazar, une patte en l'air comme un pointer à l'arrêt, regarda s'éloigner dans le taillis la grande silhouette de l'abbé, sombre et droite comme un baliveau de chêne noir.

Les Bourniquel, leur foin à l'abri, entamaient la moisson de l'avoine et de l'orge, et les blés achevaient de mûrir. Mélia venait à Beaurepaire quand elle pouvait. Elle restait auprès d'Inès le temps d'un bonjour-bonsoir et d'une tisane. Bazar ne rendait aucun service bien qu'il eût le sentiment d'être partout indispensable, partout d'ailleurs où l'on eût préféré qu'il ne fût pas.

Aux premiers jours de juillet, les blés étaient en gerbes sur les chaumes et, déjà, on entendait ronfler les batteuses. Dès l'aurore, Médée allait de voisin en voisin, la fourche à l'épaule et le cœur content, aux fêtes du dépiquage. Mélia, restée seule, gardait les bêtes et la maison.

Inès, réduite à une pauvre chose flasque comme une poupée désossée, ne souffrait pas, semblait-il. Elle somnolait presque toute la journée. Lorsqu'elle sortait de sa torpeur inconsciente, elle regardait autour d'elle d'un air égaré, étonnée de vivre encore. Bref, elle n'en finissait pas de mourir.

– Je te donne bien du mal, ma petite fille, disait-elle à Agnès, reste donc un peu tranquille. Repose-toi !

C'était une douce façon de lui reprocher son agitation, sa brusquerie, sans penser qu'il était dans sa nature de bousculer le temps.

Le matin de la Saint-Jacques – c'était le 25 juillet, un mardi –, aux premières lueurs du jour, Agnès crut entendre gémir Bazar. Il veut sortir, se dit-elle, et elle descendit lui ouvrir en pestant contre son incontinence. Il était devant la porte de la chambre d'Inès, couché à plat, les oreilles basses, le museau entre les pattes. Il savait, lui !

Inès était dans la posture du gisant, les mains croisées sur sa poitrine comme Agnès l'avait laissée la veille en venant l'embrasser avant de monter chez elle. Elle n'eut pas à lui fermer les yeux. La vieille dame était partie pendant son sommeil sans avoir eu un geste pour se battre contre la mort.

Désemparée, ne sachant que faire, Agnès courut à La Borie. Médée venait de panser ses vaches et partait battre chez Ducasse.

– Ma tante... commença Agnès, mais elle n'eut pas besoin de finir sa phrase.

Médée serra très fort son épaule dans sa poigne et, sans un mot, l'entraîna vers la maison.

– Mélia, n'ouvre pas aux poules. J'ai fermé la grange. Il nous faut aller à Beaurepaire.

Quand Mélia aperçut sa jeune voisine, elle ne demanda pas les raisons d'une visite aussi matinale.

– Attendez que je me mette au moins quelque chose de noir !

À Beaurepaire, Médée attela Pompon à la carriole et partit pour Castelnaud prévenir le docteur, le curé, la mairie, et commander un cercueil chez le menuisier Delteil.

– Je ne sais pas si j'aurais le bois qu'il faut.

– Ne me dis pas que tu n'en as pas du sec en réserve. À Beaurepaire, tu te couperas deux chênes blancs, de quoi faire des boîtes à la moitié de la ville.

– Je n'en ai pas de prête.

– Alors fais-en une tout de suite !

– Le mort n'est pas pressé.

– Avec ce temps à l'orage, si !

La nouvelle de la mort de la vieille demoiselle d'Ayrac se répandit aussitôt dans tout Castelnaud, et les langues restées au repos quelques jours allèrent leur train de nouveau. Bien entendu, dans les ragots, mademoiselle d'Ayrac (la jeune) ne fut pas épargnée.

– Elle a dû trouver que ça traînait trop.

– Y a qu'à voir comme elle est impatiente, l'Agnès.

– Elle a dû la laisser mourir sans Dieu, comme une bête.

– La tante devait bien avoir quelque chose.

– Pensez donc ! Elle était pauvre comme un grillon.

– Les vieux, ils ne peuvent s'empêcher de cacher leurs sous.

– La petite l'aura obligée à dire où avant qu'elle ne passe.

L'abbé Vallade, après s'être entendu avec Médée Bourniquel, afficha à la porte de l'église que la messe de l'enterrement aurait lieu à onze heures le lendemain à Castelnaud, et les obsèques, au cimetière municipal où les d'Ayrac avaient leur caveau.

À Beaurepaire, en habituée des deuils, Mélia prit les choses en main.

– Trouvez-moi de quoi lui faire sa toilette, mademoiselle Agnès, une paire de bougies et un fond d'eau bénite dans un bol avec un brin de buis.

– Je crois bien que je n'ai pas d'eau bénite, madame Bourniquel.

– C'est le geste qui compte. Prenez de l'eau ordinaire. Qui le saura ?

Agnès décrocha dans une armoire de la chambre mortuaire une de ces robes que l'on disait de cocktail parce qu'elles n'étaient pas assez longues pour le soir et pas assez courtes pour l'après-midi. Elle sortit d'un carton une capeline large comme une ombrelle de canoteuse.

– Vous n'auriez pas plus petit ? demanda Mélia, soucieuse. Il n'entrera pas dans la boîte, ce *capéou*. Et où va la tante, elle n'a pas besoin de se couvrir les cheveux. Un homme, ce n'est pas la même chose. Il lui faut un chapeau sur la tête pour pouvoir l'enlever en entrant.

– Un fichu peut-être, quand même ?

Agnès dégota dans un tiroir de commode une mantille espagnole de dentelle noire, comme la guitare, héritage de la tante Dolorès.

– Je peux vous aider à l'habiller, madame Bourniquel ?

– Que non ! Je la remuerai bien toute seule. Elle ne doit pas peser plus que son oreiller.

Quand Médée revint à Beauregard, Mélia avait déjà organisé un tour de veille avec les voisines les plus proches. Anna la chevrière en était. Pour rien au monde elle n'eût raté une réunion où la conversation n'allait pas manquer d'aborder son thème de prédilection.

À la fin de l'après-midi, Delteil apporta le cercueil de chêne encore poisseux de vernis, garni, faute de tickets de textile, d'un capitonnage de papier. En présence d'Agnès et des femmes en prière, Médée procéda à la mise en bière. Il installa Inès aussi délicatement que possible, la tête posée sur un coussin bordé d'une imitation de dentelle au canivet[1] comme celle des images de première communion.

Amédée ne s'était guère servi de la Renault. Il dut s'échiner une demi-heure à tourner la manivelle du ventilateur du gazogène pour qu'elle consentît à démarrer. La galerie à bagages n'avait pas été démontée du pavillon. Ce fut donc sur l'impériale du corbillard que le corps d'Inès d'Ayrac fut chargé pour être porté à Castelnaud.

– Elle est arrivée avec l'auto. Elle s'en va de même, fit remarquer Médée. C'est bien le moins.

Agnès monta derrière avec les fleurs, un gros bouquet de roses blanches sauvages encore emperlées de rosée.

---

1. De « canif ».

Il y avait beaucoup de monde devant le portail de l'église. Bien qu'il ne fût que dix heures au soleil, il faisait déjà sur la place une chaleur à tomber. Aussi, dès que le cercueil eut été déposé sur le catafalque, l'assistance se précipita-t-elle dans la nef dont la fraîcheur lui parut délicieuse.

Dans son homélie, l'abbé Vallade fit de la défunte un éloge mérité. Sa biographie ne comportant pas de faits héroïques dignes d'être rapportés, il se contenta de vanter sa piété, sa résignation dans la souffrance et sa fidélité aux traditions d'une famille à qui, depuis des siècles, la paroisse devait beaucoup. S'adressant personnellement à Agnès, il se fit l'interprète de l'assemblée pour lui présenter ses condoléances. Il mentionna le tendre dévouement dont elle avait entouré sa vieille parente tout au long de sa maladie.

Ce compliment provoqua dans les bancs des femmes quelques chuchotis malveillants, hochements de tête entendus et discrets coups de coude dans les côtes voisines.

– Pas une larme ! Rien ! Elle n'a pas plus de cœur qu'un fagot, la nièce.

– Et vous croyez qu'elle se serait habillée en deuil ?

– Ça ne coûte pas pourtant, la teinture !

En effet, Agnès n'avait trouvé de noir que

son béret et une paire de gants d'Inès. Le plus sombre de ses vêtements était une robe courte d'un vert profond, assez décolletée pour braver la décence, et qu'elle avait dû fermer, à défaut d'une broche, par une épingle de nourrice.

Les dévotes affluèrent à la sainte table. Agnès resta à sa place, le regard distrait levé vers les vitraux du chœur. De retour à leur banc après l'instant de méditation d'usage, les mêmes commères trouvèrent dans cette attitude motif à d'autres commentaires.

– Elle ne communie même pas.

– Faudrait qu'elle se soit confessée d'abord.

– Il y a des fautes qu'on n'ose avouer, même à un prêtre.

– Elle va être tranquille maintenant pour faire lanlaire[1] au château.

Pour aller au cimetière, le cercueil d'Inès fut confié au corbillard municipal tendu de draperies brodées de larmes argentées et coiffé de pompons, tous accessoires réservés aux enterrements de première classe. Les femmes de la campagne avaient joint leurs bouquets aux roses blanches de Beaurepaire.

1. La noce.

D'autres, de la ville, en avaient fait autant, non sans ostentation, pour montrer que si leur estime allait à la défunte, elle n'était pas destinée à sa descendante.

Le caveau de la famille d'Ayrac était une grande dalle de marbre gris où, sous le plat relief de ses armoiries, étaient gravés dans l'ordre chronologique les noms de ses occupants.

Avant que la bière ne fût glissée dans son tiroir, l'abbé Vallade, après avoir procédé à l'ultime aspersion, confia son goupillon à Agnès. Elle le tendit en aveugle derrière elle. Il fut passé de main en main aux personnes suivantes, vivement, comme un témoin de course de relais.

Agnès revint à Beaurepaire avec les Bourniquel. Pendant que Médée s'occupait des bêtes, Mélia resta aider à remettre la maison en ordre, surtout la chambre d'Inès dont les armoires et les commodes débordaient de vêtements inutilisables même pour des indigents.

Malgré son envie de s'ébattre après les tensions des dernières heures, Bazar se montra des plus convenables. Il resta assis avec une mine de chien battu au pied du lit de la disparue sur lequel, bravant les interdits de sa jeune maîtresse, il avait quelquefois furtivement grimpé.

Agnès ouvrit en grand les volets de la cuisine qu'elle avait laissés à peine entrouverts avant de partir pour l'enterrement. La criquette en profita pour entrer. Toujours en quête d'une miette, elle tapota du bec sur la table comme ces oiseaux mécaniques que l'on remonte avec une clef fichée dans le croupion.

– C'est égal, constata Mélia, la volaille, ça n'a vraiment pas de sentiments.

Agnès déclina l'invitation des Bourniquel de venir souper à La Borie. Lorsque le ronflement de leur gazogène se fut éteint, elle alla s'asseoir sur un banc à côté de la porte d'entrée, le dos appuyé aux pierres chaudes, ses mains jointes serrées entre ses genoux.

Sur les flancs du coteau, face à Beaurepaire, au-delà du vallon du Boudouyssou, des pans de mur des fermes illuminées par le couchant prenaient des couleurs d'incendie. Avec le soir, les bruits de la campagne s'apaisaient comme pour la préparer au sommeil. Les batteuses s'étaient tues et les cris que l'on entendait encore étaient ceux des bergers ramenant leurs bêtes à la grange.

Une sérénité un peu triste avait pris dans le cœur d'Agnès le pas sur la rage qu'elle avait contenue de ne pouvoir répondre aux outrages.

Bien qu'elle n'en reconnût pas la raison, au fond, il ne lui déplaisait pas d'être détestée.

Elle eût été plus offensée de leur indifférence. Être haïe lui prouvait qu'elle existait aux yeux du monde, et son orgueil s'en trouvait satisfait.

Le chien Bazar, après s'être dépensé dans les gambades folles, revint auprès d'elle, haletant mais lui aussi calmé. Agnès le gratta entre les oreilles. Sur sa main, elle contempla la petite émeraude d'Inès. Elle se dit en énumérant les vertus de cette pierre que le *Petit Albert* avait oublié l'espérance. La grosse balle rouge du soleil disparaissait derrière l'écran devenu sombre de l'horizon. Demain, il ferait beau !

16

La disparition d'Inès n'avait pas apporté à Agnès de réel soulagement dans ses tâches quotidiennes. Les bêtes l'obligeaient à rester confinée dans les alentours immédiats de la maison. La solitude à laquelle il fallait bien qu'elle s'habituât devait être aménagée.

Pompon et la brette pouvaient être laissés seuls, ainsi que les lapins dans leur cage. Les canards ne s'éloignaient guère des rives de la mare. La criquette, animal d'intérieur, pouvait être suivie à la trace par les discrètes fientes qu'elle semait partout comme les cailloux du Petit Poucet. Mais ces satanées poules n'avaient aucun sens du territoire. Elles divaguaient où bon leur semblait au risque d'être saignées par les fouines ou emportées par les renards que personne ne poursuivait plus.

Elles ne se rassemblaient que pour la distribution matinale du petit déjeuner.

– Ti, ti, ti, s'époumonait Agnès en puisant le maïs dans la poche marsupiale de son tablier.

Les imbéciles accouraient à toutes pattes, ailes déployées et cou tendu. Gavées, elles erraient un instant en quête d'un grain oublié et s'égaillaient dans la nature où elles étaient vite perdues de vue.

Il venait à Agnès des velléités de massacre, mais leur extermination l'eût privée d'une monnaie d'échange avec certains commerçants de la ville pour qui le troc était un acte de résistance en soustrayant à l'occupant l'objet de ses réquisitions. À les laisser enfermées, elles se fussent étiolées jusqu'à ne plus être vendables et, en tous les cas, avares de leurs œufs.

Médée avait trouvé la solution. Il avait construit à La Borie un enclos grillagé assez vaste pour que les volailles puissent s'y ébattre avec l'illusion de la liberté. Elles en avaient eu tôt fait un espace aussi désertique qu'un cratère de la lune.

En fouinant dans la vieille métairie, Agnès découvrit sous un amas de vieilles planches quelques rouleaux du précieux grillage. À l'aide de ces matériaux hétéroclites, Médée, pour qui la conservation des sites n'était pas une réelle préoccupation, édifia un poulailler de plein air absolument hideux qu'Agnès avait obtenu de reléguer à l'abri des regards derrière la maison.

Mélia participa au difficile transfert de la population dans son nouveau domaine. Bazar, qui persistait à courir derrière tout ce qui bougeait, se montra un piètre berger. Il était à présent adulte, mais ses élans juvéniles et enthousiastes donnaient à penser qu'il n'atteindrait jamais l'âge de raison.

Dès lors, Agnès put se rendre à Castelnaud à sa guise. Elle n'y allait guère plus souvent qu'avant, mais la simple idée que cela lui était permis constituait en soi une évasion.

Agnès n'avait aucun goût pour les travaux d'aiguille. La TSF et la lecture meublaient ses veillées. Elle avait déniché dans une caisse du grenier, un peu rongés par les souris, un lot de romans de quatre sous, débordants de guimauve et de bons sentiments, qu'elle soupçonna aussitôt d'avoir fait les délices d'Inès. Les héroïnes, de nobles Ophélies pleurnichardes mais cuirassées d'une vertu inoxydable, préféraient mourir de langueur plutôt que de succomber aux charmes délétères de vils et sournois suborneurs. Sans doute étaient-ce ces tristes exemples qui avaient inspiré à mademoiselle d'Ayrac, jeune fille, son choix dans la voie de la virginité.

Peu après la mort d'Inès, une nuit, Agnès, après avoir corné la page d'un de ces ouvrages – ils ne méritaient pas, en effet, d'autres égards –, s'apprêtait à s'endormir lorsqu'au dessus de son lit elle entendit craquer le plancher.

– Oh non, dit-elle, pas déjà, Inès !

Elle se souvint alors du reproche que la vieille dame lui avait fait de ne rien respecter. De son vivant, elle s'était moquée de ses petits travers, parfois cruellement. Et voilà que jusque dans la tombe, elle l'accablait de sa dérision. Elle s'en voulut sans se rendre compte que son ironie n'était qu'une façon de se défendre contre ses doutes. Elle croyait cacher son manque de confiance en elle-même par son mépris du convenu, une assurance agressive qui pouvaient passer pour de la morgue. Or, sous son apparence glacée, le cœur d'Agnès ne demandait qu'à flamber.

Les roses sauvages de Beaurepaire étaient depuis longtemps fanées. Il était inconcevable qu'à la Toussaint Agnès ne pût honorer la mémoire de sa tante que par un bouquet de branches de pin avec ses pommes ou, pire, avec une couronne de fleurs artificielles montée sur une carcasse de fil de fer. Les Docks de

Gascogne en proposaient au rayon quincaillerie, mais très opportunément, ils avaient décoré leur devanture de pots de vrais chrysanthèmes.

– Profitez-en, mademoiselle d'Ayrac, ils sont sans tickets, plaisanta Albert Contal. Je ne suis pas de ceux qui exploitent le deuil, moi !

– J'espère bien, et ça ne vous porterait pas bonheur, affirma Agnès avec un rien de férocité dans ses grands yeux sombres.

Le cimetière était une ruche où, à défaut de butiner du pollen, les abeilles d'un jour, vêtues de noir, munies d'outils de plage, s'affairaient à désherber leurs concessions dans un industrieux bombinement.

Le rang social et la fortune des familles se lisaient à l'architecture de leur monument funéraire. Le sobre caveau des d'Ayrac voisinait avec le mausolée néogothique des Joubert. D'autres, moins cossus, n'étaient faits que de dalles et de croix de ciment. D'autres encore, tombes de pauvres ou d'oubliés, étaient de simples tumulus où étaient plantés des calvaires de fonte rouillée.

Quelques bicyclettes anonymes, dont certaines portaient la patte artistique du *señor* Mola, étaient appuyées contre le mur du cimetière. Agnès y joignit la sienne non sans constater avec fierté qu'elle avait de toutes la meilleure apparence.

Les deux bras encombrés des pots de chrysanthèmes comme une mère de ses jumeaux, elle ouvrit la porte d'un violent coup de pied. Au grincement de la grille, les têtes se tournèrent vers l'intruse et, de saisissement, quelques mains lâchèrent leurs minipelles et leurs petits râteaux.

– Ah, quand même, dit madame Joubert à Emma Ducasse, sa voisine de tombeau.

– Elle le doit bien à sa « pauvre » tante.

– Et elle n'a pas pris le plus cher !

– Pourtant, elle a de quoi maintenant.

Emma, sentant le froid regard d'Agnès peser sur elle, n'osa le soutenir, comme s'il avait été chargé de reproches qu'elle avait conscience de mériter. En silence, le nez vers la terre, elle poursuivit avec une application affectée son funèbre jardinage.

Agnès déposa ses fleurs sur la dalle de marbre. Du talon, elle piétina le sol de gravier pour pouvoir y caler ses pots. Après quoi, elle s'absorba dans une méditation murmurée qui pouvait faire croire, au tremblement de ses lèvres, qu'elle priait.

– Sépulcre blanchi, commenta madame Joubert non sans à-propos.

Mais Agnès ne priait pas pour le repos de

l'âme d'Inès, qu'une existence en tout point vertueuse lui avait acquis. Elle lui disait ses remords de ne pas lui avoir rendu quand il en était encore temps la tendre affection qu'elle lui avait portée, et à laquelle elle n'avait répondu que par des rebuffades et des impertinences.

– Hypocrite, répéta madame Joubert entre ses dents. Que veut-elle nous faire croire ?

Or, Agnès n'était pas aussi impie que, par défi, elle voulait paraître. Elle croyait que chaque créature était une parcelle de Dieu, un don d'amour, et que le bonheur était peut-être de pouvoir le partager. En revenant à Beaurepaire, elle pensa à Patrick, le seul homme qu'elle eût voulu aimer et que la guerre lui avait pris.

L'après-midi de ce jour des morts, Médée Bourniquel survint à Beaurepaire avec une mine d'enterrement.

C'est de circonstance, se dit Agnès.

– Quelqu'un ne va pas chez vous, Médée ?

– C'est Bazar. Je viens de le ramasser sur le chemin de Sivade. Il n'a pas eu assez de forces pour se traîner jusqu'ici.

– Mais, grand Dieu, qu'en avez-vous fait ?

– Je l'ai laissé dans l'entrée. Il vous salirait tout dedans. Il bave, il vomit jaune, il ne tient pas sur ses pattes.

Agnès sortit en trombe de la cuisine et s'agenouilla sur le cailloutis, près du chien. Il était secoué de spasmes. Ses yeux perdus ne semblaient plus voir. Pourtant, sous la caresse, il essaya de redresser la tête, mais elle retomba inerte comme si elle lui avait trop pesé.

– Il a été empoisonné, demoiselle.

– Par qui, par quoi ? s'écria Agnès, la voix brisée par l'angoisse.

– La chienne des Ducasse est en chasse. Elle est de race. Ils n'auront pas voulu de bâtards.

– Ce n'était pas une raison pour le tuer.

– Il n'est pas mort, mais il faut le porter tout de suite chez le vétérinaire.

– Il sera fermé. C'est férié aujourd'hui.

– Les animaux ne savent pas le calendrier. Ils n'attendent pas les lendemains de fête pour tomber malades.

Médée attela Pompon. Ils chargèrent Bazar tout emmitouflé de couvertures à l'arrière de la carriole. La route jusqu'à Castelnaud parut à Agnès interminable, mais Elie Delteil, le vétérinaire, était chez lui. Il venait de soigner le piétin d'un mouton. Il confirma le diagnostic de Médée.

– Quelqu'un aura refilé à votre cagnot une boulette assaisonnée à l'arséniate. Il l'aura avalée d'une bouchée.

– De l'arséniate ? demanda Agnès.

– Un produit contre les doryphores[1]. Je vais lui faire un lavage d'estomac. Vous allez me le tenir, mademoiselle.

Mais Bazar ne réagit pas lorsque Delteil lui enfila le tuyau dans la gorge. Lorsqu'il le retira, on put croire qu'il rendait ses tripes, mais il parut soulagé.

– Il est jeune et costaud, votre chien, mademoiselle. Il peut s'en sortir. Je vous le garde jusqu'à demain.

– Non, je le ramène à Beaurepaire. S'il doit mourir, ce sera chez lui.

Bazar ne mourut pas. Agnès lui fit un lit devant la cheminée. Le soir, il se leva tout flageolant pour boire et boire encore. La nuit venue, il demanda à sortir. Au lieu de lever la patte, il s'accroupit honteusement sur le carrelage de la cuisine.

Le lendemain matin, sans être fringant, il accueillit sa maîtresse en agitant faiblement son panache. Ce fut seulement lorsqu'elle le sut hors de danger qu'Agnès pensa à sa vengeance, mais, cette fois, elle n'eut pas recours aux incantations saugrenues du *Petit Albert*. D'ailleurs, elle n'y croyait plus.

– Que crèvent leurs veaux, proféra-t-elle,

1. Insectes parasites de la pomme de terre.

et que les oies de la mère Ducasse s'étranglent avec l'entonnoir à gorger planté dans le gosier comme le tube dans le ventre de mon chien !

Le dernier jeudi de novembre, au marché, le bruit se répandit que l'avortement épizootique avait une deuxième fois frappé la grange de la Sivade. Emma Ducasse fit l'objet de la commisération générale, assortie de judicieux conseils.

– Vous avez consulté monsieur Delteil au moins, pour savoir d'où ça vient ?

– Une « virusse ». Il n'y a pas de remède.

– Si, ne plus mener vos vaches au taureau, madame Ducasse.

– Ça, je l'aurais trouvé toute seule, répondit aigrement Emma.

– Ce n'est pas naturel, intervint Anna la chevrière. Je crois, moi, qu'on a jeté un sort sur votre troupeau.

Emma n'osa pas parler de représailles, car c'eût été admettre qu'elle les avait provoquées. Pourtant, la thèse de l'envoûtement était d'autant plus séduisante que la majorité était toute prête à l'adopter. Puisque dans cette affaire, la science se révélait impuissante, Emma décida de la mettre dans la main de la justice, et la justice, à Castelnaud, c'était le maréchal des logis-chef Favard. Il reçut assez fraîchement la déposition de la plaignante.

– La loi, madame Ducasse, ne se base pas sur des contes à dormir debout. Le délit de sorcellerie n'existe pas. Vous ne pouvez pas affirmer que vos vaches ont été victimes d'un maléfice. En revanche, il en serait tout autrement si vous pouviez prouver qu'elles ont été empoisonnées.

– Mais, monsieur Favard, quelqu'une a bien entortillé le petit Joubert si bien qu'il a dû s'enfuir dans les bois pour lui échapper. Elle a rendu son père malade et elle a peut-être donné le bouillon de onze heures à une parente.

– Mais de qui parlez-vous donc ?

– Je parle d'une que je connais !

– Eh bien, gardez-le pour vous ! Attention, madame Ducasse, la diffamation peut faire l'objet de poursuites. Loi du 29 juillet 1881 !

Emma se le tint pour dit. Elle n'osa pas demander à l'abbé Vallade d'exorciser son troupeau sous prétexte qu'une de ses bêtes courait toujours aux dommages et avait, comme on disait, le diable au corps. Au reste, Ducasse eût mal accepté qu'elle sollicitât l'avis d'un prêtre. Il était, en effet, libre penseur avec, il est vrai, une tendance à l'animisme.

Il y avait longtemps qu'Arsène Favard n'était pas monté à Beaurepaire. N'y allant pas pour une enquête officielle, il s'y rendit seul comme un innocent promeneur. Bazar, qui tolérait mal les uniformes et notamment celui du facteur, vint gronder autour de ses leggins en retroussant les babines sur une mâchoire de caïman.

Sous le hangar, Agnès s'escrimait à fendre des bûches sciées à trois traits, trop grosses pour le foyer de la cuisinière.

– Je ne crois pas que vous vous y preniez très bien, mademoiselle d'Ayrac. Le fil de votre hache est trop fin ; il se coince dans le bois. Vous y arriveriez mieux avec un merlin.

– Il faut des tickets.

– Allons donc ! Vous avez assez dans votre poulailler pour vous offrir un quintal de ferraille.

– Et c'est vous, un gendarme, qui encouragez le marché noir ? plaisanta Agnès.

– Non. Je ne suis pas venu vous voir pour ça. On dit à la ville...

– En ville, il se dit beaucoup de choses. Je le sais, monsieur Favard. Je ne suis pas sourde. C'est moi qui fais rater les veaux chez Ducasse, qui ai collé la peste au notaire et, pour faire bonne mesure, empoisonné une vieille tante avec de la soupe à l'arséniate.

– De la soupe aux pommes de terre, alors ?

– Vous vous croyez drôle ?

– Pas souvent ! Les mots m'entrent par une oreille et sortent par l'autre, et le temps qu'ils me traversent la tête, je me fais une opinion.

– Et c'est pour me demander la mienne que vous avez fait ce déplacement jusqu'à chez moi ?

– Non plus. La mission de la gendarmerie est d'assurer la sécurité des personnes et des biens. Les vôtres sont peut-être menacés. Un groupe de résistants se promène dans nos bois. Il y a un peu de tout chez eux et même des étrangers. Il se pourrait que, vous sachant toute seule, certains soient tentés de vous rendre une visite, mettons, intéressée.

– Ils ne me déménageront pas la maison. Et puis j'ai le chien pour me défendre. N'est-ce pas, Bazar ?

Bazar grognassait autour des jambes du maréchal des logis.

– Je crains que sa sympathie n'aille plus aux voleurs qu'aux gendarmes, mademoiselle d'Ayrac. Enfin, vous voilà prévenue. La nuit, fermez bien vos portes et si vous apprenez quelque chose...

– Il n'est pas dit que je vous le ferai savoir.

En ce mois de décembre 1943, la victoire semblait acquise. La Wehrmacht était chassée d'Afrique. Les Américains avaient débarqué en Sicile et, dans la foulée, en Calabre. Les Italiens avaient capitulé, et le maréchal Badoglio, leur nouveau maître, s'était empressé de déclarer la guerre à son cher ami de la veille, tout en laissant aux Alliés le soin de traquer vers le nord de la péninsule les Allemands engagés dans un combat retardataire sans espoir.

En Russie, les armées du maréchal Joukov étaient depuis le 1er novembre à Kiev, sur le Dniepr.

Ce n'était pas encore l'hallali mais le « bien aller » que sonnaient les trompes de cette haletante chasse à courre.

En Périgord, les groupes de résistants FFI et FTP[1] réunis sous des bannières politiques diversement colorées n'en finissaient plus de fourbir leurs armes. Impatients d'avoir l'occasion de s'en servir, ils dépensaient leur énergie à se disputer dans les parachutages jusqu'à la soie de leurs corolles au point, parfois, d'en venir aux mains.

Le groupe Buffarot n'avait pas été gâté dans la distribution des fameux conteneurs.

---

1. Forces françaises de l'intérieur et Francs-tireurs et partisans.

N'ayant pas d'autre moyen de faire part de ses frustrations à sa hiérarchie, il devait faire appel comme beaucoup à un réseau hasardeux de messagers.

L'hiver était bien là. La forêt de la Barrade n'offrait d'autres abris que des cahutes de charbonniers et d'autres tours de guet que des perchoirs de palombières. Le ravitaillement sur le pays était une opération périlleuse et, de toute manière, ses habitants, après s'être montrés des patriotes compréhensifs, commençaient à maugréer contre ces affamés qu'ils n'étaient pas loin de traiter de fainéants, de fiers-à-bras velléitaires et d'exploiteurs éhontés de l'hospitalité paysanne.

Le lieutenant (à titre provisoire) Ferraud annonça à sa troupe qu'il était temps de changer de crémerie, puisqu'au sens propre du terme on n'y trouvait plus ni beurre ni fromage.

— Et où va-t-on ? demanda le caporal (auto-promu lui aussi) Mola Enrique.

— Dans la Béssède.

— Elle a déjà donné.

— Quelqu'un a-t-il une meilleure idée ?

— Les bois de Castelnaud, suggéra timidement Augustin Joubert.

Mola jeta sur l'intervenant un regard à paralyser un taureau furieux lardé de

311

banderilles. Dans son esprit, et il ne se trompait pas tout à fait, le maquisard Joubert n'avait qu'une idée dans la tête, c'était de se rapprocher de Beaurepaire et, nimbé de l'auréole du héros, de poursuivre auprès de sa propriétaire son entreprise de séduction.

– Non, affirma le *señor* Mola, ces bois-là sont aussi touffus qu'une arène de corrida, et infestés de gendarmes.

– Tu les connais ? demanda Titou Ferraud.

– Mieux que lui en tout cas !

– Tu as autre chose à nous proposer ? Non ? Alors en route pour Castelnaud, les gars !

Comme ils passaient au large de Beaurepaire, ils entendirent aboyer un chien.

– Ça change tout, se dit Augustin.

Le toit idéal, au moins pour quelques nuits, se trouva être celui de Castelmerle. Certes, il était crevé par endroits, mais si l'on prélevait quelques tuiles encore intactes dans les ruines alentour et en rafistolait les issues, la demeure du Chinois pouvait être un abri sinon douillet, du moins acceptable.

Les Buffarots, parmi lesquels se trouvaient quelques spécialistes du bâtiment, se mirent à l'ouvrage. La main-d'œuvre banale fut affectée à des tâches de propreté, sans aller toutefois jusqu'à des fignolages de ménagère. Le bois ne manquait pas. Les Buffa-rots, qui n'en étaient pas à une imprudence près, allumèrent leurs feux, mais, grâce à Dieu, leurs fumées se confondirent avec la brume du soir.

Le lendemain, à l'aube grise, Augustin, avançant sa connaissance des lieux, se porta courageusement volontaire pour opérer une reconnaissance des propriétés voisines. Il se faisait fort de rapporter sinon des renseigne-ments sur l'ennemi, du moins un ou deux couples de lapins. Tant d'audace de la part d'un individu aussi falot que timoré fut saluée avec faveur.

— D'accord, mais sans arme, opina Titou Ferraud.

— Il se la ferait faucher, fit Birembaum, et on n'en a pas tellement.

— Toi, Badaboum, tu la fermes !

— Ce n'est pas que je n'aie pas confiance, mentit Mola, mais le mouflet manque d'ex-périence. Je pars avec lui.

Augustin regretta aussitôt sa proposition quand il vit l'Espagnol repasser son couteau sur le cuir de son ceinturon.

— Marche devant, gronda le caporal, et n'essaie pas de me semer.

Ils s'engagèrent à travers les broussailles blanches de givre sur le sentier que Médée

Bourniquel avait frayé pour Agnès en l'entraînant à la découverte de Castelmerle.

Le jour tardait à se lever. La lampe de la cuisine de Beaurepaire projetait un rectangle de lumière sur l'herbe gelée de la terrasse. Bazar, ayant reniflé une odeur inhabituelle, se mit à aboyer frénétiquement. Agnès apparut sur le seuil de l'entrée. D'une main elle retenait le chien par son collier, et de l'autre elle maintenait fermé le col de sa vieille robe de chambre. Augustin reconnut avec émotion celle dont elle était vêtue lorsqu'il l'avait vue pour la dernière fois. Elle balaya du regard la terrasse.

– Tu es un sot, Bazar, l'entendirent-ils prononcer. Il fait froid ; on rentre !

Augustin esquissa le geste de se lever pour courir vers elle. La lourde main du *señor* Mola s'abattit sur son épaule.

– Ne bouge pas !

Mais Enrique était lui aussi dévoré par le désir de manifester sa présence. Une sorte de complicité les liait dès lors dans leur impossible passion, l'un presque enfant encore, l'autre vieillard bientôt. L'étreinte de celui-ci se desserra.

– Ne bouge pas, Agostino, chuchota-t-il. Personne ne doit savoir que nous sommes ici. Même pas elle.

En s'entendant appeler par son prénom, Augustin comprit que son terrible rival lui accordait son amitié. La bonne chaleur qui, soudain, l'envahit lui fit presque oublier celle pour laquelle, un instant plus tôt, ils se seraient battus. Ce fut l'un à côté de l'autre qu'ils reprirent le chemin de Castelmerle.

Ils revenaient bredouilles de leur mission avec le trouble sentiment de l'avoir sciemment sabotée. Mais ils n'eurent pas à bredouiller des excuses. Il régnait à Castelmerle une effervescence inattendue. Un cycliste venait d'y délivrer un message caché comme il se devait dans le guidon de sa machine : *Les jouets sont dans les sabots de la baronne.*

– Ça y est, décrypta Titou Ferraud. Voilà le père Noël, les enfants, avec des cadeaux plein sa hotte pour les petits chéris de Buffarot.

La date et l'heure du parachutage étaient claires. Il n'en était pas de même de sa zone.

– La baronne, la baronne, répéta Titou perplexe. Ça doit être près d'un château.

– Des châteaux, en Périgord, il y en a autant que de haricots secs dans un sac de vingt kilos.

– Je sais, moi, s'exclama Augustin, le visage extatique comme sous le coup d'une révélation. La Baronnie, c'était à vendre. J'y suis allé avec mon père du temps où l'on avait l'auto. Un tas de pierres, pas loin de Belvès. Il y a une rivière qui coule en bas, dans les prés.

– Et tu vas nous y mener en bateau, ricana Birembaum.

– Tu t'écrases un peu, Patatras, répliqua le lieutenant (à titre provisoire), à moins que tu n'aies dans ta poche un guide des sites touristiques de la Dordogne.

– Nous, les juifs, on n'a jamais que le droit de se taire, et même si on ne dit rien, on prend des coups de pied au cul !

Les Buffarots levèrent le camp sans regret alors qu'après une journée d'activités fébriles il commençait à prendre tournure. Ils furent à la Baronnie à l'heure où le bonhomme Noël est censé dételer son renne enchanté. Titou mit en place ses vedettes et les boutefeux pour allumer les pots remplis de sable et de pétrole destinés à jalonner la zone du largage.

L'avion fit un premier passage avant de se délester de sa cargaison. On croyait l'opération terminée, et déjà on éventrait joyeusement les colis-surprise, lorsque l'avion revint après avoir pris de l'altitude.

– Tiens, se dit-on, il aura oublié quelque chose.

Du parachute où il s'était empêtré, émergea une silhouette d'homme. Titou braqua sur lui le faisceau de sa lampe torche. L'ange tombé du ciel nocturne était vêtu d'une veste de cuir au col fourré de mouton sur un uniforme kaki. Il portait sur son dos un énorme sac de sherpa himalayen et à la main une valise d'aluminium. Il la déposa précautionneusement sur le sol pour tendre la main à Titou.

– Capitaine Brown. *Royal Signal Officer.*

– Et ça ? demanda Titou soupçonneux en montrant le bagage incongru.

– Radio.

– Y a quelqu'un qui parle anglais ? beugla Titou à la cantonade.

– Moi, un peu, dit Birembaum. *Aou dou iou dou ?*

– Au lieu de roucouler, demande-lui plutôt d'où il sort, Patatras !

– D'Angleterre, couillon, répondit flegmatiquement le capitaine.

– Mais il parle français, mille dieux ! s'extasia le lieutenant.

17

1944

Dans l'Europe en guerre, les mors de la tenaille se refermaient inexorablement sur les armées allemandes. En Russie, le maréchal Joukov poursuivait son avance vers le Dniestr. Aucun obstacle ne semblait pouvoir l'arrêter. En Italie, la marche sur Rome se poursuivait, mais elle était loin d'être pour les Alliés une promenade de santé. Le général Juin, déjà chef prestigieux, avait pris la tête du corps expéditionnaire français formé et entraîné en Afrique du Nord, d'où il était originaire.

Le voyageur qui, ce matin de février, débarqua à Mazeyrolle du train d'Agen était inconnu du chef de gare, depuis trop peu de temps à son poste pour l'avoir jamais vu. Il était bizarrement vêtu d'une sorte de rase-pet à capuchon de gros drap bleu fermé par des boutons de bois, et n'avait pas l'attitude hésitante et perdue d'un étranger abordant une terre ignorée. Sitôt sur le quai, il n'attendit pas l'intervention du seul employé de la station préposé à la manutention des bagages pour charger les siens sur un diable : une cantine cabossée, un ballot volumineux qui paraissait être un mince matelas roulé, une valise de cuir d'aspect fatigué et un sac de marin. Sans mot dire, il poussa le chariot dans la salle d'attente déserte où un poêle ronflait, gavé de briquettes de locomotive.

— Votre ticket, siouplaît, demanda le chef de gare éberlué par son sans-gêne.

— Je ne l'ai plus. Je viens de parcourir douze mille kilomètres sans que personne ne m'ait jamais requis de lui montrer un titre de transport.

— Tout usager doit rendre son billet poinçonné par un contrôleur à son arrivée à destination.

— Vous en faites collection ?

— Je les rends à la compagnie des chemins de fer.

— Et qu'en fait-elle ?

— Elle les compte, monsieur.

Julien Auberoche s'attela de nouveau aux brancards de sa brouette et sortit dans la cour où Claudius, le chauffeur d'un petit autobus, s'affairait à son gazogène.

– D'abord à Castelnaud.

– Ça tombe bien, il n'y a que là que je vais.

– Ensuite à Castelmerle. Vous connaissez ?

– Oui. Les chemins ne sont guère bons par là.

– Ça m'étonnerait qu'ils se soient améliorés.

– Vous ne seriez pas le Chinois, par hasard, vous ?

– Mon nom est Auberoche, rectifia Julien d'un ton rogue.

Sur la place vide, les façades à pignons orientées au levant étaient éclairées par la lumière cuivrée d'une aurore de gel. Les arcades des cornières étaient festonnées de pendeloques de glace, comme les voûtes des gouffres de stalactites de calcaire.

Le café de la Poste était déjà ouvert, bien qu'il n'eût à offrir à ses clients frigorifiés que des bouillons Kub et du café d'orge. L'entrée de Julien Auberoche provoqua un mouvement de curiosité courtoise.

– Alors, lui dit Léon Delpit, comme ça, vous êtes revenu au pays ?

– Vous voyez.

– Vous allez le trouver changé chez vous.

– J'ai dû changer aussi.

– Là-haut, vous aurez une jeune voisine pour vous rajeunir.

– Je n'ai plus l'âge de faire le joli cœur.

– On dit ça. Vous devez bien avoir soixante, soixante-cinq ?

– À peu près.

On conclut à son laconisme que Julien Auberoche n'était pas homme à se lier avec n'importe qui, surtout pour dire n'importe quoi.

– Après vingt ans chez les Chinetoques, il aura désappris de parler, expliqua un buveur de bouillon Kub.

Aux Docks de Gascogne, Julien jeta en vrac sur le comptoir des feuilles de tickets d'alimentation timbrées, un passeport périmé surchargé de tampons et un portefeuille confortablement rebondi.

Albert Contal ouvrit le passeport à la page de la photo d'identité. Il ne lui trouva qu'une lointaine ressemblance avec l'original.

– C'est vous, ce type ?

– Non, c'est le pape !

Un peu décontenancé, Albert Contal lorgna le portefeuille et trouva son embonpoint rassurant. Tout à fait avouable, il provenait du change de barres et de monnaies d'argent, métal devenu rare, chez un bijoutier de Marseille. La transaction avait été désavantageuse, mais enfin Julien ne se voyait pas payer son ragoût de rutabagas dans un restaurant du Vieux-Port et acquitter son billet pour Mazeyrolle à la gare Saint-Charles avec des piastres mexicaines.

– Je vous sers quoi, monsieur, euh... ?

– Auberoche. Vous venez de le lire. Mes droits !

Julien trouva dérisoire une ration de riz qui n'aurait pas suffi au seul repas d'un marmot asiatique. En échange de son attribution de sucre, il obtint un litre d'huile supplémentaire.

– On aime la salade, monsieur Auberoche ? plaisanta Albert Contal.

– Non. Ni la friture !

L'épicier se demanda alors à quoi pouvait servir une matière aussi rare, sinon à des fins alimentaires.

Chez le buraliste, Julien ne prit que des allumettes.

– Vous ne prenez pas vos cigarettes ?

– Je ne fume que la pipe.

– C'est vrai qu'avec tout ce qui se fabrique de tabac en douce vous n'en manquerez pas.

Mais Julien avait déjà dans sa cantine deux livres de Navy Cut acquises à sa dernière escale dans un économat de la marine britannique, ainsi qu'une bouteille de deux pintes de whisky. Quand il revint sur la place, tout

Castelnaud, grâce à Claudius, savait que le Chinois était revenu.

Jusqu'au carrefour de Castelmerle, le chauffeur et son passager n'échangèrent pas un mot. Devant la maison, Claudius rompit le silence qu'il avait eu beaucoup de peine à garder.

– Nous y voilà ! Je vais vous aider à monter votre fourbi chez vous.

– Non. Je le ferai. Descendez-le seulement !

La proposition de Claudius était plus dictée par sa curiosité que par sa complaisance. Il espérait, en pénétrant dans la tanière du Chinois, pouvoir répondre aux questions que n'allaient pas manquer de lui poser les Castelnaudais, dès son retour.

Rien n'indiquait dans l'attitude de Julien Auberoche qu'il fût surpris par le délabrement apparent de sa maison, comme s'il la retrouvait telle qu'il l'avait laissée des années plus tôt. Seules pouvaient intriguer les précautions avec lesquelles il avait manipulé son sac de marin. Claudius avait un instant supposé qu'il était plein des porcelaines délicates que les voyageurs ont l'habitude de rapporter de leur séjour en Extrême-Orient. Mais en le déchargeant de la galerie, il lui avait paru, tant il était léger, ne contenir que des bouchons de liège.

– Vous n'avez besoin de rien de plus, monsieur Auberoche ?

– De rien, merci !

– Bon, alors je m'en vais.

– C'est ça !

Claudius restait les bras ballants devant sa portière ouverte. Julien crut qu'il attendait d'être payé de sa course pour partir.

– Je vous dois ?

– Ce que vous voulez.

Julien lui tendit quelques billets qu'il empocha sans les compter. Le petit bus dont le moteur était resté en marche s'éloigna en cahotant dans les ornières du vieux chemin. Jusqu'à ce qu'il eût atteint la route, Claudius garda un œil sur son rétroviseur. Julien n'avait pas bougé, debout auprès de ses bagages, la tête levée vers le haut de son escalier comme un alpiniste devant une paroi abrupte.

Sur le palier, il chercha la clef qui, de mémoire d'homme, était cachée sur une poutre de l'auvent. Elle y était, mais il n'en eut pas besoin. La porte céda sous une légère poussée. Du seuil, il embrassa d'un coup d'œil l'intérieur de la salle pour constater, stupéfait, qu'elle avait été depuis peu occupée.

Dans la cheminée, les cendres étaient encore fraîches. Sur la table et dans l'évier de pierre sous la fenêtre était entassée de la

vaisselle sale. Devant le foyer, sur des trépieds, des poêles de tôle noircie étaient nap-
pées d'un fond de graisse figée. Ce désordre,
alors que les visiteurs avaient pris soin de
balayer le plancher, prouvait qu'ils avaient dû
quitter précipitamment la place.

Les deux chambres avaient servi de dor-
toirs. Dans celle de Julien, sur le lit, un
matelas laissait échapper par les déchirures
du coutil des flocons de laine. Au chevet, une
lampe à pied était à moitié garnie de pétrole.
La porte de l'armoire béait sur des piles de
draps jaunis et de couvertures mitées. Autant
que Julien pût en juger par un rapide inventaire, rien n'avait disparu dans la maison.
Rien d'ailleurs ne valait la peine d'être volé,
aucun objet auquel son propriétaire eût tenu.

En bas, dans la cheminée, il alluma un feu
de fagots avec le journal qu'il avait acheté à
Castelnaud sans avoir vraiment eu l'intention
de le lire. Il y avait longtemps que Julien
n'avait vu danser des flammes dans un âtre.
Il s'assit sur le coffre à sel du *cantou*[1] et
rêvassa la pipe au bec jusqu'à ce que la chaleur
sur ses jambes ne fût plus supportable.

Il décréta alors que la salle serait à Castelmerle son seul domaine. Il y vivrait, il y

1. À l'intérieur de la cheminée, de chaque côté du foyer.

dormirait à même les lames de peuplier du plancher comme il l'avait fait tant d'années sur le bas-flanc de teck de sa chambre d'Ampuk. Il vida dans un placard et un bahut le contenu de sa cantine et de sa valise : ses frusques de bourlingueur, sa vieille casquette de capitaine au cabotage et son nécessaire de *toufianeur*[1], cadeau d'adieu de Nguyen Than, avec quelques dizaines de grammes d'opium dans les petites boîtes dorées de la Régie indochinoise.

Avant de sortir, il mit de l'eau à chauffer dans la toupine de fonte pendue à la crémaillère. Sur le seuil, il se retourna. L'aspect de la salle n'avait rien d'engageant, hors la présence du feu sous la marmite. Il décida de remettre à plus tard les tâches ménagères pour lesquelles il ne se sentait ni goût ni aptitudes.

De la galerie, il contempla le paysage. Il n'avait pas beaucoup changé. Certes, les bois avaient grignoté les terres, mais à travers la grille claire des taillis dépouillés de feuillage il pouvait voir au-delà de son pré la forêt moutonner de crête en crête sur les coteaux. Sur leurs flancs, les labours des semailles d'automne commençaient à verdir comme dans les rizières les plants fraîchement repiqués.

1. Argot colonial : fumeur d'opium.

Au pied de l'escalier, dans une crevasse entre les marches disloquées, son attention fut attirée par l'éclat d'un petit objet métallique. Il le ramassa et le fit sauter dans sa main. C'était une cartouche de laiton éjectée d'une arme de guerre.

– Du 7,62, une munition de Sten. Qu'est-ce que ça fout là ? bougonna-t-il.

Il l'enfouit dans la poche de son duffle-coat et, d'un pas allègre, sans but précis, il s'engagea sur son chemin. À son carrefour avec la route de Castelnaud, il tomba sur son voisin Bourniquel, qui revenait de faire du bois pour Agnès.

– Et té, *moussu* Auberoche, on croyait bien que, depuis le temps, vous aviez été mangé « aux » cannibales.

– Vous voyez qu'il en reste, Amédée.

– Je rentrais faire dix-heures. Vous venez ?

Julien n'avait rien pris depuis la lavasse du café de la Poste. Il avait faim. Il ne refusa pas bien qu'il craignît en cédant à cette première invitation de s'emberlificoter dans un réseau d'obligations où il avait décidé de ne pas se laisser enfermer.

À La Borie, Mélia sortit une boîte de confit de porc, et Médée tailla les tranches de pain dans la tourte entamée coincée sur sa poitrine, geste qui, en présence d'un hôte, n'appartenait qu'à lui seul.

– Et vous êtes là pour longtemps, monsieur Auberoche ?

– Qui peut savoir ? Je me fais vieux, Amédée.

– *Pas tan qu'aco[1]*.

– Eh bé, intervint Mélia, pratique, vous allez avoir à faire à Castelmerle !

– Surtout après le bordel qu'ils vous ont laissé.

– Qui, ils ?

Après sa découverte de la cartouche, Julien le savait, mais visiblement son voisin grillait de le lui apprendre.

– Les Buffarots. Ils sont restés un soir, une nuit, et ils sont repartis comme s'ils avaient le diable aux fesses.

– Les Allemands ?

– Non pas ! On n'en a pas encore vu dans le pays. Et tant mieux ! On dit qu'ils mettent le feu aux maisons où les maquis n'ont rien fait que s'arrêter pour boire, poursuivit Médée. Ceux-là n'ont pas eu le temps de vous sécher le puits.

Julien se leva. Mélia le retint par la manche.

– Attendez ! Vous n'allez pas partir les mains vides.

Elle rapporta de sa souillarde un plein panier à prunes de pommes de terre et de

1. « Pas tant que ça ! »

carottes extraites du tas de sable où on les enterrait pour les protéger de la gelée. Elle y joignit une entame de jambon avec sa couenne et son lard pour donner du goût à la soupe.

— C'est égal, constata Mélia après le départ de Julien, il est devenu comme un sauvage, le Chinois.

— À force de vivre avec, forcément.

— Je me demande comment il va se débrouiller avec la cuisine, la lessive et tout.

— Il se trouvera bien une coquine.

— À son âge ! *M'estounario*[1].

Julien s'attaqua sans enthousiasme à la vaisselle dans l'eau tiède de la toupine. La nuit, tôt venue, l'obligea à aller chercher la lampe de sa chambre. Le verre était enfumé parce que la mèche avait été réglée trop haut. Pour l'abaisser, il actionna la molette du mécanisme. Comme autrefois, ce qui le faisait rire aux éclats quand il était enfant, il émit une sorte de rototo de nourrisson. Il la brandit au-dessus de sa tête comme un flambeau et la promena tout autour de la pièce, traquant les araignées tapies dans les encoignures les plus sombres.

Mais il se dit que pour ce qu'il avait à faire la lueur du foyer lui suffirait. Après cette

1. « Ça m'étonnerait. »

petite procession en hommage à la clarté, il éteignit et son souffle fit résonner dans le tube de verre une note basse de pipeau.

Le souper achevé (merci, Mélia !), Julien s'octroya trois doigts de whisky à peine allongés d'eau glacée du puits. Les pieds sur les chenets, il se laissa envahir par une douce torpeur. Quand il sentit le sommeil le prendre, il s'ébroua dans un sursaut. Du sac marin dressé à côté de lui, il sortit la statuette de bois doré et la déposa dans une niche aménagée dans l'épaisseur d'un mur de la salle, qui semblait avoir été creusée tout exprès pour la recevoir.

Il décrocha d'un clou planté dans le chambranle de la cheminée une simple lampe à huile[1] de laiton comme il s'en trouvait alors dans toutes les maisons périgourdines. Il la garnit d'huile des Docks et y trempa une mèche faite d'un tortillon de chiffon. La petite flamme jaune anima tout d'un coup l'impassible sourire du bouddha.

Ce matin, jour de lessive, la noble châtelaine de Beaurepaire la chargea encore chaude dans une brouette et descendit la rincer dans le Boudouyssou. Bazar s'em-

1. Le *calel*.

pressa de patouiller dans la boue de la rive et de marquer de traces de pattes sales le linge qu'Agnès avait eu grand-peine à savonner.

— Tu crois peut-être que je m'amuse, moi, lui dit-elle, à choper des engelures et à me faire des mains comme des râpes ? Sors-toi de là !

Bazar sembla l'écouter avec attention, la tête penchée pour se donner l'air innocent, mais l'œil joueur. Pour toute réponse, il s'ébroua avec un bruit de serpillière mouillée.

Il arrivait que Mélia accompagnât sa voisine, mais à La Borie on ne faisait la lessive qu'une fois par mois. Encore était-ce à la belle saison. L'hiver, il y avait assez dans les armoires pour tenir jusque-là. Et puis, il n'y avait que les gens de la ville pour changer de draps tous les huit jours.

— Et dire qu'en Amérique ils ont des machines électriques pour faire ça[1] !

— Ce n'est sûrement pas aussi propre qu'à la main, rétorqua Mélia. À trop tortiller les affaires, il ne sort de la mécanique que des *peilles*[2] tout juste bonnes à faire des torchons.

Agnès remonta à Beaurepaire courbatue, gelée et d'exécrable humeur. Comme elle ne pouvait la passer sur personne, elle eut le

1. Depuis 1901.
2. En patois, le chiffonnier est un « peyarot ».

vilain geste d'allonger un coup de sabot au derrière de son chien. Bazar, prudent, fila vers le poulailler avec l'idée de faire rentrer les poules puisque, aussi bien, c'était l'heure.

Agnès étendit le linge sur l'herbe de la terrasse avec la certitude de le retrouver le lendemain raide comme de la tôle, mais avec l'espoir qu'il finirait bien par sécher avant la prochaine lessive.

Lorsqu'elle revint à la cuisine, le feu presque mort rougeoyait sous la cendre. Elle constata alors que son soufflet était crevé. À l'atelier, il devait bien y avoir quelques rustines dans l'héritage du *señor* Mola, mais elle était trop fatiguée pour ressortir dans le froid et la nuit qui tombait. Elle appliqua un doigt sur la déchirure du cuir et parvint quand même à ranimer le moribond. Et Bazar gratta à la porte !

– On ne me foutra donc jamais la paix, cria-t-elle comme s'il y avait eu dans la pièce pour l'entendre un témoin de ses malheurs.

Bazar se faufila à l'intérieur, la queue basse, le dos arqué, avec l'air craintif et résigné de qui va subir une peine aussi injuste qu'ignominieuse.

Dans la cuisine, l'atmosphère s'était un peu réchauffée. Il y avait de la buée sur les vitres de la porte. Machinalement, Agnès, du bout de l'index, esquissa une silhouette de pantin. Elle se souvint de ses gribouillages à sa table d'enfant, dans l'austère bureau de son père, et elle eut honte de cette gaminerie. D'un revers de manche, elle essuya le carreau. Ce fut alors qu'elle vit à travers les arbres une lumière scintiller aux fenêtres de son voisin.

– Il est donc revenu, conclut-elle.

De savoir qu'elle n'était plus tout à fait aussi seule lui rendit son optimisme.

– Demain, dit-elle à Bazar, nous irons voir à quoi il ressemble, le Chinois.

La nuit portant les conseils que l'on dit, Agnès, à son réveil, réfléchit qu'avant de se lancer dans l'exploration de Castelmerle il était plus raisonnable de s'assurer de son but. Il n'était que de le demander à Médée, à qui rien n'échappait de ce qui se passait dans ses bois.

Des coups de hache sonnaient clair dans l'air glacé et paraissaient tout proches. Guidée par le bruit, Agnès s'engagea sur le sentier de la Renardière. Médée, tout à sa tâche, ne se serait pas aperçu de sa présence si Bazar, toujours débordant d'affection, ne s'était pas précipité pour lui faire fête.

Le chantier était bien avancé. À côté des pyramides de bûches soigneusement métrées s'étalaient en lit régulier les branches destinées aux fagots. Médée acheva de parer la souche du chêne qu'il venait d'abattre, avant de saluer sa visiteuse.

– Il y a longtemps que vous me regardez, demoiselle ?

– Non, je vous admirais et je trouve beau un bois propre. Les arbres qui restent debout ont l'air tout d'un coup de mieux respirer.

– Forcément, même les gens étouffent quand ils sont « beaucoup épais ». Té, en Chine, il paraît que tout le monde ne peut pas sortir dans les rues en même temps.

– Justement, puisque vous me parlez de Chine, j'ai cru voir, cette nuit, de la lumière aux fenêtres de Castelmerle.

– Vous avez bien vu, nous avons eu de la visite à La Borie.

– Et il est comment, le Chinois ?

– Comme tous les hommes de son âge qui seraient bien portants. Mais il doit avoir dix ans de plus que moi. Un « vieux », quoi, ajouta Médée avec une nuance de mépris.

– Il est aimable ?

– Pas trop.

– Vous lui avez dit qu'il avait une voisine ?

– Non, mais comme je vous vois partie, il ne va pas tarder à l'apprendre.

Agnès crut percevoir dans le ton acerbe de

Médée la méfiance jalouse dont il avait fait preuve à l'égard d'Enrique.

– Je ne saute pas au cou de tous les hommes qui traversent ma vie, Médée. Il est vrai qu'il n'y en a pas eu beaucoup.

Aussi curieux que sa maîtresse, Bazar escalada l'escalier de Castelmerle et se rua dans la salle par la porte laissée ouverte. Son irruption fut saluée par une bordée d'injures proférées dans une langue inconnue qu'Agnès supposa être du chinois. Un hurlement de terreur autant que d'indignation précéda l'expulsion peu glorieuse de son chien. Couinant encore, il se réfugia dans les jupes d'Agnès comme pour se plaindre du cruel traitement qu'il venait d'endurer. Elle se pencha sur lui pour le consoler d'une caresse.

– Et qu'est-ce qu'il t'a fait, cette brute, mon toutou ? s'exclama-t-elle.

La brute surgit sur son palier. Elle avait à la main un balai de bruyère, à n'en pas douter l'arme du crime.

– Brute, parfaitement, répéta Agnès. Vous lui avez peut-être cassé les reins !

– Je ne lui ai rien cassé du tout. Je l'ai seulement menacé. C'est un trouillard, votre corniaud !

– Descendez donc un peu et posez la main sur moi ! Vous allez voir s'il est aussi froussard que vous le dites.

– Je n'ai pas l'habitude de frapper sans raison les femmes et les animaux. Mais tout ça ne m'explique pas ce que vous faites chez moi ?

– Une visite de bon voisinage.

– C'est raté ! Je n'ai pas besoin de visites et je me fous du voisinage.

– Et en plus d'un vieux croûton, vous êtes un grossier personnage !

Julien Auberoche soutint le regard furibond de la jeune fille et trouva que la colère lui allait bien. Il se retint de sourire. Agnès pensa de son côté qu'il n'y avait pas que de la malveillance dans les yeux gris du vieux bonhomme. Elle opéra sur ses sabots un maladroit demi-tour. Bazar sur ses talons, elle s'en fut repasser la frontière qui séparait Castelmerle de son bien.

– Je reviendrai, confia-t-elle à son chien, mais sans toi, cette fois.

Bah, nous nous reverrons bien un jour, pensa Julien en refermant sa porte.

Il n'y avait rien en Julien Auberoche qui pût séduire Agnès, sinon le secret que sa curiosité poussait à découvrir. Son premier contact avec le Chinois avait été pour le moins rugueux, mais elle ne comptait pas sur ses charmes pour l'amadouer. Au reste, il était trop vieux pour y succomber. Toutefois, son amour-propre lui interdisait de rester sur un échec. Il y allait aussi de l'honneur de son nom. Une d'Ayrac ne pouvait accepter d'être traitée par un aventurier comme une fille de port et elle entendait bien le lui montrer.

Elle l'avait croisé plusieurs fois à Castelnaud où, un havresac de soldat sur le dos, il faisait ses courses. Elle marchait la tête haute en faisant semblant de ne pas le voir. Il en faisait autant, mais il ne pouvait s'empêcher de se retourner sur son passage. Elle en avait conscience. Elle se raidissait plus encore et elle affermissait son pas avec la démarche empruntée et dédaigneuse des mannequins vedettes des présentations de mode.

Le printemps revenait. Les peupliers du Boudouyssou frissonnaient de leurs jeunes feuilles. Les primevères sauvages fleurissaient dans les sous-bois et les fougères déroulaient leurs crosses tendres. Les coucous que personne ne voyait jamais roucoulaient sur deux notes leur malicieux contentement de couver leurs œufs dans les nids des autres. Bientôt les frondaisons des chênes occulteraient les lumières dont Agnès guettait souvent les clignotements aux fenêtres de son voisin. Ne resterait plus dans sa maison d'autre signe de vie que la fumée de son foyer.

Agnès se dit que le temps était venu d'entreprendre une deuxième expédition à Castelmerle. Elle enferma Bazar dans la cuisine. Dans l'entrée, elle s'arma d'une canne à champignons en racine de bruyère et s'engagea bravement sur son chemin de la Renardière. Les bornes, dégagées des broussailles, délimitaient nettement les territoires. Un froissement de feuilles sèches l'alerta. Interdite, un peu inquiète, elle s'attendait à voir surgir un sanglier des fourrés. Depuis qu'on ne les chassait plus, il en courait partout, en harde ou solitaires.

– Alors, mademoiselle d'Ayrac, sans votre chien féroce, vous n'avez pas peur du loup ?

– Pas plus que d'un ours, monsieur Auberoche.

En silence, ils se dévisagèrent un moment de chaque côté de la barrière imaginaire qu'élevait entre eux un alignement de cailloux.

– Venez donc, mademoiselle, puisque vous en avez tellement envie !

18

Lors de sa première expédition à Castel-merle, Agnès n'avait fait que jeter un regard à l'intérieur de la maison. Plus que par son délabrement, elle avait été frappée par le dépouillement de son décor. Les meubles massifs qu'elle avait entrevus lui apparurent plus sombres encore à la lueur crépusculaire que filtraient les vitres opacifiées par la poussière.

Dans les salles de fermes, les murs étaient égayés par des reflets de cuivre et les éclats mouvants d'un balancier d'horloge, par les calendriers réclames de machines agricoles, des images pieuses aux couleurs de vitraux et, encadrés, des diplômes de certificat d'études et les lyriques citations qui avaient valu leurs médailles aux bons soldats de la dernière guerre.

La salle de Castelmerle était nue comme une cellule d'ermite, encore que l'on n'y vît pas sur la table un crâne humain et un sablier, usuels supports des méditations. Pourtant, la présence insolite d'une statue de bois doré montrait que Julien Auberoche ne refusait pas par système les objets décoratifs.

Dictées par une insatiable curiosité, les questions se pressaient sur les lèvres d'Agnès. Elle n'osait les poser de peur de s'entendre répondre que tout cela ne la regardait pas ; son orgueil en eût souffert. Mais le silence même de Julien, loin de la décourager, lui semblait une invitation à le rompre.

– Vous dormez là-dedans, monsieur Auberoche ? dit-elle en désignant le sac de couchage resté déroulé devant la cheminée.

– C'est mon lit, en effet.

– Il y a quand même des vrais lits dans cette maison, et des draps ?

– J'ai peur qu'en les dépliant ils ne tombent en miettes comme le papier des vieux livres brûlés par le temps.

Agnès n'avait pas entendu de phrase aussi longue dans la bouche de Julien. Cela la poussa à poursuivre son interrogatoire.

– Ne me dites pas qu'en Asie tout le monde couche par terre ou sur des planches à clous.

Ce n'est guère confortable pour faire l'amour !

– Ne l'avez-vous jamais fait sur la paille, mademoiselle d'Ayrac ?

– Non, protesta-t-elle rougissante bien que l'idée lui en fût parfois venue. Et vous arrivez de Chine ? poursuivit-elle pour changer de sujet.

– Du Cambodge.

– C'est un beau pays ?

– Très.

– Alors pourquoi l'avez-vous quitté ?

– Parce que je ne voulais pas en être chassé.

– Êtes-vous sûr que celui-ci vous recevra mieux ?

– Vous avez bien abandonné Paris pour le Périgord.

– Il ne m'a pas jetée dehors.

Pourtant, c'était bien ce que les Castel-naudais s'ingéniaient à faire depuis presque quatre ans.

– Cette statue, c'est celle d'un dieu ?

– Le Bouddha n'a jamais prétendu l'être.

– Vous le priez pourtant ?

– Il m'aide à ne penser à rien.

– Ce n'est pas beaucoup.

– C'est beaucoup plus difficile que de ne penser qu'à des riens.

Agnès vit là une allusion désobligeante à la frivolité des femmes, mais elle n'y répondit pas, trop soucieuse de maintenir avec Julien des relations à peine ébauchées.

– Je vous laisse à vos réflexions, monsieur Auberoche. Je m'en vais, mais je reviendrai peut-être.

– Si vous voulez.

– Avec mon chien ?

– Avec le diable !

– Encore lui, dit Agnès en riant.

Sans que l'expérience le lui eût appris, Agnès savait que pour une femme le plus sûr moyen de captiver un homme était de l'écouter. Encore fallait-il qu'il parlât. Julien répugnait à se livrer, et elle pensait que s'il ne le faisait pas, c'était peut-être qu'il ne la jugeait pas digne de recevoir ses confidences. Pendant le court moment où, à Castelmerle, elle s'était trouvée face à face avec lui, il n'avait posé sur elle son regard de brume que le temps d'un cillement, comme si son visage ne méritait pas que l'on s'y attardât.

Le reflet que lui renvoya le grand miroir du salon la confirma dans la flatteuse opinion qu'elle avait de ses charmes. Elle fit bouffer ses cheveux, se mordit les lèvres pour en aviver la couleur et se gratifia de son sourire le plus enjôleur.

Elle fit passer dans ses yeux toute la gamme d'expressions qu'elle s'amusait parfois à composer. L'espièglerie, mais elle n'était plus de son âge ; la colère, mais elle n'allait pas avec son sourire ; l'ironie où elle avait trop tendance à se complaire ; la tendresse, mais elle n'y vit qu'une puérile minauderie ; l'émerveillement (il n'y avait quand même pas de quoi) ; la rêverie. Elle finit par rire toute seule de ses grimaces. En laissant reposer ses traits, elle conclut que son visage était plus séduisant de ne rien laisser paraître de ses sentiments.

À l'égard de Julien Auberoche, ils étaient pour le moins complexes. Elle ne parvenait pas à comprendre vraiment ce qui l'attirait en lui. Il avait depuis longtemps passé l'âge de susciter les passions et elle considérait d'une ridicule indécence toute tentative d'en réveiller. Après tant d'années de solitude de l'âme, n'éprouvait-elle pas le besoin de se nicher dans le confortable et rassurant cocon d'un amour paternel ?

En lui ouvrant son cœur, ne parviendrait-elle pas à ce qu'il consentît à lui ouvrir le sien ?

Constatant le désordre de la salle, Julien éprouva quelque honte de l'avoir soumis au jugement, sévère à n'en pas douter, d'une maîtresse de maison. Il était vrai que la visite d'Agnès avait été fortuite. Quoi qu'il en fût, il résolut de prendre désormais plus de soin de lui-même et de sa maison. Il caressa son menton râpeux et se dit, mais cela tenait du rêve, que si Agnès l'avait embrassé, elle n'eût pas manqué de lui en faire la remarque.

« Mais vous piquez, monsieur Aube-roche ! »

Il roula son lit et, pendant que chauffait l'eau de sa toilette, songeur, il revint sur son seuil.

Elle m'a traité de vieux croûton, se souvint-il. Soit. Vieux, c'est incontestable. Croûton, en ce temps où on vous pèse votre ration de pain sur un trébuchet d'orfèvre, il ne s'en jette plus dans les poubelles. Somme toute, l'injure était bénigne. Elle ne valait pas qu'il en prît ombrage. Il devait bien admettre qu'il s'était montré franchement désagréable et que s'il s'était confiné dans le silence, cela avait été par jeu, pour exciter davantage la curiosité d'Agnès. Au fond, il était flatté qu'une aussi jeune et belle personne s'intéressât à un bonhomme qui aurait pu être son grand-père.

Il regrettait de n'avoir pris avec plus de chaleur la main qui lui était tendue. Bien plus que sexagénaire, il ne pouvait plus espérer d'elle qu'un peu de compassion pour l'accompagner sur le court chemin qui lui restait à parcourir.

En réalité, se reprocha-t-il, je suis un vieil égoïste. Qu'ai-je donc à attendre de cette jeune femme ? Elle ne me doit rien et j'ai bien peu à lui offrir, sinon les bavottements séniles d'un radoteur.

Et pourtant. Alors qu'ils se connaissaient à peine, il s'était noué entre eux des liens ténus et subtils que, de leur volonté, ils ne pourraient plus défaire.

Ce fut le jour de la grande foire de mai, dans l'après-midi, qu'Agnès et Julien se revirent devant la coopérative agricole. Elle était venue avec la carriole prendre un sac de guano[1] qu'elle ne pouvait transporter sur sa bicyclette. Elle avait pris Bazar à côté d'elle sur la banquette. S'y croyant inexpugnable, il n'avait cessé durant tout le trajet d'invectiver ses congénères le long des prés où ils gardaient.

À Castelnaud, comme il renâclait à sauter de son perchoir, Agnès dut le prendre dans ses bras pour le déposer à terre, frétillant comme un ver coupé.

— Tu es un trouillard, lui dit-elle, monsieur Auberoche avait raison.

— Cette fois, c'est vous qui le dites, mademoiselle d'Ayrac.

1. En réalité du nitrate de potassium.

345

Agnès se retourna vivement.

– Et en plus d'avoir les reins brisés, vous voudriez peut-être qu'il se casse une patte, monsieur Auberoche !

Ils firent ensemble leurs courses aux Docks de Gascogne. Julien négocia sous le comptoir d'Albert Contal deux litres d'huile de ce tournesol dont on commençait à voir dans les champs les grosses fleurs jaunes défier le soleil. Puisqu'ils y étaient, ils allèrent prendre le pain chez Simon Burlat. Agnès s'étonna que Julien n'eût pas à fournir de tickets.

– Je fais l'échange avec le blé que j'ai acheté à Bourniquel.

– Cher ?

– À prix d'ami.

– Médée et Mélia sont devenus les miens.

La carriole chargée, Julien invita Agnès à prendre un verre au café de la Poste. Exceptionnellement, bien que l'on fût un jour « sans », Léon Delpit servait des boissons « avec ». Il était inconcevable en effet de conclure une affaire sans l'arroser. La salle retentissait des grosses voix rocailleuses et de l'acide piaillement des femmes pour une fois admises.

Faute de place, Agnès et Julien étaient serrés l'un contre l'autre sur un bout de banquette et, pour s'entendre dans le brou-

346

haha, leurs têtes parfois se rapprochaient. Il n'en fallait pas plus pour que les vertueux censeurs habituels de l'établissement y vissent les prémices d'un nouveau scandale.

— Les jeunes ne lui suffisent plus, remarqua Fifi Courcol.

— Il lui faut des vieux maintenant, approuva Jeannot Clémentin.

— Obscène, dit l'ancien instituteur perfusé de *Petit Larousse*.

— Un vieux, ça prend son temps.

— C'est peut-être ça qu'elle aime, la petite, suggéra Fifi.

De la table voisine, ils avaient parlé assez fort pour être entendus par Julien. Il se leva sans hâte et, d'une tape légère, il applatit sur son crâne le béret du chef cantonnier.

— C'est de nous que vous parlez ?

— On ne vous a pas causé.

— Le vieux que je suis est encore capable de vous écraser le nez dans votre crotte.

Une brusque poussée sur la nuque de Fifi l'y eût obligé s'il y avait eu sur la table matière à exécuter la menace.

— Allons, allons, intervint Delpit, ce n'est pas un bordel chez moi.

— Toi, Léon, tu la boucles, répliqua Julien. Il m'est arrivé dans ma vie de tout foutre en l'air dans des bordels qui valaient bien le tien.

Et pour moins que ça ! Sortons de là, mademoiselle d'Ayrac. Le verre, on le boira ailleurs.

Agnès, qui ne s'était pas départie de sa réserve, était enchantée de la tournure des événements. Julien venait de découvrir une face cachée de sa biographie. L'évocation d'un passé aussi tumultueux réclamait des éclaircissements.

Agnès offrit à Julien une place dans sa carriole pour le reconduire jusqu'à Castelmerle. Bazar accepta avec une dignité mélancolique d'être relégué entre un sac d'engrais puant et les anguleux paniers de sa maîtresse.

– C'est vrai que vous avez saccagé des bistrots ? demanda-t-elle chemin faisant.

– Pas beaucoup, et il y a longtemps.

– Et vous vous mettez souvent en colère ?

– Non, mais j'ai appris à faire semblant.

À la fin de l'après-midi, lorsqu'ils arrivèrent à Castelmerle, déjà le serein tombait.

– Je rentre chez moi, annonça Agnès du haut de sa banquette. J'ai presque froid.

– Eh bien, montez donc ! Le temps d'une flambée.

– Cinq minutes alors. J'ai des bêtes à panser, moi, monsieur Auberoche.

– Ce n'est pas l'heure. Elles attendront bien que le soleil se couche.

Il tendit galamment la main à son cocher pour l'aider à descendre. Bazar, privé des bras secourables de sa maîtresse, se résigna à sauter. Sans y être invité, il fila fouiner dans les chambres que la menace du balai l'avait dissuadé d'explorer.

Julien alluma un fagot. En réalité, Agnès était loin d'être frigorifiée, bien qu'elle s'efforçât d'en donner l'apparence. Pas dupe, Julien joua le jeu.

– Je n'ai que du whisky à vous proposer pour vous réchauffer, mademoiselle d'Ayrac. En avez-vous goûté ?

– Une fois, au début de la guerre, à Paris, chez un ami anglais.

– Vous avez aimé ?

– Le whisky ? Non !

– Et l'Anglais ?

– Oui, avoua Agnès, confuse.

– Qu'est-il devenu ?

– Il était officier dans l'armée britannique en liaison en France. Je ne l'ai connu qu'une nuit. Je ne l'ai jamais revu.

Alors que Julien ne lui demandait rien, Agnès décida alors de ne rien cacher de son aventure en espérant qu'à sa franchise répondrait celle de Julien. Elle lui dit sa rencontre avec Patrick, ses hésitations à entreprendre avec lui un bout de route où elle n'était pas sûre d'être longtemps suivie. Elle lui confessa aussi sans détours, avec des mots qu'elle n'eût pas osé chuchoter à l'oreille de sa meilleure amie, la découverte émerveillée de leurs corps et le plaisir qu'ils s'étaient donné à les confondre.

– Et depuis ?

– L'attente ! Mais je parle, je parle et je ne sais toujours rien de vous, monsieur Auberoche. Ce n'est pas juste !

– Je n'ai rien qui vaille la peine d'être raconté.

La conversation était close. Il la raccompagna jusqu'à la carriole où Pompon l'attendait, patient comme l'âne, son humble cousin.

– Au revoir, euh... Julien.

– À bientôt, petite Agnès. J'espère que, la nuit venue, nos maisons continueront à se faire des clins d'œil.

Avant de grimper sur son siège, Agnès, comme prise d'un regret, revint à lui et l'embrassa à la paysanne d'un baiser claquant, sur les deux joues.

– Vous piquez, Julien !

– Je ne sais pas si je l'ai rêvé, mais je me demande si vous ne me l'avez pas déjà reproché.

L'interminable périple qui avait amené Julien Auberoche de Saigon à Marseille n'aurait intéressé personne, à part peut-être un spécialiste de la géographie du Pacifique. Il doutait fort qu'Agnès eût jamais entendu parler des ports de Massapu ou de Tudaméda. À chacune de ses escales dans le labyrinthe de l'archipel indonésien, il avait été attendu par un des agents chinois de monsieur Lu. Sa jonque déchargée, il avait reçu une autre destination et une autre cargaison. Les profits de ce trafic lui avaient semblé illusoires, mais il n'avait pas posé de questions, sachant bien ce qu'il cachait d'illicite.

Il avait passé le détroit de Macassar sans mauvaise rencontre, sans avoir essuyé de typhon jusqu'aux approches de l'île de Timor, où le bateau s'était échoué sur un brisant que la vigie n'avait pas vu. La coque vétuste avait éclaté en menus bois comme les allumettes d'une boîte ouverte à l'envers.

Un caboteur portugais[1] avait recueilli les naufragés et les avait crachés à Darwin, sur la côte nord de l'Australie. Julien avait excipé de son grade d'enseigne de vaisseau de première classe de réserve dans la marine française pour embarquer à bord d'un destroyer de

1. La moitié de l'île de Timor appartenait en effet au Portugal.

Sa Gracieuse Majesté. La Royal Navy manquait de bras pour empoigner les barres de ses gouvernails. Les siens étaient encore assez solides pour qu'on pût les leur confier. Ils avaient été bienvenus. Après une escale aux îles Coco, en plein océan Indien, le *Gurkha* avait mouillé en rade de Trincomalee, à Ceylan, où un autre destroyer l'avait poussé jusqu'à Madagascar que les Anglais occupaient depuis deux ans.

Curieusement, la circulation sur le canal de Suez était restée libre, les belligérants ne s'attendant qu'à la sortie. De Gibraltar aux côtes de Catalogne française, il n'y avait qu'un saut de puce, enfin presque. À Marseille, il ne restait plus à Julien de ses bagages qu'une seule cantine rouillée, son lit roulé dans un ballot de toile à bâche et son inséparable sac de matelot.

Julien se disait aussi que c'eût été pure forfanterie que d'évoquer ses conquêtes. Hors le lointain et bref épisode de ses amours enfantines avec une amie de vacances, il n'avait entretenu avec les femmes que des relations hygiéniques. Pas davantage, il n'eût osé se vanter de son long concubinage avec Sotchéa, encore qu'Agnès, par la verdeur de ses aveux, eût montré qu'elle n'était pas une personne à se choquer de grand-chose.

Sotchéa avait été une commodité. Pourtant, elle s'était montrée une compagne fidèle, attentive à le servir et relativement soumise à une autorité souvent arbitraire.

La seule passion de Julien Auberoche avait été sa plantation. Il l'avait créée, étendue, enrichie. Il ne regrettait qu'une chose, c'était de ne pas l'avoir sabotée avant qu'elle ne tombe dans les mains de l'envahisseur japonais. Au cours de son voyage, il s'était parfois demandé s'il n'avait pas abandonné la proie pour l'ombre. Mais il avait trouvé l'ombre accueillante, et le passé était mort.

Au paysage familier qu'il se plaisait à contempler ne se surimposait pas celui des rizières miroitantes sous l'argent des nuages, des *thnots* dégingandés, du toit cornu de Wat Ampuk.

Au Cambodge, il n'avait eu que la gérance de la terre dont il avait cru devenir le propriétaire. Elle appartenait à ce petit roi grassouillet à qui ses sujets demandaient, les mains jointes et l'échine courbe, sa criarde bénédiction. À Castelmerle, les taillis étaient pauvres et les friches, incultes, mais il en était le maître. Du palier, les mains posées sur la balustrade comme sur le garde-corps d'une passerelle de bateau, il regarda déferler jusqu'au pied de sa maison la vague de ses bois. C'était l'instant précis où les bruits de la nuit succèdent à ceux du jour dans un léger frémissement de silence.

Julien avait cru que le bonheur de l'homme était dans son propre anéantissement et qu'il ne lui restait plus qu'à s'y préparer. Mais voici que cette jeune femme qui personnifiait la vie et l'espoir lui redonnait le goût d'être encore.

Les foins étaient en avance d'une quinzaine. En ces derniers jours du mois de mai, partout on entendait cliqueter les faucheuses et grincer des essieux. Distraite par son nouveau voisinage, Agnès avait négligé les Bourniquel. Pour se faire pardonner son ingratitude, il suffisait de leur proposer de l'aide, ne fût-ce que pour râteler les fétus d'herbe sèche le long des andains.

Au pré de la rivière, Mélia, perchée sur la charrette, tassait en sautant dessus à pieds joints les fourchées que lui passait Médée. Il usait du manche de son outil comme d'un aiguillon sans pointe pour faire avancer son attelage, de meule en meule, par à-coups. Un brusque élan des bêtes déséquilibra Mélia. Elle bascula les quatre fers en l'air en hurlant.

– Tu fais exprès de me faire tomber, cria-t-elle de sa voix perçante, pour me regarder le derrière !

— Eh té, répondit Médée. Je n'ai plus souvent l'occasion de le voir.

— Vieux sale !

— Tu n'as qu'à te mettre le pantalon. La petite en met bien, elle !

L'arrivée de la petite en question mit fin au salace dialogue.

— Vous venez me donner un coup de main, demoiselle ? Si vous voulez mener les vaches pendant que nous chargeons les tas, ça nous avancera.

— Oui, approuva Mélia, mais pas trop vite. Pour les ralentir, vous les cognez sur les mouchettes[1] avec le manche du *rastel*. Pas trop fort quand même, hein !

La charrette pleine, Médée peigna les flancs à petits coups de fourche comme un coiffeur aux prises avec des mèches folles.

— Ça fait plus propre, expliqua-t-il, et ce que j'enlève là, les ronces ne me l'arracheront pas le long du chemin.

Il tendit ses bras à sa femme.

— Saute *fendo*, saute !

— Et si tu me rates ?

1. Sorte de voilettes pour protéger les bêtes des mouches.

Elle préféra rester où elle était jusqu'à ce que, dans la grange, le haut du chargement fût au niveau du plancher du grenier.

Il faisait sous les tuiles une chaleur à sécher les prunes.

— C'est l'enfer, suffoqua Agnès, la voix empâtée par la poussière.

— Crachez, demoiselle, rigola Médée, et le diable viendra avec.

Agnès mourait de soif. La piquette de La Borie qu'elle but à longs traits lui sembla un délice et la fraîcheur de la salle, un paradis. Ils s'attablèrent pour faire dix-heures.

— Alors, demanda Médée, vous l'avez revu, le Chinois ?

— Bien sûr. Il n'est pas si sauvage que l'on dit. Il m'a offert un verre. On a causé.

— Et il vous a raconté quoi ?

— Rien.

— Et vous ?

— Tout !

Médée prit un air pincé. Cet Auberoche s'était donc acquis sans rien faire la confiance d'Agnès dont il pensait avoir désormais l'exclusivité. L'Espagnol n'avait pas plus tôt tourné le dos que cet autre qui arrivait on ne savait d'où et qui, en plus, était aussi vieux que « Mathieu Salem » s'installait comme chez lui dans la vie privée de sa protégée.

– Eh bien, grommela-t-il, amer, il pourra toujours se fouiller maintenant pour que je lui refile mon blé et mes pommes de terre au prix de la taxe !

– Et qu'est-ce qu'il t'a fait, le Chinois ? s'enquit Mélia qui avait l'oreille fine.

– Il m'a fait que c'est un voleur d'amitié !

À la grande porte sur la terrasse, le heurtoir vigoureusement manié réveilla d'un claquement sec le silence de la nuit. Agnès attrapa le chien par son collier pour aller ouvrir. C'était Julien. Il avait son sac sur le dos et il portait une veste de toile bise de style colonial, avec des poches partout.

– Vous revenez de la chasse au tigre, Julien ?

– Et je ne l'ai pas eu. Non, j'arrive de Castelnaud par les bois. J'ai vu votre lumière. J'ai soif. Alors je me suis dit...

– Vous n'êtes jamais venu ? L'heure de la visite du château est passée. Entrez quand même.

Bazar, qui s'était éclipsé, réapparut, portant dans sa gueule une vieille pantoufle à pompon oubliée sous le lit de la défunte Inès.

– C'est son cadeau de bienvenue. Il n'est pas rancunier. Je vous reçois dans la cuisine. C'est là que nous vivons tous les deux. Ma chambre est à l'autre bout de la maison. Les autres pièces sont sinistres. Je n'ai pas de whisky à vous offrir, moi. Seulement du vin de La Borie, mais je crains qu'il ne soit plus buvable. Je me demande pourquoi Médée Bourniquel s'obstine à en faire alors qu'il tourne au vinaigre au moment de l'année où l'on a le plus soif. Et que faire du vinaigre sans huile ?

Elle avait débité sa tirade d'une seule traite sans reprendre sa respiration, comme pour se débarrasser d'un trop-plein de mots.

– J'ai bien de l'huile à Castelmerle, mais je la réserve à la lampe de mon bouddha.

– Votre bouddha ? Parlons-en ! Vous serez peut-être plus bavard sur lui que sur vous-même ?

Et Julien Auberoche raconta.

– Il était une fois un prince hindou très riche dans un palais de marbre où des dizaines de femmes plus belles les unes que les autres couraient dans tous les sens comme des scarabées dorés.

– Vous vous fichez de moi ?

– Pas du tout. Un jour, il en eut assez de sa vie de patachon. Il plaqua l'épouse qu'il avait choisie pour la nuit et le marmot qu'il lui avait fait sans doute par inadvertance et partit en quête d'un moyen pour soulager la misère des hommes, la pauvreté, la maladie, la mort.

– Et alors ? dit Agnès, les yeux poliment écarquillés comme pour écouter une histoire de grand-mère.

– Alors, un après-midi, fatigué, le prince s'étendit à l'ombre d'un gros arbre, une espèce de figuier, pour une petite sieste. Quand il se réveilla, il avait découvert comment apaiser les souffrances du monde nées de son ignorance et de ses désirs. C'est ce que ses adeptes ont appelé l'illumination.

– Une recette du bonheur, en quelque sorte ?

– À peu près.

– Et vous la suivez ?

– Elle est plus compliquée qu'elle ne paraît. J'y pense en regardant ma statue dorée, un beau paysage, vous, Agnès.

– Mais vous m'avez dit que vous ne pensiez à rien. En réalité, c'est vous que vous regardez à l'intérieur de votre tête. Toute petite, j'ai dit cela à mon père pour faire l'intéressante.

– Et sans le savoir, vous avez inventé la méditation transcendantale.

– Mais qu'êtes-vous donc enfin, monsieur le philosophe ? s'exclama Agnès un peu agacée.

– Un voyeur d'âmes.

– Je n'ai pas eu honte de vous montrer la mienne toute nue.

– Et je ne l'ai pas trouvée laide du tout.

19

Érigées sur un socle rocheux, les ruines de la Baronnie étaient entourées d'un glacis de prés sur l'un desquels s'était éparpillé le parachutage de la nuit. Il ne restait de la forteresse médiévale qu'un sévère donjon et un corps de logis que le dernier propriétaire avait utilisé comme bergerie. Le sol était tapissé d'un lit de crottin sec, et des touffes de laine s'effilochaient aux aspérités des murs de pierres nues.

Le capitaine Brown jugea que le site aux abords dégagés était propice à la propagation des ondes hertziennes qu'il avait pour mission d'émettre et de recevoir. Il insista auprès de Titou pour que ses Buffarots y installent la base arrière des opérations à venir.

Titou se soumit d'assez mauvaise grâce à un choix qu'il était dans ses attributions de prendre. Il y avait là l'amorce d'un conflit d'autorité et il n'entendait rien céder de celle qu'il s'était attribuée.

Le capitaine s'engagea le premier sur le pont-levis branlant, suivi par Badaboum, porteur du sac de sherpa, et par Augustin, à qui avait été confiée la valise radio. La cour d'honneur était ceinte de vestiges de murailles où les créneaux béants semblaient les cavités d'une mâchoire édentée.

– Ça ira, apprécia l'Anglais, si les Frisés ne nous mettent pas le siège autour.

– Parce que vous vous y connaissez en fortifications, vous ? grinça Titou.

– Chez nous aussi c'est plein de châteaux historiques en mauvais état, mais nous entretenons le délabré.

– Pour faire joli dans le panorama ?

– Pas seulement. Les pairs du royaume s'y donnent rendez-vous pour courir le sanglier et tirer la grouse.

– Les pairs, ça veut dire qu'ils chassent en couple ? ironisa Titou.

– Que je sache, il n'y a pas encore d'homosexuels à la Chambre des lords.

– Et la grouse ? s'enquit un féru d'art cynégétique.

– Un lagopède.

– Et c'est quoi, un lagopède ?

– C'est dans le dictionnaire, affirma Birembaum qui n'en savait rien.

Le clan des Espagnols, avec leur mauvaise foi coutumière et l'oubli total de leur condition de proscrits, ne vit pas non plus d'un bon œil l'intervention d'un étranger dans les affaires du maquis Buffarot. Que cet étranger fût anglais aggravait singulièrement son cas. Il traînait entre l'Espagne et l'Angleterre de très anciens contentieux depuis la déroute de l'Invincible Armada. Gibraltar restait une épine douloureuse dans le pied même de la péninsule Ibérique. En outre, s'agissant de châteaux, qu'ils appartinssent ou pas au domaine de l'utopie, le *señor* Mola pensait avoir quelque chose à dire.

– Chez nous, ceux qui sont encore debout appartiennent au peuple. José Antonio, ce fils de pute, en a même fait des hôtels[1].

Le capitaine Brown, assisté de ses deux acolytes, déballa son matériel. Il déploya son antenne sur la plate-forme du donjon. Assis dans une embrasure, il coiffa ses écouteurs sur son béret et coinça le manipulateur de graphie sur son genou. Après avoir connecté l'appareil à piles, il en tripota les boutons aux fins de

1. José Antonio Primo de Rivera, créateur des paradors.

vérifier son bon fonctionnement. Il tâtonna un moment avant d'accrocher la bonne longueur d'ondes sur son réseau. Une seconde, son visage s'illumina comme à l'écoute d'une musique céleste, mais il reprit aussitôt son flegme.

– Je l'ai ! Taisez-vous un peu, *boys* !

– Qu'est-ce qu'ils disent ?

– Que ça y est. Nous avons débarqué ce matin sur les plages de Normandie, et pas pour faire trempette.

La nouvelle fut reçue avec enthousiasme par les Buffarots qui voyaient enfin se dessiner le terme de leurs lassantes pérégrinations. Ils s'imaginèrent hissés sur des barricades de tonneaux et de charrettes, barrant la route aux renforts qu'en toute logique les Allemands allaient faire monter sur le nouveau front de l'Atlantique.

– Ça pourrait chier, jubila Titou Ferraud. On y va ou on trempe la soupe ?

Un Anglais, fût-il francophone, n'était pas obligé de connaître le sens de cette expression. Il la prit au pied de la lettre.

– Pas de précipitation. La soupe, on la mangera quand elle sera chaude. Nous en saurons plus à la vacation de ce soir.

Cela dit, il sortit de son sac un bidon emmailloté de kaki et s'en administra une forte lampée.

– Je crains, avoua-t-il en revissant le bouchon, qu'il n'y en ait assez pour tout le monde.

– Quel avare, cet Angliche, quand même, bougonna Titou.

Durant toute la journée, Augustin et Birembaum, comme des bêtes liées sous le même joug, ne quittèrent pas leur bouvier d'une semelle. Le *señor* Mola éprouva quelque aigreur de la nouvelle tocade de l'enfant Joubert. Depuis leur reconnaissance à Beaurepaire, il se considérait comme son mentor. L'objet de sa jalousie avait changé. Il voyait maintenant comme une trahison à la mémoire d'Agnès cette dévotion aveugle à un probable mystificateur.

Bien qu'il accordât toute sa confiance aux qualités militaires du capitaine, Badaboum doutait de son identité.

– À mon avis, confia-t-il à Augustin, il ne s'appelle pas plus Brown ou Smith que moi Lévy ou Isaac, et toi Dupont ou Martin.

– C'est un pseudonyme d'agent secret.

– Il ne l'est plus.

Brown (ou Smith) surgit sur ces entrefaites en se frottant les mains.

– Ça va être l'heure, *boys*. On redéballe le toutim. Il va falloir recharger les batteries.

Il prit dans la valise le chargeur, composé

d'une dynamo et d'une sorte de pédalier actionné par des poignées de manivelle.

– Vous tournez le premier, Augustin ! Dix tours minute pendant un quart d'heure !

Si j'avais su, se dit le jeune Joubert, je serais resté peinard à me les rouler avec les autres.

– Et le prochain coup, ce sera vous. Comment déjà ?

– Lévy.

– Tous les juifs s'appellent Lévy.

– Et tous les Anglais s'appellent Brown !

Beaurepaire apprit la nouvelle par la radio de Londres, plus crachotante et brouillée que jamais. Celle de Vichy se borna à mentionner sans commentaires une tentative de prendre pied sur le sol français par un commando de gangsters. Il avait subi de lourdes pertes avant d'être rejeté à la mer.

La guerre pouvait durer encore, mais, pour les Allemands, après le désastre de Stalingrad, Overlord[1] était le commencement de la fin. Des multitudes de bras s'ouvraient déjà pour étreindre les vainqueurs. Agnès se dit que si Patrick revenait, ce serait dans d'autres bras que les siens qu'il se jetterait.

Cette image ternit quelque peu son plaisir.

1. Nom de code du débarquement.

Sa joie était sincère pourtant et valait d'être partagée. Pompon, qu'elle courut harnacher, ne montra aucune émotion, pas plus que les autres animaux de la basse-cour peu portés à se nourrir de feuilles de laurier, fussent-elles symboles de la gloire.

Les Bourniquel affûtaient les dents d'une lame de faucheuse en vue de l'imminente moisson. Ils n'avaient pas l'air autrement atteints par l'importance de l'événement.

– Alors, vous ne savez donc pas ! s'exclama Agnès du haut de sa haquenée.

– Depuis une demi-heure, demoiselle !

– Et vous n'êtes pas plus content que ça, Médée ?

– Vous voudriez peut-être que je vous saute au cou ?

– Oui !

– Alors descendez de ce cheval !

Ce qu'elle fit.

À Castelmerle, la messagère trouva Julien occupé à écosser des petits pois dans une bassine à vaisselle.

– Cessez un peu de faire ce bruit de grelot. Vous avez écouté la TSF, Julien ?

– Il aurait fallu que j'aie l'électricité.

– Si vous l'aviez, vous sauriez que les Américains et les Anglais sont depuis ce matin en Normandie en train de se gaver de tartines de vrai beurre et de siroter du cidre bouché.

– Vous enjolivez le tableau. Mais peu importe. Nous allons arroser ça avec un rien de whisky. Il ne m'en reste que trois gouttes, mais si ce que vous annoncez se confirme, il ne va pas tarder à couler à pleins gallons[1].

Il faisait chaud. L'eau était fraîche. Agnès avait soif. Elle vida son fond de verre.

– C'est toujours aussi mauvais, grimaça-t-elle comiquement.

– Si mes pressentiments ne me trompent pas, vous allez devoir vous y habituer, petite Agnès.

Aux premières rumeurs, les Castelnaudais s'étaient suspendus à l'écoute des Français qui parlaient aux Français, assurés de l'impunité. Ils pensaient, et ils n'avaient pas tout à fait tort, que les Allemands avaient d'autres chats à fouetter que d'écouter aux portes des chaumières les sirènes de la sédition.

Au café de la Poste, Léon Delpit avait décrété que désormais tous les jours de la semaine seraient « avec ». Une témérité aussi désintéressée fut applaudie avec chaleur. Ce fut donc devant d'honnêtes bibines que les habitués s'attablèrent pour boire à leur

1. En Angleterre, 1 gallon = 4,546 litres.

mutuelle santé et, accessoirement, à celle des héroïques libérateurs du sol national. La municipalité se montra néanmoins réticente à pavoiser.

– Les Frisés vont être aspirés vers la Normandie, vloup, prédit Fredo Bourdel. Ils vont même se bousculer pour être les premiers à se faire tuer. Tous les chemins leur sont bons. Pour sortir les drapeaux, il vaut mieux attendre qu'ils soient tous remontés.

– Je serais plutôt pour les ralentir, au contraire, suggéra le journaleux. Y a qu'à retourner les poteaux indicateurs. Ça mettra un bordel terrible dans leur circulation.

– Et pourquoi pas faire sauter les ponts, tant que tu y es ?

Le chef cantonnier, responsable des ponts et aussi des chaussées, ne pouvait accepter de gaieté de cœur la destruction de sa raison d'être.

– Des ponts, il n'y en a pas dans le canton.

– Il y a ceux du Boudouyssou.

– Même quand il y a de l'eau dedans, on peut le traverser les souliers à la main.

– D'accord, admit le maître d'école, le Boudouyssou n'est pas la Berezina. J'établirais plutôt des barrages sur des points stratégiques et je les tiendrais au besoin jusqu'au sacrifice suprême.

– Le sacrifice de qui ?

– Des Buffarots, parbleu ! Hors le petit Joubert, c'est presque tous des étrangers. Alors, hein ?

– Paraît qu'ils ont touché un officier anglais ?

– De quoi il se mêle, celui-là ?

Aux Docks de Gascogne, les Castelnaudais entrevoyaient déjà l'autodafé des cartes d'alimentation sur la place publique et le retour immédiat de l'abondance. Albert Contal, quoiqu'il fît bonne figure, ne partageait pas leur optimisme. La fin des restrictions génératrices d'un juteux négoce parallèle allait se solder pour lui par un manque à gagner. Aussi chercha-t-il à se rassurer en affirmant que tout ça était bien joli, mais que les Américains n'avaient pas débarqué avec des bateaux remplis de denrées coloniales destinées à la consommation de la population locale.

– Le temps que les transports soient rétablis, affirma-t-il, il faudra continuer à nous priver d'huile, de riz, de café, de sucre et de chocolat. Bien heureux encore si je peux honorer les tickets. Qu'est-ce que je vous sers ce matin, madame Joubert ? J'ai justement un arrivage de pommes de terre.

– Des pommes de terre, on en trouve partout, monsieur Contal.

– Pas des nouvelles. À la maman d'un de nos chers maquisards, je les fais au prix de la taxe. Je ne gagne presque rien dessus.

– Vous vous rattrapez sur autre chose.

Albert, qui n'était plus habitué à tant de dureté, eut comme un haut-le-cœur. Les clients étaient redevenus rois. Madame Joubert estimait que le temps des serviles courbettes devant les commerçants était révolu et qu'elle était en droit d'exiger ce qu'ils lui faisaient la grâce de lui vendre. Mère d'un héros, elle se sentait une âme d'égérie révolutionnaire. Elle se mettait même dans la peau de la Liberté guidant le peuple[1], brandissant un drapeau sur une barricade sans toutefois exhiber son sein nu – encore qu'elle n'eût pas à rougir des siens.

– Et votre petit jeune homme ? s'enquit mielleusement Albert.

– J'espère qu'il sera de ceux qui vont libérer Castelnaud, monsieur Contal.

– Je vous ai mis une livre de pommes de terre en plus pour le même prix, chuchota l'épicier, mais ne le dites pas !

Comme les augures du café de la Poste l'avaient prévu, la division SS Das Reich qui

1. Tableau célèbre d'Eugène Delacroix.

devait s'illustrer de si abominable façon quelques jours plus tard à Oradour-sur-Glane refluait vers le nord. Les messages reçus et décryptés par le capitaine Brown précisaient ses itinéraires. Elle progressait par petits convois, déployée comme un éventail qui se replierait avant d'aborder la zone de combats.

De son côté, la IIIe armée du *Genial Cowboy*[1], après les farouches empoignades sur les plages et les falaises du Cotentin et du Calvados, poussait vers l'est le rouleau crépitant de ses innombrables chenilles.

Titou Ferraud s'était enfin dégoté, dans le pillage modéré d'une mercerie, un troisième galon. Ainsi pouvait-il désormais traiter d'égal à égal avec son homologue britannique.

– Alors, qu'est-ce qu'on fait ? s'impatienta Titou.

– Il n'y a que les cavaliers pour partir au galop sans savoir où ils vont, mon cher camarade.

Le propos de l'état-major des Buffarots n'était pas de livrer à l'ennemi une bataille rangée pour le contrôle de quelque passage obligé, mais de lui casser le plus de monde possible en ne subissant qu'un minimum de

1. Patton.

pertes, ce qui pour un chef de guerre partait d'un bon sentiment.

Brown possédait une vieille carte de la région à une plus grande échelle que celle du calendrier des postes, mais cochonnée par les hachures de son relief tourmenté. Les deux officiers l'étalèrent sur l'herbe de la cour d'honneur et, prosternés comme des fidèles musulmans à la prière, tête contre tête et le derrière en l'air, ils étudièrent le théâtre de leur futur exploit.

– Et vous y connaissez quelque chose en embuscade, Brown ? demanda Titou insidieux.

– J'ai appris ça sur le tas, en Birmanie, où la jungle est autre chose que vos bois à champignons. Quant aux petits Japs, ils n'étaient pas les gentils nains de Blanche-neige.

Mais le capitaine Brown réserva pour les veillées à venir le récit de ses promenades militaires depuis les rives de l'Irrawaddy jusqu'à celles de la Tamise, qu'il avait quittées la veille avec son fourbi radio.

Les deux officiers convinrent d'effectuer la reconnaissance d'un site favorable à un traquenard sur la route départementale de Bergerac. Le caporal Mola se porta volontaire en demandant comme une faveur de choisir ses hommes. Comme l'on pouvait s'y attendre, il désigna Luis et José, ses deux compatriotes, et insista pour qu'on leur adjoignît le maquisard Joubert.

– Pourquoi Joubert ? s'étonna Titou.

– Parce que nous nous connaissons bien. N'est-ce pas, Agostino ?

– Certainement. Nous sommes des amis, euh... depuis toujours.

L'équipe ainsi constituée ne parut pas à Brown des mieux assorties. D'un côté, des briscards rompus aux corps-à-corps sauvages à l'arme blanche et, de l'autre, une bleusaille de trente ans leur cadet qui avait probablement peur de son couteau de poche. Titou se soumit néanmoins aux exigences du caporal.

– Et pourquoi pas moi ? protesta Birembaum.

– Parce qu'il me faut quelqu'un de solide et sûr pour me porter le poste, répondit l'Anglais.

– Joubert est plus costaud que moi. Mais les sales corvées, c'est toujours les juifs qui se les farcissent.

– Tu nous les brises menu avec tes jérémiades, Patatras, lui dit Titou.

Patatras fut loin d'être flatté par cette biblique référence au prophète des Lamentations.

La nuit était claire, une de ces nuits de poète où le ciel, peu économe de courant, semble avoir allumé toutes les lampes de ses lustres. Les grillons, la tête hors de leur trou pour prendre le frais, de contentement, se frottaient les élytres avec assez de raffut pour étouffer le cliquetis des armes entrechoquées et le froufrou des espadrilles sur l'herbe sèche des bas-côtés de la route.

La départementale était longée sur sa gauche par un ruisselet clapoteux et surplombée du côté opposé par des falaises abruptes où des grottes ouvraient des gueules noires et inquiétantes. Méfiant, le *señor* Mola prit le parti de poursuivre sa reconnaissance en empruntant les hauts. Sur la crête, un sentier serpentait dans un maquis de genévriers et d'épines. La patrouille s'y était à peine engagée quand Luis, son éclaireur de pointe, stoppa brutalement. À un jet de pierre, une sentinelle était posée sur un éperon de rocaille, hiératique comme sur un écueil, face à la mer, la statue de bronze d'un conquistador. Les Buffarots se couchèrent dans la broussaille. Mola s'avança en rampant sur le rebord de la falaise. À ses pieds, dans un hameau, des masures presque invisibles semblaient sortir de la paroi de pierre comme des serpents de leur mue. L'avant-garde d'une colonne alle-

374

mande y avait établi son bivouac en attendant le jour. Un discret bourdonnement émanait d'un poste de radio en état de veille.

Saisi par une subite et irrépressible pulsion guerrière, Mola sauta sur cette occasion inespérée de dérouiller son couteau. Le guetteur, proprement égorgé, s'affaissa sans autre bruit qu'un horrible gargouillement et bascula dans le vide vingt mètres plus bas. Ses camarades, croyant à une chute naturelle, se rassemblèrent autour du cadavre aplati comme un sac vide. Le *señor* Mola n'hésita plus. Il balança une de ses grenades dans le tas. Luis et José, pris de la même frénésie meurtrière, jetèrent les leurs. Au chapelet d'explosions, Augustin Joubert, pour ne pas être en reste de vacarme, lâcha une giclée de sa mitraillette.

L'instant de confusion passé, les équipages se ruèrent sur les armes automatiques de leurs blindés. À l'aveuglette, ils arrosèrent le sommet de l'escarpement d'où leur semblaient venir les coups. Comme rien ne leur répondit, ils ne jugèrent pas utile de tenter un assaut que les maquisards n'auraient sûrement pas attendu pour disparaître. Luis roula à côté du caporal.

– Enrique. Nous partons ou quoi ?

Enrique ne lui répondit que par une bordée

d'injures qui, pour être chuchotées, n'en étaient pas moins vigoureuses.

– Blessé ?

– *Sí.*

– Où ?

– Là.

Mola prit la main de son camarade et la posa sur sa blessure, en haut de la cuisse. Luis la retira poisseuse de sang.

– *¡Mierda !*

C'était peu dire. À tâtons, sans se relever, l'Espagnol confectionna un garrot avec une ceinture de pantalon et un chargeur de mitraillette en guise de tourniquet. José chargea Mola sur ses épaules comme le bon Samaritain son mouton égaré. Ils reprirent le chemin de la Baronnie où ils n'espéraient pas être accueillis avec les compliments de la direction. D'abord, ils ramenaient un blessé, ensuite et surtout, ils avaient enfreint la consigne pourtant formelle de ne dévoiler sous aucun prétexte la présence de leur maquis.

À la Baronnie, on avait entendu avec consternation les bruits de l'échauffourée.

– C'est foutu, dit Titou. Ils se sont fait avoir.

– J'en ai bien peur. Encore heureux s'il en revient un pour tout nous raconter, dit le capitaine Brown.

Mais ils revinrent tous, fourbus, penauds et muets, bien qu'ils eussent mijoté une excuse à peu près plausible à leur inconséquence. Trop préoccupé par l'état de Mola, on ne leur en demanda pas plus. Sourd aux protestations du blessé, Brown abaissa son pantalon. Il nettoya les lèvres de la plaie avec du whisky de son bidon et ouvrit le paquet de pansements réglementaires de son paquetage.

– Que va-t-on faire de lui, maintenant ? s'inquiéta Titou.

L'ancien combattant de Birmanie savait les terribles remords qui accablent un chef obligé d'abandonner l'un des siens sur le terrain sans pouvoir l'évacuer.

– Les Boches ne vont pas tarder à rappliquer. On s'en va et on l'emmène, évidemment.

– Où ?

– D'où nous venons. À Castelmerle, faute de mieux.

– Pourquoi pas à Beaurepaire ?

– On ne t'a pas sonné, Joubert. Vous feriez mieux de vous faire oublier, toi et tes abrutis d'espingouins.

– Abrutis ? s'agita Mola. Espingouins ? Répétez-le pour voir !

– Eh bien, répondit calmement l'Anglais, si

377

ça peut vous faire tenir tranquille, on ne vous le redira pas, *caballero* !

Durant la triste retraite du maquis Buffarot vers sa base, le *señor* Mola ne desserra les dents que pour prendre le ciel à témoin de l'iniquité de son sort. La route par les sentiers semés d'embûches avait été longue. Le blessé était lourd. Les porteurs de la civière durent être relevés plusieurs fois. Ce fut avec soulagement qu'ils déposèrent leur fardeau au bas de l'escalier de Castelmerle. Sur le palier, la porte de la salle était ouverte et les volets étaient mi-clos. Pourtant, Titou croyait bien les avoir fermés avant de partir.

— Y a quelqu'un ? beugla-t-il, les mains en porte-voix.

Toutes les têtes des Buffarots se levèrent comme pour scruter dans le ciel l'apparition d'un météore. Julien Auberoche surgit en majesté sur son seuil.

— Tiens, vous revoilà, leur dit-il sans marquer autrement sa surprise.

— Bien forcés, admit Titou en montrant le brancard.

— Montez-le donc, votre estropié !

— On va déranger, c'est sûr, avança poliment Augustin.

— Vous n'avez pas fait de ronds de jambe la dernière fois que vous avez envahi ma maison.

– Vous n'y étiez pas, allégua le capitaine Ferraud.

– Que j'y sois ou pas n'aurait rien changé.

Le caporal Mola fut étendu sur le moins crevé des matelas des chambres. Augustin cala sous sa tête un polochon craquant de paille de maïs. Pour respecter sa pudeur, il recouvrit d'un drap taché de rouille sa grande carcasse nue. Sous l'étoffe cartonneuse aux plis raides, l'hidalgo semblait un gisant de marbre que l'on n'eût pas achevé de sculpter. Il somnolait, fiévreux, enfin silencieux. Sur la pointe des pieds, Augustin revint dans la salle à l'instant où l'Anglais y entrait après avoir déployé son matériel dans le clocheton du pigeonnier.

– Capitaine Brown, *Royal Signal Corps*.

– Julien Auberoche, enseigne de vaisseau de première classe de réserve dans diverses marines. *Welcome* à Castelmerle. Je n'ai même pas une tasse de thé à vous offrir, bien que ce soit l'heure, ni de whisky, bien que ce ne la soit pas encore.

– J'use peu du premier. Il me reste bien une demi pinte du second, mais c'est trop peu pour porter à la santé de la reine.

– Écossais[1], si je comprends bien, monsieur ?

---

1. La réputation d'avarice des Écossais est surfaite.

– Comment l'avez-vous deviné ? demanda ingénument le capitaine Brown.

– Et Brown n'est pas un nom de chez vous ?

– Non !

– Qu'est-ce qu'on disait ! triompha Birembaum.

20

Les Buffarots avaient passé la nuit à la belle étoile. La fraîcheur de l'aube les réveilla. Le premier geste d'Augustin fut d'aller voir son caporal. Il était plus agité et plus fiévreux que la veille. Il n'avait pas dormi. Ses yeux enfoncés dans leurs orbites luisaient comme un reflet de lune au fond d'un puits. Son teint naturellement cuivré avait pris la couleur de la cendre. Ses traits creusés par la fatigue lui faisaient un masque de sinistre polichinelle.

– Ça va, Enrique ? chuchota le jeune Joubert.

– Qu'est-ce que ça peut te foutre ?

– Ça me fout... Ça me fout... Rien du tout, tiens !

Il se précipita dans la salle où s'étaient réunis Julien et les deux capitaines.

– Mola va mourir. C'est sûr, annonça-t-il d'un ton tragique.

– Mais non, mais non !

Ils le suivirent dans la chambre du blessé. Julien le découvrit et desserra le pansement. L'hémorragie avait été contenue. L'artère fémorale n'avait donc pas été atteinte, mais du sang suintait encore de la plaie. Brown rapporta de sa trousse de secours un petit flacon de sulfamides et en déversa la moitié dessus. Si efficace que fût ce nouveau remède, il n'était peut-être pas suffisant pour enrayer l'infection. L'intervention d'un médecin s'imposait.

Castelnaud était à une heure de Castelmerle. À brancarder Mola par des chemins cahoteux, on courait le risque d'aggraver son état et, peut-être, de l'achever.

– Mon voisin Bourniquel a une auto, proposa Julien. Si elle veut bien démarrer.

À La Borie, Julien ne perdit pas de temps en explications.

– Si on le porte à Castelnaud, objecta Médée, il y aura bien quelqu'un pour courir vous dénoncer aux Boches. Il en reste encore, on dit. Déjà qu'ils étaient nerveux, ils vont devenir enragés. Mieux vaut que j'aille chercher Delfaux. Si on me demande quelque chose, je dirai que ma femme est malade. Tais-toi, Mélia !

– Mais je n'ai rien dit !

Médée eut beau batailler avec son gazogène, il n'en tira qu'une foireuse pétarade et une grosse bouffée de fumée noire. Il asséna un furieux coup de manivelle sur le capot du moteur et décocha une volée de sabots dans un pneu.

– Saloperie ! Si seulement j'avais gardé Pompon !

Regret stérile. Pompon n'avançait plus qu'au pas de funérailles. On aurait aussi vite fait d'aller au village à pied. Mais, pensant au cheval, il se souvint qu'Agnès avait une bicyclette. En moins de dix minutes elle pouvait être chez Delfaux. Avec sa voiture, il lui faudrait moitié moins de temps pour être à Castelmerle.

– C'est monsieur Auberoche qui est malade ? s'inquiéta-t-elle.

– Non, un accident. Un type des Buffarots. Un Espagnol.

Agnès dénoua son tablier, enferma Bazar et sauta sur sa selle. Paul Delfaux, dans l'urgence, interrompit sa consultation du matin et planta dans sa salle d'attente un orteil écrasé, une diarrhée de nourrisson et un catarrhe de fumeur.

À Castelmerle, Titou se lança dans un exposé de la situation confus et circonspect.

– Je n'ai pas à savoir les circonstances de

l'accident, l'interrompit le docteur. Où est le blessé ?

Augustin le précéda dans la chambre où bombinait déjà un essaim de mouches. Delfaux défit le pansement de l'Espagnol.

– Pas beau, tout ça, mais pourquoi diable l'avez-vous saupoudré de farine ?

– Ce sont des sulfamides, rectifia Brown.

– Vous avez de la veine d'en avoir, vous, le militaire. Anglais, j'imagine ?

– Écossais.

– C'est la même chose !

– Pas du tout !

Le moment ne se prêtait guère à une discussion sur le bien-fondé de la décapitation de Marie Stuart.

– Vous n'allez pas me couper la jambe ! s'insurgea Mola.

– On peut attendre, le rassura Delfaux, mais pas trop longtemps. Surtout dans cette saleté, ajouta-t-il en promenant autour de lui un regard dégoûté.

– À Beaurepaire, insinua Augustin.

– Quoi, Beaurepaire ? Tu n'as que ce mot-là à la bouche, dit Titou. Vous connaissez l'endroit, monsieur Auberoche ?

– Oui.

– Encore un, grommela Augustin. On s'y bouscule.

– Le jeune homme n'a pas tort, approuva Julien. Même si la propriétaire des lieux n'est pas infirmière, le blessé sera mieux dans les mains d'une femme que dans les nôtres...

– ... qui ne sont pas vraiment propres, fit remarquer le médecin en visant celles d'Augustin.

– Ah non, maugréa Mola. Pas là !

– Je ne crois pas, lui dit Delfaux, que vous soyez bien en situation de refuser des soins, d'où qu'ils viennent.

L'Espagnol fut casé tout replié sur la banquette arrière de la Citroën en compagnie d'Augustin. Julien prit place à côté du chauffeur.

Médée avait attendu Agnès à Beaurepaire dans l'espoir d'obtenir quelques lumières sur cette sombre affaire à laquelle se trouvait mêlé son nouveau voisin. Agnès lui apprit que le docteur était à Castelmerle au chevet d'un blessé et lui confirma que ce dernier était bien espagnol.

– Ils sont partout, ces canailles !

– Ils ne le sont pas tous.

– 'Videmment, grommela Médée.

La Citroën s'arrêta sur la terrasse, au plus près de la porte d'entrée. Au bruit des portières claquées, Médée et Bazar sortirent en trombe sur le seuil.

– Préparez un lit, mademoiselle d'Ayrac, cria Julien, et toi, Amédée, trouve-nous une porte, des planches, n'importe quoi de plat.

Docile et diligent, Médée alla décrocher un contrevent du salon et le déposa le long de la voiture tandis que Julien et Delfaux extirpaient Mola de sa boîte. La manœuvre n'alla pas sans vociférations.

Un type qui brame comme ça ne peut être que ce Mola de malheur, se dit Médée. Un examen plus attentif de sa physionomie l'assura dans sa certitude.

– *Cen diou de milodiou*, jura-t-il, le revoilà !

– Je n'ai pas demandé à revenir, bougonna le *señor* Mola.

– C'est moi qui y ai pensé, commença Augustin.

– Qu'est-ce que tu fous ici, maudit drôle ? Il faudra toujours que tu traînes dans nos pieds !

– Au lieu de vous faire des politesses, intervint le médecin, aidez-nous un peu !

Ils ne furent pas trop de quatre pour porter la civière improvisée à l'intérieur de la maison.

Agnès ne s'était pas posé de question. Sans aller jusqu'à l'auto où sa curiosité eût dû la mener, elle était restée pour retaper le lit dans la chambre d'Inès. Elle s'avança jusqu'à la civière.

– C'est qui, lui ?

– C'est moi, murmura le *señor* Mola d'une voix d'outre-tombe.

– Vous, Enrique ? Mais d'où sortez-vous ?

– *¡ Pues, claro, de la guerra !*

Elle s'empara brusquement de sa main et la serra très fort.

– Aïe ! Hou là !

– Ne le secouez pas comme ça, dit Augustin. Vous voyez bien qu'il a mal partout !

Le regard compatissant d'Agnès fulgura soudain de lueurs furibondes.

– Encore vous ! On vous marche dessus, ma parole !

– Monsieur Bourniquel me l'a déjà dit.

– Et il ne vous a pas coupé les jambes ?

– Non, gronda Médée, mais il ne perd rien pour attendre.

On déposa Mola sous le baldaquin de sa couche d'apparat. Vêtu d'une armure rouillée, les mains croisées sur la coquille d'une rapière, il eût été l'image criante du Chevalier à la triste figure[1] sur son lit d'agonie, dans sa demeure de Toboso.

– Où va dormir *doña* Inès ? s'inquiéta l'hidalgo.

– Au cimetière de Castelnaud, Enrique.

1. Don Quichotte, bien sûr.

Il bredouilla dans sa langue ces mots sans suite et privés de sens qui, au bord des tombes, passent pour des condoléances. Assommé de calmants par le bon docteur, il bascula dans une lourde torpeur. Devant la porte, le chien Bazar resta assis dans la posture vigilante des *kéous*, terrifiants monstres mythiques affectés spécialement à la garde des lieux sacrés asiatiques.

Sans se donner le mot, les hommes s'étaient rassemblés dans la salle. Quand elle les rejoignit, Agnès pensa non sans s'en amuser que la réunion sous son toit des victimes de ses prétendus enchantements tenait du surnaturel.

Avant de partir, le médecin prodigua ses recommandations.

– Je vous laisse du coton, des compresses stérilisées, de l'eau oxygénée, de la teinture d'iode et des somnifères. Prenez et notez sa température matin et soir.

– Ça m'étonnerait qu'il se laisse faire.

– Il n'a besoin de personne pour se fourrer un thermomètre où il faut ! Ce n'est quand même pas une acrobatie. Tenez-le propre et ne le nourrissez pas que de bouillons. Je reviendrai demain après-midi. Je ne vous laisse pas d'ordonnance. Laissez le pharmacien en dehors de cette affaire ! Au revoir, tout le monde !

Après son départ, Médée, Augustin et Julien restèrent un instant silencieux.

Le premier jetait sur le deuxième des regards chargés de mépris; Augustin était boudeur, et Julien perplexe.

— Je reste comme garde-malade, prétendit le jeune garçon en hochant un menton volontaire.

— Tu n'as rien à faire ici, répondit Médée, véhément. Tu ne sais même pas te faire une poupée avec ton mouchoir quand tu as une égratignure au bout du doigt!

— Et puis, renchérit Julien avec une flatteuse ironie, les Buffarots ne sauraient se priver d'un aussi brillant élément.

— Ma femme viendra tous les jours aider mademoiselle d'Ayrac. Pour la remplacer à la moisson, je vais demander à Ferraud de me détacher son Joubert.

— La poussière me donne des crises d'asthme.

— Et mon cul, il tousse? répliqua Médée.

— Bon. C'est moi qui te prêterai la main, Amédée. À Castelmerle, je ne suis plus chez moi.

— 'Mande pardon, monsieur Auberoche, mais c'est une chose de regarder couler le caoutchouc et une autre de cavaler derrière une moissonneuse. Il y a un âge pour tout, ajouta-t-il fielleusement.

— J'ai suivi les machines de mon père alors que tu avais encore des culottes fendues. Je me crois capable de lever des gerbes grosses comme des barriques et de les enfourner dans la gueule d'une batteuse.

Médée accepta faute de mieux la proposition de son voisin. Augustin et Julien revinrent ensemble à Castelmerle où il se faisait un grand raffut de gamelles et de viriles clameurs.

Les capitaines accoururent aux nouvelles. S'il ne se livrait pas à des excentricités gymniques, le caporal Mola pouvait espérer ne pas finir ses jours avec une jambe de bois. Julien réaffirma sa confiance dans les talents de la propriétaire de Beaurepaire. Augustin ne put s'empêcher d'en rajouter un peu.

— Enrique a une sacrée chance d'être tombé sur mademoiselle d'Ayrac.

— D'Ayrac, avez-vous dit, soldat Joubert ? Elle est comment, cette personne ?

Augustin traça d'Agnès un portrait dithyrambique en empruntant les clichés les plus éculés : souplesse de liane, taille de guêpe, longues jambes racées, port de reine, peau de soie, teint de lys, yeux de velours et *tutti quanti*.

— Vous en parlez comme si vous en étiez amoureux, garçon !

– Moi ? Jamais, monsieur !

Augustin se sentit rougir de son reniement, mais le capitaine Brown ne s'en aperçut pas.

– Vous l'appelez par son prénom, je présume ?

– Agnès.

– Bon, j'irai demain matin voir le caporal et par la même occasion déposer mes hommages aux pieds de mademoiselle d'Ayrac.

– Je vous montrerai le chemin, s'empressa d'ajouter Augustin.

Bien que pour une telle entrevue la présence d'un témoin ne s'imposât pas, Brown accepta.

Le soir venu, il estima qu'il n'était plus nécessaire de dissimuler sa véritable identité puisqu'aussi bien, à Beaurepaire, il allait être obligé de la révéler.

– En fait, confia-t-il à Augustin, mon vrai nom est McDowell, Patrick, mais gardez-le pour vous, soldat Joubert.

Augustin s'empressa de dévoiler le secret à qui voulut l'entendre.

– Je l'avais bien dit, triompha Birembaum, mais nous, les juifs, avant même qu'on ouvre la bouche, on nous dit de la fermer.

– Parce que tu parles comme un âne qui pète, Patatras !

Sa basse-cour pansée, la vache traite, le veau gavé, ce qui la mena jusque vers huit heures, Mélia laissa son homme lier ses javelles dans son champ des Carailles.

– Tu vas pouvoir te débrouiller tout seul, mon homme ? s'inquiéta-t-elle.

– Auberoche doit venir m'aider à charger les charrettes et à faire le gerbier.

– Çui-là, leste comme il est, quand il sera en haut, il ne pourra plus descendre et, sans personne, tu ne pourras pas lui mettre l'échelle.

Mélia s'amusa d'imaginer le Chinois perché comme un stylite sur le chapiteau de sa colonne, disputant aux rapaces son casse-croûte de dix heures.

Agnès n'attendait qu'elle pour procéder aux soins et à la toilette du blessé. Elle avait disposé sur une chaise à côté du lit une cuvette et un broc de faïence ébréchés mais assortis ainsi qu'un porte-savon d'un Bébé Cadum inentamé, dans son emballage vert de papier gaufré. Sans lui demander quoi que ce fût, Mélia, pleine d'énergie, entreprit de rabattre le drap sur les pieds d'Enrique.

– Laissez ça, gronda-t-il en tirant l'étoffe sous son menton.

– Vous croyez que je n'ai jamais vu un homme tout nu, monsieur Mola ?

– Mais pas mademoiselle Agnès.

– Bien sûr que si, affirma Agnès, et souvent !

Aveu troublant ! Il était inconcevable dans l'esprit d'Enrique qu'Agnès ait pu assister au spectacle d'un individu dévêtu hors les bords d'une piscine ou le sable d'une plage.

– Tournez-vous, ordonna Mélia, que je vous lave le dos !

– Je ne peux pas me remuer.

– Mais si ! Tournez-le sur le bon côté, mademoiselle Agnès !

– Alors, qu'elle ferme les yeux !

– Pas de fausse pudeur, Enrique ! Quand vous troussiez vos *garcitas*, vous baissiez quand même vos bretelles.

– Ce n'était pas la même chose, en Espagne...

Le *señor* Mola, lavé, talqué comme un nouveau-né, drapé dans une chemise de nuit gansée de soie rouge, parut tout ragaillardi. Il fit honneur à son petit déjeuner : une assiette de soupe trempée et un couple d'œufs sur le plat.

Julien quitta Patrick et Augustin au carrefour de La Borie et de Beaurepaire où Mélia était occupée à chasser les poules de l'entrée à grands coups de balai.

– Mes hommages, madame, dit Patrick d'un ton prudemment cérémonieux. Nous venons voir notre blessé et saluer mademoiselle d'Ayrac.

– Ce n'est pas l'heure de la visite !

– Ce soir, nous serons probablement repartis, madame.

– Alors entrez, mais cinq minutes ! Ne le fatiguez pas !

Elle les conduisit dans la chambre de la tante Inès et fit mine de mettre de l'ordre dans le salon qui lui était contigu et où rien ne pouvait lui échapper de ce qui se disait. Bazar, une fois de plus enfermé dans la cuisine, hurlait comme un possédé. Agnès accourut.

– Il y a des gens pour l'Espagnol, annonça Mélia.

– Qui ça ?

– Le drôle du notaire...

– Encore !

– ...et l'Anglais des Buffarots.

Au grincement de la porte qu'il avait à demi refermée, Patrick se retourna. Il eut à peine le temps d'ouvrir ses bras qu'Agnès y était déjà blottie. Serrés l'un contre l'autre à en suffoquer, ils entamèrent sous les regards médusés d'Enrique et d'Augustin l'éternelle danse immobile et silencieuse des amants retrouvés.

– Vous pleurez, Agnès, lui dit Patrick en lui mordillant une oreille.

– Juste un peu !

Ils s'étreignirent de plus belle, insatiables de baisers. Le *señor* Mola se dressa sur son lit, le visage peint d'une surprise indignée. Il frôla l'étouffement lorsqu'ils sortirent de la pièce enlacés, lui un bras autour de sa taille, elle la tête tendrement appuyée sur son épaule.

– Pas possible, constata Augustin accablé. Ils se connaissaient d'avant.

– *Extranjero de mierda*, rugit le caporal, le poing brandi.

Mais son bref accès de colère l'avait épuisé. Il retomba sur son oreiller, les yeux clos, le souffle court. Augustin s'assit à son chevet. Sans savoir de qui désormais ils allaient pouvoir rêver, ils se sentirent soudain très seuls, abandonnés de la terre et des hommes.

Patrick et Agnès allèrent s'accouder à la balustrade de la terrasse. Bazar les avait suivis et se demandait s'il devait oui ou non planter ses dents dans le mollet de celui qui venait de lui enlever sa maîtresse.

– Ils vont être un peu malheureux, mes hommes, dit Agnès.

– Qui donc ?

– Le gamin, Enrique, mon voisin Médée, le chien et peut-être un peu Julien Auberoche.

– Vous les avez ensorcelés ?

– Pas vous ?

– Je crains bien que si.

– Vous n'allez plus repartir maintenant, Patrick ?

– Il va bien falloir. Nous n'aurons que quelques jours à nous attendre.

– Un jour sera pour moi cent ans. N'attendons pas !

Elle l'entraîna dans sa chambre. Les volets étaient mi-clos, la pénombre propice. Des abeilles perdues bourdonnaient. Bazar, torturé de jalousie, couinait derrière la porte. Au loin, des batteuses ronflaient. Mais ils n'entendirent plus que les balbutiements de leur plaisir.

À la nuit, Julien Auberoche rentra chez lui pour n'y trouver personne. Les Buffarots s'étaient envolés sans avoir effacé toutes les traces de leur passage. Il avait soupé à La Borie. Mélia, qui avait des yeux et des oreilles partout, n'avait pas perdu une miette des retrouvailles d'Agnès et de son beau capitaine. Elle ne put s'empêcher d'en faire le récit, ne fût-ce que pour agacer son mari. Si Médée le fut, il n'en montra rien. Sa dignité lui interdisait de laisser paraître son dépit. Il s'en consola un peu en se disant que Julien

Auberoche avait éprouvé le même. Mais il fut surpris qu'au contraire il parût se réjouir des révélations de Mélia et même s'amuser de la déconvenue d'Augustin et de son vieux compère.

Après qu'il fut parti, Mélia fit le tour de la table. Debout derrière Médée, elle posa ses mains sur ses épaules.

– Elle n'est pas perdue, ton Agnès, mon homme. Elle t'aime bien, mais moi aussi.

Médée renversa sa tête contre la poitrine de sa femme et leva vers elle un regard de gamin repenti.

– Embrasse-moi donc, ma femme !

– Tu ne le mérites pas, *couillounet*.

Elle le fit quand même, sur le haut de son front, où ses cheveux n'étaient plus qu'un souvenir.

À travers le feuillage des ormes agités par un coup de brise, les lumières de Beaurepaire apparurent à Julien comme les éclipses d'un phare lointain et noyé dans la brume. Il était trop tard pour s'atteler à la remise en ordre de sa maison et trop tôt pour se fourrer dans son sac de couchage. Certes, il ressentait comme un devoir d'aller prendre des nouvelles de Mola, mais il voulait aussi tenir de la bouche d'Agnès sa version de l'événement du jour.

Devant l'évier de la cuisine, elle s'escrimait à faire disparaître des taches de sang sur les pans d'une chemise d'homme.

– À propos, comment va votre Espagnol ?

– Il repose, dit-elle avec un rien d'emphase. Il ne sied pas de le réveiller.

– Ne parlez donc pas comme un livre, petite Agnès ! Vous avez mieux à me raconter. Alors ?

– Alors, tout ! C'est le bonheur, Julien.

– Vous le méritez. Qu'allez-vous faire de lui ?

– L'attacher avec une chaîne à vache pour qu'il ne m'échappe plus.

– Les doux liens du mariage, en quelque sorte ?

Elle lui sauta au cou comme si elle avait eu quelque chose à se faire pardonner.

– Vous n'êtes pas jaloux, au moins ?

– De quel droit le serais-je ?

Elle lui fit part de leurs projets. Patrick n'était pas riche, elle non plus, mais en rassemblant leurs biens ils pourraient ajouter aux terres de Beaurepaire celles qu'ils rachèteraient à Médée Bourniquel. Ils rempliraient la grange de bêtes et le hangar de machines, et Beaurepaire revivrait le temps de sa splendeur.

– On ne passe pas si facilement du sabre à la charrue.

– Patrick s'y mettra.

– Et vous au whisky. Je vous l'avais prédit, Agnès.

– Le devin ! dit-elle en riant.

– Et la sorcière ! Joli titre pour une fable.

– Vous l'écrirez ?

– Si Dieu veut.

– Dieu, vous y croyez donc ?

– Pas vous ?

– Comment n'y croirais-je pas maintenant ?

ÉPILOGUE

Depuis son éveil à la vie, jamais le *señor* Mola n'avait été vraiment de bonne humeur, et l'intrusion du capitaine McDowell dans son monde sentimental n'était pas faite pour la rendre meilleure. S'il se montrait courtois à l'égard de Mélia Bourniquel, et même reconnaissant, il n'en était pas de même pour Agnès, qu'il traitait avec une froide et hautaine réserve.

– Mais enfin, que vous ai-je fait, Enrique ? Je connais Patrick depuis quatre ans. Je l'ai attendu tout ce temps et vous voudriez peut-être que je lui en veuille de n'être pas mort ?

– *Me da igual.* Je me fous de « cette » type, et de tout.

Le *señor* Mola forçait un peu son attitude de *desperado* blasé. Son goût inné pour le drame y trouvait de quoi être satisfait. À la longue, il finit quand même par trouver que la comédie avait assez duré. Il était prêt, à condition qu'Agnès l'en priât, à rejouer auprès d'elle son rôle de chevalier servant, au moins jusqu'à ce que sa guérison fût complète.

Il était en effet décidé à rejoindre le plus vite possible son escouade de compatriotes au sein du maquis Buffarot.

Dès qu'il put se lever et faire quelques pas tout seul, il prit dans le royal trône de rotin la place de tante Inès. Sur la terrasse, il s'abaissait à veiller sur les poules.

Parfois il pinçait sur la guitare des *coplas* désespérées, mais Agnès n'en était plus émue.

Agnès revit plusieurs fois Julien. Elle lui apportait des fruits de son jardin, des œufs, un quartier de canard confit. Elle lui avait prêté des draps et suturé à gros points de chirurgien les déchirures du matelas de sa chambre. Elle faisait en coup de vent un peu de ménage. Julien y voyait un reproche à son laisser-aller et, pour y répondre, il se croyait obligé de participer avec autant de zèle et d'enthousiasme qu'un bidasse à sa corvée de chambrée.

Ils s'asseyaient sous l'auvent de la galerie et papotaient, le temps pour lui de fumer un fond de pipe et pour elle de tirer trois bouffées de ses élégantes cigarettes de foin. Elle ne tarissait pas sur ses projets. Patrick par-ci,

Patrick par-là. Elle le parait de toutes les qualités. C'était le plus beau, le plus fort, le plus tendre, bien qu'il n'ait eu qu'un bref instant pour le lui prouver. Julien l'écoutait en souriant.

– Vous vous fichez de moi, Julien ?

– Mais non ! Votre bonheur est un peu le mien, même si je n'y suis pas pour grand-chose.

– Je suis si contente que vous le partagiez ! Et elle l'embrassait comme du bon pain.

Son blé battu, sa paille en grange, Médée n'avait besoin de personne pour lever ses chaumes. Il n'était pas revenu à Beaurepaire depuis que l'Espagnol y avait trouvé asile. Il estimait, en effet, que sa femme en avait fait assez auprès du blessé pour qu'il puisse se dispenser de porter ses vœux de rétablissement au convalescent.

Leurs griefs s'étaient éteints dès l'instant où Agnès avait clairement exprimé son choix parmi ses soupirants. À y bien réfléchir, l'enjeu du conflit avait toujours été illusoire. Agnès les avait traités avec une bienveillante neutralité, les considérant comme ce qu'ils étaient, d'attendrissants vieux gamins jaloux d'une belle image disputée à force de bons points.

Quand Médée se décida enfin à faire une visite à Beaurepaire, Enrique venait d'en partir.

– Sa cicatrice le démangeait, expliqua Agnès.

– Où est-il allé se gratter ?

– Chez ses Buffarots, pardi !

Médée hésitait à demander des nouvelles du capitaine. Il craignait qu'Agnès, doutant de sa sincérité, ne le taxât d'hypocrisie. Elle devança sa question.

– Je ne sais pas où ils sont. Vous pensez bien que le capitaine McDowell ne me l'a pas dit.

– Je vais à Castelnaud demain porter du blé chez Burlat. Il serait bien étonnant qu'à la ville on n'en ait pas une petite idée. Si j'apprends quelque chose, je viendrai vous le dire. Je vous nettoierai le jardin par la même occasion. En ce moment, vous n'avez peut-être pas la tête à le faire.

– Ma tête, je ne l'ai pas encore perdue, Médée.

La guerre continuait. Le 15 août, les Alliés avaient débarqué en Provence avec la Ire armée du général de Lattre et fonçaient vers le nord par la vallée du Rhône. Mais dans le Sud-Ouest, les Allemands s'accrochaient encore férocement. Ils répondaient aux provocations des maquis par de sauvages représailles. Un peu partout, des villages brûlaient. De Bordeaux, comme si de rien n'était, partaient des trains de déportés qu'une mort à peu près certaine attendait à l'ombre sinistre des miradors.

À Castelnaud, après qu'il eut déposé son blé chez le boulanger, Médée Bourniquel fit un tour au café de la Poste. C'était le soir, à l'heure où les fidèles clients de Léon Delpit refaisaient le monde devant des rafraîchissements « avec ». Médée fut admis dans leur cénacle après avoir annoncé qu'il offrait la tournée.

– Alors, monsieur Bourniquel, vous qui êtes un homme des bois, badina Aristide Lauraguais, vous êtes un maquisard sans le savoir ?

– Des maquisards, il en est bien passé, mais ça fait un moment que je ne les ai plus vus.

– Rien d'étonnant. Ils seraient du côté de Lalinde. On dit qu'ils ont essayé de faire sauter un barrage électrique sur la Dordogne et qu'ils se sont frottés avec la « vermachte ».

– Et même qu'il y a des blessés chez nous, précisa Fifi Courcol.

– Ils ne sont pas les premiers. Paraît qu'il y en a un à Beaurepaire.

– L'Agnès va nous le remettre sur pied en moins de deux.

– Je suis son voisin. Je l'aurais su, mentit effrontément Médée.

– Les Buffarots traînent toujours leur Anglais ?

– Je crois que c'est plutôt le contraire, avança Fredo.

– Si ça se trouve, nous allons être libérés par un ancien occupant, dit l'instituteur à la retraite, qui admettait quand même que l'histoire de France avait commencé avant la Révolution.

Médée dut se contenter de ces informations. Elles étaient propres à rassurer Agnès sur le sort de son capitaine. Avant de lui porter son message, il eut l'idée de faire un détour par Castelmerle.

Il fut surpris que les grincements de sa charrette ne trouvassent aucun écho chez son habitant. Sur le palier, la porte était fermée, mais il n'eut qu'à la pousser pour entrer. La maison était silencieuse. Le balancier de l'horloge luisait, immobile derrière sa vitre. Les contrepoids n'avaient pas été remontés. Les cendres de la cheminée étaient froides. Médée se dit que Julien Auberoche, victime d'une attaque, gisait quelque part, mort depuis plusieurs jours. Mais avec ce temps à l'orage, le cadavre se fût manifesté. Il ne stagnait dans la salle qu'une odeur d'huile brûlée et de tabac froid.

Agnès parut plus inquiète de la disparition inexpliquée de Julien que du sort du maquis Buffarot. Tout en elle, corps et âme, lui disait que Patrick était vivant et qu'elle n'allait pas tarder à le revoir. Son intuition ne l'avait pas trompée.

Elle faisait la litière de Pompon et de la vache quand une silhouette se découpa à contre-jour dans la porte basse de l'étable. Elle lâcha les brancards de la brouette qu'elle s'apprêtait à sortir pour se précipiter dans les bras de Patrick.

— Il me semble qu'il me reste un peu d'eau de Cologne dans mon sac, lança-t-il en l'écartant doucement de lui.

— Dites tout de suite que je sens mauvais !

— Hem, non ! Enfin, oui ! Bref, un peu !

Elle ramassa sa fourche et, comme un javelot, elle la lança dans le tas de fumier. Puis, d'un pas résolu, elle se dirigea vers la terrasse où chauffait au soleil le contenu d'un vieux tub de tôle.

— Vous tombez bien, Patrick. C'est l'heure de ma douche. Vous allez pouvoir vous rendre utile.

En un tour de main, elle fit passer par-dessus sa tête sa chemise d'homme et laissa tomber son pantalon sur ses chevilles. Elle portait dessous une petite culotte de coton très ordinaire dont elle se débarrassa aussi prestement avec une remarquable impudeur.

– Hem, Agnès, est-ce vraiment convenable ?

– Comme si vous ne m'aviez pas déjà vue toute nue !

– Oh, à peine.

– Eh bien, profitez-en ! Vous me frotterez le dos !

Cela dit, elle sauta à pieds joints dans l'eau dans un grand éclaboussement de gouttes irisées.

– Le bain de Vénus dans sa coquille Saint-Jacques, remarqua Patrick. Le naturel vaut mieux que le tableau de Botticelli.

Il y avait du côté du tub une petite casserole de cuivre jaune rescapée du pillage de la cuisine. S'en servant comme d'une écope, il aspergea ses épaules et la savonna avec une lente application de la nuque jusqu'aux talons.

– Assez maintenant ! Venez, Patrick, et laissez votre sac à malice. Personne ne viendra vous le prendre.

– Non, il y a quelque chose dedans que je veux vous montrer.

Une fois encore, Bazar fut commis à la garde de la chambre. Alors qu'elle avait l'air si contente, au bout d'un instant, il se demandait, candide, pourquoi sa maîtresse s'était mise à pleurer.

Patrick sortit de son sac un kilt à carreaux assez vivement coloré et une paire de grosses chaussettes de laine ornées aux revers d'un pompon. Il passa pardessus sa vareuse d'officier égayée par une barrette de rubans de décorations, ajusta à son ceinturon d'un côté une sorte de petite sabretache et de l'autre un fort couteau de chasse dans sa gaine.

– Comment me trouvez-vous, Agnès ?

– Équivoque, Patrick, équivoque.

– C'est le tartan du clan McDowell. À moins qu'il ne vous fasse honte, je le porterai peut-être demain pour libérer Castelnaud.

– Ça va faire un scandale terrible.

Au petit matin, le 20 août, Castelnaud se réveilla sans avoir jamais été pris. Dans le Sud-Ouest, les Allemands avaient vidé leurs fonds de garnisons pour les concentrer aux bords de l'Atlantique dans des poches de résistance, où tôt ou tard ils seraient réduits à la capitulation.

Pressentant que la journée serait chaude, le maréchal des logis-chef Favard maintint sa brigade sous pression dans la perspective des débordements toujours imprévisibles d'une foule aussi prompte à s'enflammer qu'à s'éteindre.

Les drapeaux tricolores fleurirent aussitôt aux frontons des édifices publics. D'autres emblèmes confectionnés à la hâte apparurent aux fenêtres à la place des bacs de géraniums. Il se créa de même un ouvroir où les dames présidées par madame Joubert entreprirent fébrilement de coudre des brassards imprimés au pochoir de croix de Lorraine et de sigles FFI. Tant fut grande la demande que l'on fut très vite en rupture de stock.

En accord avec l'amicale des anciens combattants, la municipalité décida d'une cérémonie au monument aux morts avec le concours de l'orphéon. De son côté, l'abbé Vallade proposa une messe d'action de grâce où serait chanté le *Te Deum* et où l'Élévation serait saluée par une sonnerie de trompette « aux champs ».

Pour que cette célébration ne fût pas un seul avantage de l'Église, les édiles invitèrent la population à un vin d'honneur. Léon Delpit, organisateur et fournisseur des boissons, assura qu'il ne servait pas de vin de messe. Il fut encouragé à monter devant son établissement sa piste de danse, que les interdits scélérats de Vichy avaient reléguée dans le fond d'un hangar.

Les plus farouches patriotes, parmi lesquels l'inséparable quatuor du café de la Poste, déplorèrent qu'il n'y eût pas à Castelnaud de femmes à tondre et de notables à pendre, exécutions qui eussent apporté un peu plus d'animation à la fête. Sans aller jusqu'au lynchage, on eût bien un peu molesté Albert Contal, l'affameur des Docks de Gascogne, mais tous les Castelnaudais avaient été plus ou moins les complices de ses malversations. Sommé de vider ses réserves de vins fins et spiritueux, il s'acquitta de cette taxe avec une émouvante spontanéité.

Les Buffarots méritaient d'être accueillis dans la ville en triomphateurs, mais ils attendirent pour se présenter à ses portes que l'effervescence fût un peu retombée. La foule, tous sexes confondus, se rua à leur rencontre. Les femmes se disputèrent l'honneur de serrer contre leurs seins les valeureux guerriers ; les hommes, plus sobrement, leur administrèrent de viriles et fraternelles bourrades.

L'apparition du capitaine McDowell (MC – OBE[1]) paré de son tartan de cérémonie fit sensation.

1. MC : Military Cross. OBE : Order of the British Empire.

Agnès rejoignit le cortège alors qu'il envahissait la place. Jouant des coudes, au prix de quelques pieds écrasés, elle parvint à s'approcher de Patrick.

– Je n'ai pas vu monsieur Auberoche.

– Il n'était pas avec nous, Agnès.

– Alors où peut-il être ? Médée Bourniquel est passé chez lui. Il y avait plusieurs jours qu'il en était parti.

– Ce soir, après le bal, je vous le promets, nous irons voir s'il est revenu. Allez donc vous faire encore plus belle. Je ne danserai qu'avec vous.

Agnès hésita longuement sur le choix de sa robe. Elle eût bien pris l'andalouse à volants, mais la tenue de Patrick était déjà bien excentrique et elle craignait de former avec lui un couple de carnaval. Elle opta donc pour sa robe verte assortie à l'émeraude de tante Inès. Elle était évidemment démodée, mais, raccourcie par un ourlet hâtivement cousu, elle pouvait rivaliser avec la jupette de Patrick. Bazar fut comme toujours enfermé dans la cuisine.

– Je reviens, lui dit Agnès en lui tapotant la tête.

Les pattes de devant appuyées contre la vitre de la porte, il regarda tristement s'éloigner sa pimpante maîtresse.

On dit ça, pensa-t-il, et on se retrouve à l'asile des chiens abandonnés comme rien.

Quand au milieu de l'après-midi Agnès y arriva, le bal était déjà commencé. Les Buffarots, imbibés par des libations répétées, menaient grand tapage. Augustin Joubert, le visage constellé de traces de rouge à lèvres, serrait de près une jeune personne rondelette qui tournoyait en oscillant comme une toupie ronflante. Birembaum veillait sur le tourne-disque. Titou Ferraud, pour être poli, avait mis la main au sens propre comme au sens figuré sur la plantureuse madame Delpit. Le *señor* Mola et ses deux comparses, que rien ne distrayait autant que le jeu de la guerre, observaient ces divertissements avec une souveraine indifférence.

Grimpé sur une table, le capitaine McDowell faisait une démonstration de gigue écossaise sans autre accompagnement que le souvenir qu'il gardait de son rythme. Dès qu'il vit Agnès, il sauta sur le plancher où il se reçut les pieds joints et les genoux ployés, dans la meilleure tradition parachutiste. Il souleva Agnès et lui fit faire dans ses bras le tour de la piste.

– Un peu plus et il se l'emporte, dit Fifi.

– Elle gigoterait si elle n'était pas contente d'être enlevée, constata Lauraguais.

– C'est bien simple, il n'y en a que pour les étrangers, déplora Fredo Bourdel.

Pourtant, lorsque Patrick déposa son fardeau près de la table des censeurs, ils se levèrent comme un seul homme, façon d'honorer le ravisseur.

– Félicitations, monsieur, susurra Fredo. Vous nous avez pris la plus belle.

– Vous n'étiez pas aussi aimable, il n'y a pas si longtemps, monsieur Bourdel.

– On ne savait pas que vous étiez dans la Résistance, mademoiselle d'Ayrac.

– Je ne le criais pas sur les toits.

– Et je comprends, dit Lauraguais, que vous ayez succombé au prestige d'un tel uniforme.

– Comment savez-vous que j'y ai cédé ?

– Ça se voit, mademoiselle.

– Eh bien, tant mieux ! Je n'aurai pas à vous l'apprendre !

Peu avant l'heure du souper, Agnès et Patrick abandonnèrent la fête. D'ailleurs, elle s'essoufflait.

– Si nous ne partons pas tout de suite, je ne pourrai plus faire un pas, Patrick. Rentrons ! Vous m'avez promis que nous irions voir Julien.

Le dîner les reposa. Comme la nuit tombait, ils prirent une lanterne de grange et s'engagèrent sur la traverse de Castelmerle.

413

Au fur et à mesure qu'ils s'en approchaient, Patrick devina à son silence l'angoisse de sa compagne. Il lui prit la main.

– Vous l'aimiez donc bien votre Julien, Agnès ?

– Je lui dois de m'avoir, sans le savoir peut-être, appris à me connaître mieux.

– Et à vous estimer ?

– C'est vrai. Je crois que je ne suis plus la même depuis que nous nous sommes rencontrés.

– Devrai-je l'en remercier ?

– Sans doute. Venant de vous, cela lui fera plaisir.

La maison était comme l'avait trouvée Médée, vide et silencieuse. Ils l'explorèrent à la maigre lumière du falot. Rien n'expliquait l'absence de Julien. Rien n'indiquait l'endroit où il avait pu se rendre. Ils revinrent dans la salle. Appuyée contre le socle de la statue, il y avait une lettre qu'ils n'avaient pas remarquée. Elle n'était pas cachetée. Agnès la lut d'une voix brisée par une émotion qu'elle avait peur de ne pouvoir contenir.

À vous deux.

Ne cherchez pas à savoir où je suis. Je ne suis pas sûr moi-même de savoir où je vais. J'ai mis dans cette enveloppe mon testament.

Je vous lègue Castelmerle et ses terres pour arrondir votre bien comme vous avez l'intention de le faire. Je vous laisse aussi le bouddha. Il est mon bien le plus précieux, mais dites-vous bien qu'il n'est qu'une image. Si vous le priez, petite Agnès, si vous le cherchez, c'est en vous-même que vous le trouverez, votre Dieu.

Adicias, demoiselle d'Ayrac !

Adicias, moussu McDowell !

– Laissez-moi un moment, s'il vous plaît, Patrick, murmura Agnès. C'est bien votre tour de m'attendre !

Elle prit sur la tablette de la cheminée une boîte d'allumettes et, dans un bahut, une bouteille d'huile. Au pied de la statue dorée, la petite lampe était vide. Elle la remplit et, pieusement, la ralluma.

Mise en page : Le vent se lève...

Achevé d'imprimer en mai 2005
sur les Presses de la Nouvelle Imprimerie Laballery
58500 Clamecy
N° d'impression : 503 090
pour le compte des Éditions Feryane
B.P. 314 – 78003 Versailles

Imprimé en France

Dépôt légal mai 2005